Antonia Pauly , 1961 in Köln geboren, studierte Archäologie, Byzantinistik und Vor- und Frühgeschichte, Promotion 1991. Neben wissenschaftlichen Tätigkeiten widmet sie sich dem Schreiben. Von ihr erschien der Episodenroman »Zimmer mit Meerblick«. »Der Büttel zu Köln« ist ihr erster Roman im Emons Verlag. Heute lebt und arbeitet die Autorin in Bonn.

Dieses Buch ist ein Roman. Die Handlung ist frei erfunden, wenngleich im historischen Umfeld eingebettet. Einige Personen, Ereignisse und Orte sind historisch, einige sind es nicht.

Einleitung

In diesem Roman geht es – neben vielen anderen agierenden Personen – um die des Büttels, auch genannt Bodel, Butel, Putil, Fronbote, Vronebote, Gerichtsdiener, Schaderer, Freibote, Ammann, Heimbürge, Scherge, Selman, Weibel, Waibel, Nachrichter oder Blutrichter. Er konnte zugleich Nachtwächter sein, mancherorts auch Abdecker beziehungsweise Schinder und trat oftmals in der Funktion des Scharfrichters oder Henkers auf.

Aber keine Angst! Hier rollen weder Köpfe, noch fallen andere Gliedmaßen, das Blut fließt nicht in Strömen. Kurz: In diesem Buch stehen nicht die aus heutiger Sicht grausamen Rechtspraktiken des Mittelalters im Zentrum, vielmehr wird eine ganz bestimmte Seite am Beruf des Büttels beleuchtet. Als Vollstreckungsbeamter und Handlanger der Obrigkeit war der Büttel mit vielfältigen Aufgaben betraut: Verbrecherjagd, Befragung auf der Folter und Urteilsvollstreckung machten nur einen Teil seines Zuständigkeitsbereiches aus. Vor allem hatte der Büttel in den Städten für Ruhe und Ordnung zu sorgen. Er musste jederzeit dienstbereit sein, bei Aufruhr und Zuchtlosigkeit einschreiten und allerorten Verstöße gegen das Gesetz ahnden. Der Sachsenspiegel, das älteste deutsche Rechtsbuch, sagt über den Büttel (III 56): »… thut daran ein Gottes werck, das er den sünder umb seiner sünde willen straffet. Dann damit wird Gottes zorn versünet.«*

Ein im Mittelalter weit verbreiteter Gesetzesverstoß war das verbotene Glücksspiel. Gespielt wurde sowohl um Naturalien als auch um Geld. Das Währungssystem im Cöln des 13. Jahrhunderts ist ziemlich verworren und unübersichtlich. Als Norm galt die »Kölnische Mark«. Sie wurde unterteilt in: 8 Unzen = 16 Lot = 64 Quäntchen = 256 Pfennige = 512 Heller = 4020 Kölnische As = 65.536 Richtpfennige.

»… tut ein gutes Werk daran, dass er den Sünder um seiner Sünde willen straft. Denn dadurch wird Gottes Zorn gesühnt.«

Unser Büttel ist im Jahre 1271 in Cöln unterwegs, ständig auf der Suche nach Höhlen des Lasters: nach Gasthäusern und anderen Orten, an denen Glücksspiel stattfindet. Sein Weg führt ihn in unregelmäßigen Abständen auch ins Haxenhaus, ein direkt am Rhein gelegenes Brauhaus. Er wird den Verdacht nicht los, gerade hier auf Ungesetzmäßigkeiten zu stoßen, tut sich jedoch aus unterschiedlichen Gründen schwer mit der Beweisführung.

Büttel gingen in blutroten Mänteln als Zeichen des örtlich auszuübenden Blutbanns, der Gerichtsbarkeit über Leben und Tod. Zur Kleidung gehörte ebenfalls ein quer gestreifter Rock beziehungsweise ein ebensolches Wams.

Das Prestige des Berufsstandes von Büttel und Scharfrichter variierte zeitlich und örtlich sehr stark. Im 12. Jahrhundert genoss der Büttel durchweg hohes Ansehen und war durch den Königsfrieden geschützt, das heißt, als Angehöriger des königlichen Haushalts stand er unter besonderem Rechtsschutz. Im südwestdeutschen Raum blieb er bis zum Ende des 13. Jahrhunderts ein freier, begüterter Mann. Vielerorts jedoch setzte im 13. Jahrhundert eine Abwertung des Berufsstandes ein. Das ging nicht von heute auf morgen vonstatten. Unser Kölner Büttel entstammte der mit mäßigem Besitztum ausgestatteten Mittelklasse, er war ein freier Bürger und wurde in der Ausübung seines Amtes respektiert.

Die Entwicklung ging im Verlauf des 14. Jahrhunderts dahin, dass Büttel und Scharfrichter zwar weiterhin gefürchtet wurden, man sie aber fast wie Aussätzige behandelte. Sie wurden zu Ausgestoßenen der Gesellschaft, durften sich weder in der Kirche noch sonst in der Öffentlichkeit Bank oder Tisch mit anderen Bürgern teilen; man scheute jeden Kontakt mit ihnen. Diese tief verwurzelte Abneigung führte oft dazu, dass sich niemand fand, der einen verstorbenen Obrigkeitsdiener zu Grabe tragen wollte. Der Gedanke, der dieser Aversion zugrunde lag, ist logisch nachvollziehbar: Man glaubte, dass sich durch den Umgang mit Verbrechern zwangsläufig eine Art

Seelenverwandtschaft zwischen diesen und den Rechtshandlangern einstellen müsste.

Doch der Büttel zu Cöln Anno Domini 1271 galt noch nicht als Schreckgestalt.

Das Leben im Mittelalter wurde bestimmt durch die kanonischen Stunden des Klosterlebens, welche bis zur Liturgiereform 1969 gebräuchlich waren. Die Klosterzeit wiederum wurde durch das Tageslicht reguliert; je nach Jahreszeit war eine Stunde länger oder kürzer. In den Städten gaben die Glocken der Kirchen und Klöster die Uhrzeit an:

Matutin – Mitternacht
Prim – 6.00 Uhr (beziehungsweise Sonnenaufgang)
Terz – 9.00 Uhr
Sext – 12.00 Uhr
Non – 15.00 Uhr
Vesper – 18.00 Uhr (Abendessen – »Vesperbrot«)
Komplet – 21.00 Uhr (beziehungsweise Sonnenuntergang)

Das Haxenhaus, den zentralen Ort des Geschehens, gibt es tatsächlich (www.haxenhaus.de). Es existierte auch wirklich schon im Mittelalter als Brau- und Wirtshaus. Die erste urkundliche Erwähnung dieser traditionsreichen Gastronomie geht auf das Jahr 1231 zurück, und zwar unter der Bezeichnung »Hus am Bootermaate«. So wie es heute ein geselliger Treffpunkt für Jung und Alt aus aller Herren Länder ist, darf man es sich auch 1271 als lebhaften Ort vorstellen, an dem die verschiedensten Menschen verkehrten. Haxen in vielerlei Variationen und hausgemachte Bratwurst zählten und zählen zu den Spezialitäten des Hauses. Die historische Architektur gibt dem fröhlichen Beisammensein im Haxenhaus eine besondere Atmosphäre. Die Anzahl der Tische, heute wie damals durchnummeriert, beträgt neununddreißig.

Diese Tischnummerierung bestimmt den Aufbau des vorliegenden Romans. Wir werden durch das Kalenderjahr 1271 geführt, und in jedem Monat des Jahres wird eine Tischgemeinschaft im Haxenhaus mit ihren Eigenheiten, Berufen, Problemen, freudigen, spannenden oder erotischen Erlebnissen lebendig.

Ein Register zu den historischen Personen und Orten sowie ein allgemeines Glossar befinden sich im Anhang.

Handelnde Personen

Florian Grimm – Büttel zu Cöln
Bartholomäus Wille – Wirt des Haxenhauses
Elisabeth – Schankmagd im Haxenhaus

An Tisch XIV am 2. Januar 1271

Berthold von Kessel – zukünftiger Graf von Kessel und Broich
Dietrich von Kranenburg – Neffe des Grafen Dietrich V. von Kleve
Arnold von Warnecke – Freund von Berthold und Dietrich

An Tisch XXII am 24. Februar 1271

Heinrich Deutz – Zimmermann, Meister aus Cöln
Franz – sein Geselle
Ulrich Weyden – Schiffszimmermann, Freund des Heinrich
Otto Gailenkirchen – Schneidermeister aus Cöln
Jakob Zwirner – Freund des Otto, ebenfalls Schneider von Beruf

An Tisch IV am 17. März 1271

Gunther von Veynau – junger Kreuzritter aus der Eifel
Reinald von Wachendorf – junger Kreuzritter aus der Eifel

An Tisch XXXI am 30. April 1271

Bruder Anselm – Benediktiner aus Cöln
Bruder Mathias – Benediktiner, Novize
Bruder Paulus – Franziskaner, Wanderprediger
Bruder Zacharias – Franziskaner, Wanderprediger

An Tisch XXIV am 27. Mai 1271

Winfried Rinck – Patrizier, Parteigänger der Overstolzen
Walther Junkersdorf – Patrizier, Parteigänger der Weisen

An Tisch VII am 18. Juni 1271

Gregor Quentel – Kranenmeister
Gudrun Quentel – seine Frau
Tilman Sittler – Holzmesser
Andreas Naegeli – Salzmüdder

An Tisch XXXIV am 7. Juli 1271

Totnan Heidingsfelder – Steinmetz aus Herbipolis
Balthasar Winterhausen – Steinmetz aus Herbipolis
Notker Kohlscheid – Steinmetz aus Aquisgranum
Carl Krugenofen – Steinmetz aus Aquisgranum
Gobelinus – Student aus Cöln

An Tisch II am 22. August 1271

Lothar Bürvenich – Apotheker aus Medamana
Damian – sein Gehilfe und Neffe
Doorche – Cölner Hübschlerin
Ooschel – Cölner Hübschlerin
Martinus Steiner – Pfarrer von St. Stephanus in Magenza
Wilhelmus Kelsterbach – Diakon und Freund des Martinus

An Tisch XI am 29. September 1271

Walram Merten – Viehhändler aus Civitas Sibergensis
Hermann Much – Viehhändler aus Civitas Sibergensis
Manfred Merten – Lederschneider, Walrams Bruder
Valentin Hinnebusch – Schuster, Freund des Manfred

An Tisch XXIX am 13. Oktober 1271

Werner Gummersbach – reicher Weinhändler
Richmodis Gummersbach – seine Frau
Helene Gummersbach – die ältere Tochter der beiden
Luise Gummersbach – die jüngere Tochter der beiden
Cornelius Staufenfels – Patriziersohn
Gustav von Lechenich – Hofbeamter beim Grafen von Jülich

Bruno Kranenfuß – Schöffe und Freund des Weinhändlers
Johannes Keppel – Kanonikus von St. Laurenz
Albinus Fragner – Elisabeths Schwager

An Tisch XXX am 11. November 1271

Melchior Schmitz – Bauer aus dem Eigelsteinviertel
Aenne Schmitz – seine Frau
Remigius Riphahn – Töpfer aus Brüggen
Demetrius Bliesheim – Fassbinder

An Tisch X am 14. Dezember 1271

Burkhard Winzen – Fernkaufmann
Mauritz Glückauf – sein Gehilfe und Reisebegleiter

TISCH XIV

2. Januar 1271

Die Wucht des Sturms riss dem hochgewachsenen Mann die schwere, aus massiven Eichenbohlen gefertigte Tür aus der Hand. Krachend fiel sie ins Schloss. Die Blicke der in der Schankstube Versammelten richteten sich auf den Neuankömmling. Mit ruhiger Hand nahm dieser seinen Hut ab und schlug ihn dreimal kräftig gegen seinen Oberschenkel. Schneeflocken stoben von dem Kleidungsstück und hinterließen feuchte Flecken auf dem mit Sand ausgestreuten Holzboden der Schankstube. Auch der Schnee, der den Umhang des Mannes bedeckte, schmolz rasch in der Wärme des Raumes und brachte die Farbe seines Mantels zum Vorschein: tiefrot mit dunklen Partien, wo die Nässe in den groben Stoff eingedrungen war, reichte er der Gestalt bis fast an die Knöchel. Augenblicklich verstummten Gelächter, Gezanke und Geklapper. Die Musikanten ließen ihre Instrumente sinken. In die unverhohlene Neugier der Wirtshausbesucher mischten sich Furcht und Respekt.

Der Mann blieb regungslos an der Tür stehen und machte keinerlei Anstalten, sich einer der Tischgemeinschaften anzuschließen. Seine stechend grünen Augen durchforsteten den durch viele Kerzen an den Wänden und auf den Tischen gut beleuchteten Raum. Die Luft war geschwängert von den verschiedensten Düften: dem gebratener Speisen, von Bierdunst, Körpergerüchen und verbranntem Holz.

Die bunte Gesellschaft der Zecher bestand aus Reisenden, Handwerkern und Händlern, aber auch einige Vertreter des Klerus und etwa ein Dutzend Frauenzimmer – Hübschlerinnen zumeist – saßen in gemischten Gruppen beieinander. An einem Tisch entdeckte der Mann drei junge Edelleute, die durch ihre elegante Kleidung aus der Menge herausstachen.

Eine gut gebaute Frau Anfang zwanzig mit üppigen rotblonden Locken stellte gerade drei schäumende Krüge vor den jungen Männern ab. Sie schien als Einzige wenig beeindruckt von dem einschüchternden Aufzug des Mannes an der Tür. Unbefangen lächelte sie ihm zu, und er konnte nicht umhin, ihr ebenfalls freundlich zuzunicken.

Doch sogleich wurde seine Miene wieder ernst. »Florian Grimm, Büttel zu Cöln am Rhein«, stellte er sich mit volltönender Stimme vor. »Wer ist der Wirt dieses Gasthauses?«

Von einem der hinteren Tische erhob sich ein mittelgroßer Mann mit schütterem Haar, das in schweißnassen Strähnen an seinem Haupt klebte. Ein kugelrunder Bauch wölbte sich über den schmalen Gürtel, der sein Surkot zusammenhielt. Geschäftig rieb er sich beim Heraneilen die Hände. »Bartholomäus Wille, stets zu Euren Diensten«, sagte er und fuhr fort: »Es ist mir schon zu Ohren gekommen, dass die Schöffen einen neuen Büttel bestellt haben, nachdem der gute Gambrinus zu Martini von uns gegangen ist. Von schwerem Durchfall dahingerafft, in nur fünf Tagen, der Ärmste.«

»Ja, sehr bedauerlich«, entgegnete der neue, auffällig junge Büttel ohne jede Anteilnahme. »Nennt mir den Namen Eurer gut besuchten Gastlichkeit. Bei dem scheußlichen Schneesturm, der draußen tobt, war es mir nicht möglich, das Schild über Eurer Pforte zu entziffern.«

»Haxenhaus, Herr Büttel, Ihr befindet Euch im Haxenhaus, einem der beliebtesten Gasthäuser in ganz Cöln – was sage ich: im ganzen Reich! Unsere Spezialitäten –«

»Genug! Ich komme nicht zum Verkosten Eurer Spezialitäten«, unterbrach der Büttel ihn. »Sagt mir, über wie viele Tische verfügt dieses Lokal?«

»Neununddreißig, für jeweils vier Personen, das macht hundertsechsundfünfzig zufriedene Gäste.«

Mit raschem Blick über die Gaststube, in der kaum ein Hocker unbesetzt war, schätzte Florian Grimm die Angabe des Wirtes ein und gab sich zufrieden. »Und Euer Bier, das braut Ihr selbst, nehme ich an?«

»Selbstverständlich! Wenn Ihr durch die Tür rechts neben dem Eingang geht, gelangt Ihr direkt in unsere Brauerei. Wir stellen zwei Sorten her: das edlere Hopfenbier und ein einfaches Gruit, beide ganz vorzüglich!« Er wischte sich über die glänzende Stirn. Bartholomäus Wille schwitzte immer.

»Und Ihr haltet Euch natürlich an alle Bestimmungen der Stadtbehörde?«

»Zwei Gebräue pro Woche produzieren wir, nicht mehr! Ganz, wie es die Vorschrift will. Die Qualität wird regelmäßig geprüft, unsere Preise entsprechen der Norm – zwei As fürs Gruit und drei für den Hopfentrunk –, und ich zahle pünktlich meinen Bierpfennig.«

»Das freut mich, mein Bester. Mir scheint, hier gibt es nicht viel zu tun für mich.«

»Setzt Euch doch und nehmt einen Trunk! Natürlich als mein Gast.«

Um die Unterhaltung der beiden Männer herum hatte das Wirtshaustreiben wieder angehoben. Nur die näher Sitzenden lauschten dem Gespräch; von den übrigen Tischen drangen Stimmengewirr und Trinksprüche herüber.

»Lisbeth, du Flatschmul«, rief der Wirt in Richtung der attraktiven Schankmagd. »Hör up, do eröm zu schawenzele, und bräng dat Bier för den Büttel.«

»Augenblick noch«, bremste dieser den Eifer des Wirtes. »Was ist denn das da hinten in der Ecke?« Der Blick der Amtsperson war auf einen mannshohen schwarzen Kasten gefallen, aus welchem am oberen Ende ein halbes Rad herausschaute.

»Oh, das! Das ist nichts. Nichts Besonderes! Nur so ein altes Glücksrad. Ich hatte es schon fast vergessen.« Bartholomäus Wille blickte hilfesuchend um sich und rang sichtlich nervös nach einer passenden Erklärung. Dieser neue Büttel machte nicht den Eindruck, als ob er sich mit leeren Ausreden zufriedenstellen ließe. Und bestechlich war er ganz gewiss nicht! Aber auch er selbst war nicht gerade auf den Kopf gefallen. Nicht umsonst sperrte er stets die Ohren auf, wenn seine

Gäste Interessantes aus aller Welt zu berichten wussten. Vor allem vom fahrenden Volk, welches sein Lokal frequentierte, hatte er in den vergangenen Jahren so manches an Wissen aufschnappen können. So hob er schließlich wieder an: »Es handelt sich um ein Rad der Fortuna. Das hat Tradition! Ihr wisst doch, dass die Römer ihre Schicksalsgöttin mit Füllhorn, Steuerruder und Rad abbildeten? Das Rad ist das wichtigste Merkmal der Fortuna. Es bietet Schutz vor den Unbilden unseres harten Daseins und gewährt das Gelingen unserer geschäftlichen und privaten Vorhaben.«

Die Wangen des Wirtes hatten sich gerötet, er schwitzte stark, und seine Miene hatte einen frömmelnden Ausdruck angenommen.

»Das müsst Ihr mir genauer erklären.« Die Skepsis des Büttels war nicht zu überhören, und er machte bereits einen großen Schritt auf die halb verborgene Konstruktion zu.

»Aber gern. Kommt her und seht.« Bartholomäus Wille sah ein, dass er wohl nicht darum herumkommen würde, der Amtsperson sein Rad zu zeigen. So eilte er auf den schwarzen Kasten zu und bedeutete dem Büttel, ihm zu folgen. Mit einer flinken Handbewegung klappte der Wirt den Kasten in der Mitte auf, sodass das ganze Glücksrad zum Vorschein kam. Es war aus Holz und hatte einen Durchmesser von einem guten Meter. In der Mitte prangte das Bild eines fröhlichen Gastwirts, welches entschieden Ähnlichkeit mit dem lebenden Original aufwies. Um dieses Konterfei herum waren Spielkarten und Zahlen angeordnet. Die Hand des Wirtes versuchte, das Rad in Bewegung zu setzen.

»Seht her! Es lässt sich gar nicht drehen; es ist verschlossen.«

Er zeigte auf eine kleine Verriegelung aus Metall am unteren Ende des Rades. »Nur dreimal im Jahr wird es benutzt: zu Weihnachten, wenn bald das neue Jahr beginnt, im Oktober zur Aussaat des Getreides und im Juli zum Erntebeginn. Es sichert armen Bierbrauern wie mir quasi die Existenz. Das Rad der Fortuna verhindert, dass die Saat nicht aufgeht oder die

Ernte verhagelt. Was sollte ich auch ohne Gerste anfangen? Ich wäre ruiniert!«

»Das ist alles hochinteressant. Aber sagt: Das Rad dient nicht zufällig noch anderen Zwecken? Dem Glücksspiel etwa?«

»Welch eine abstruse Idee«, empörte sich der Kleinere. »Mir scheint, der stete Umgang mit Bösewichtern und Strolchen lässt Euch bei jedem braven Bürger Übles vermuten. Glücksspiel hier? In meinem Gasthaus? Niemals!«

»Wenn Ihr es sagt.« Der Büttel hatte das Rad inzwischen einer gründlichen Inspektion unterzogen. »Erstaunlich scheint mir, dass das Rad neununddreißig Zahlen und Karten zeigt – ebenso viele, wie Tische hier im Raum stehen«, sagte er misstrauisch.

»Das kann nur ein Zufall sein. Seltsam, dass mir das noch gar nicht aufgefallen ist.«

»Wir werden gemeinsam überprüfen, ob es sich um einen Zufall handelt oder ob vielleicht doch ein Zusammenhang besteht.«

Der Büttel ließ seinen Blick durch den Raum wandern. Als er bei der Schankmagd ankam, bedachte diese ihn mit einem reizenden kleinen Lächeln. Sie faszinierte ihn. Auf keinen Fall wollte er das Haxenhaus und damit auch die sympathische Frau in ernsthafte Schwierigkeiten bringen. Andererseits konnte er dem Wirt dieses ominöse Glücksrad unmöglich durchgehen lassen. Am besten wäre wohl eine Zeugenbefragung. Doch das würde ihn viele Stunden kosten, denn die Zahl der Gäste in der Schankstube war nicht gering. Irgendwie musste er eine Auswahl an Zeugen treffen. Eine Idee fing an, in seinem Kopf Gestalt anzunehmen. Doch er zögerte noch, diese zu formulieren, weil er sich als Vertreter von Recht und Ordnung nicht selbst ins Unrecht setzen konnte. Schließlich wandte er sich an die Gäste und verkündete laut: »Ich habe den Verdacht, dass hier im Haxenhaus dem verbotenen Glücksspiel gefrönt wird! Ich werde deshalb eine Tischgemeinschaft zu meinen Zeugen bestimmen, die mir Rede und Antwort stehen.«

Verunsicherung schlich sich in die vielen auf den Büttel gerichteten Augenpaare.

»Keine Angst! Wer ehrliches Zeugnis ablegt, hat nichts zu befürchten und erhält als Anerkennung seines Dienstes für die Obrigkeit den Freyzech, muss also für das, was er bis dahin verzehrt hat, nicht bezahlen.«

Bartholomäus Wille schluckte schwer, verkniff es sich aber, Einspruch zu erheben.

»Wer jedoch Falsches aussagt, den erwarten Pein und Schmach. Ich, Florian Grimm, Büttel zu Cöln, werde jetzt gehen und kehre in genau einer Stunde zurück. Dann werde ich mit dem Rad der Fortuna – welches praktischerweise so viele Zahlen trägt, wie Tische hier stehen – meine Zeugen bestimmen. Das Rad wird ausschließlich zum Zwecke der Kontrolle der öffentlichen Ordnung von mir benutzt werden. Keiner verlässt in der folgenden Stunde das Lokal, und überlegt Euch bis dahin gut, was Ihr zu antworten gedenkt.«

Mit diesen Worten stülpte sich der Büttel seinen Hut über die halblangen dunklen Locken und verließ die Wirtsstube.

Erregtes Stimmengewirr breitete sich im Raum aus. Bartholomäus Wille gab den Musikanten ein Zeichen, und schon mischten sich Fidel, Laute, Sackpfeife und Tamburin in den Lärm. Dann winkte er seine Schankmagd Elisabeth heran. »Und? Was hältst du von dem neuen Büttel?« Vertraulich legte er einen Arm um die wohlgeformten Hüften der Frau.

»Ihr fragt mich nach meiner Meinung? Das tut Ihr doch sonst nie.«

Der Wirt hatte den kurzen Blickkontakt zwischen der Amtsperson und seiner Magd genau beobachtet und blitzschnell begriffen, dass er sich durch eine Förderung der Sympathie zwischen den beiden manch zukünftigen Ärger würde ersparen können.

»Nun sag schon! Ist er ein scharfer Hund oder ist er ein scharfer Hund? – Du weißt schon, ich meine beide Arten von ›scharfem Hund‹!«

»Ach, so genau wollt Ihr es wissen? Dann lautet meine Antwort: ja und ja!« Damit entwand sie sich seiner Umarmung und steuerte die Küche an.

Eine Welle von Gerüchen entströmte der niedrigen Tür im hinteren Teil der Gaststube: der Duft kross gebratenen Fleisches, gepaart mit säuerlichen Schwaden, Fischgestank und Würzaromen. Beladen mit einem flachen Holzbrett voller Schalen und Schüsseln, kam Elisabeth gleich wieder zum Vorschein. Am Tisch mit der Nummer XIV setzte sie ihre Fracht ab.

»So, hier kommt der Nachtisch: Eiersuppe mit Honig und einer Spur Safran und dazu gefilte Dorttem*. Ich hoffe, Kalb und Gänsebraten haben den Herren gemundet?« Sie lud die vollen Gefäße ab und die leeren auf ihr Holzbrett.

»Knusprig wie dein Hinterteil, meine Schöne«, sagte einer der jungen Männer am Tisch, wobei seine blasse, feingliedrige Hand, an deren Mittelfinger ein auffälliger Ring prangte, Elisabeths Pobacken tätschelte. »Und alles äußerst appetitanregend«, fügte er zweideutig hinzu. »Komm, setz dich ein Weilchen zu uns.«

Mit kraftvollem Schwung zog er die Magd auf seinen Schoß. Begeistert applaudierten seine beiden Begleiter. Alle drei trugen reich bestickte Röcke über Hemden aus edlem Stoff. Die schweren Pelzmäntel hatten sie achtlos über ihre Hocker gebreitet und die Federkappen an einem Ende des Tisches deponiert. Wären diese Äußerlichkeiten nicht untrügliches Zeichen von der adligen Herkunft der drei jungen Männer gewesen, Elisabeth wäre wohl sogleich empört aufgesprungen. So aber blieb sie steif auf den Knien des einen sitzen, der nun ungenierte Blicke in den Ausschnitt ihres Mieders warf.

»Welch wunderbare Fleischgenüsse Ihr hier anbietet ... Wisst Ihr eigentlich, wer ich bin?«

»Nein, mein Herr, aber gewiss seid Ihr von hoher Abstammung.«

**gefüllte Eierkuchen*

»Das will ich meinen! Seht!« Während er ihr seine beringte Hand ganz dicht vor die Augen führte, legte er die andere wie zufällig an ihre dralle Brust.

»Ein schöner Ring«, sagte Elisabeth mit sichtlichem Unbehagen.

»Das Siegel des Grafen von Kessel und Broich, der ich bald – sehr bald – sein werde.«

Ein breiter Goldreif umschloss einen rötlichen Halbedelstein, in welchen das Haussiegel des Geschlechts der von Kessels geschnitten war: ein sich aufbäumendes Ross zwischen den Majuskeln H – B – K – B.

»Hübsch, wirklich hübsch«, murmelte Elisabeth. »Ich mag das Pferdchen.«

»Sie mag das Pferdchen – ei, ei, ei.« Der junge Adlige bog sich vor Lachen und sagte zu seinen Kumpanen: »Mit den Initialen wird sie auch nicht viel anfangen können. Oder kannst du etwa lesen, du Dummchen?«

Die Frau errötete leicht und wollte sich erheben.

»Warte, ich lese es dir vor: H steht für Heinrich, B für Berthold – das bin ich, K für von Kessel und nochmals B für Broich: Wir sind ein sehr altes maasländisches Geschlecht. Alle männlichen Sprosse werden auf dieselben Vornamen getauft, wobei der Rufname von einer Generation auf die andere zwischen Heinrich und Berthold wechselt. Wie heißt dann also mein Vater? Na?«

»Heinrich natürlich«, antwortete sie, ohne zu zögern, und nutzte den Augenblick der Verwirrung, der ob der prompten Erwiderung eintrat, um aufzuspringen. »Ihr entschuldigt mich«, rief sie im Davoneilen. »Ich muss mich um die anderen Gäste kümmern.«

»Gar nicht so schlecht, die Kleine, was, Berthold aus dem maasländischen Geschlecht der Sowieso …« Grölend schlugen sich die beiden anderen auf die Schenkel.

»Halt's Maul, Dietrich! Und du, Arnold, grins nicht so blöd!« Der junge Herr von Kessel war offensichtlich verstimmt.

Neun Jahre zuvor hatte sein Vater, Heinrich von Kessel, die Grafschaft Broich an der Erft erworben, mit weiten Ländereien im Kreuzpunkt zweier Römerstraßen. Die Burg Broich hatte man auf einer Kiesbank inmitten der sumpfigen Landschaft errichtet und bezogen, als Berthold ein Knabe von elf Jahren gewesen war. Inzwischen hatte man sich gut eingelebt; mehrere Dutzend Bewohner hielten sich ständig in der Burg auf: Edelleute, Knechte, Mägde und sonstiges Gesinde, dazu Soldaten und Stallburschen. Burg Broich war eine rundum befestigte Wehranlage mit großem Innenhof, der von Wohn- und Wirtschaftsgebäuden umgeben war.

In den Sommermonaten veranstaltete man Turniere vor den Toren der Burg, und viel fahrendes Volk – Schauspieler, Akrobaten, Händler und Minnesänger – versammelte sich zur Unterhaltung der Burgherrschaft. Man bewirtete Gäste von anderen Herrschaftssitzen oder zog selbst mit Gefolge über Land.

Die Wintermonate jedoch waren zum Reisen ungeeignet, und auf den Burgen verstrichen die Tage in quälender Langsamkeit. Die Männer verbrachten ihre Zeit beim Schachspiel im Palas, die Frauen verließen nur selten ihre Kemenaten. Hatte man im Sommer reichlich Gelegenheit zum Schäkern, Umwerben und heimlichen Liebestreffen, so begegneten sich die Unverheirateten beider Geschlechter in der kalten Jahreszeit nur zu den Mahlzeiten.

Ein Ausflug in die Stadt im Januar bedeutete für die jungen Edelleute eine willkommene Abwechslung zur Langeweile und Eintönigkeit des winterlichen Burgendaseins.

Graf Heinrich von Kessel konnte, schwer gichtgeplagt, sein Anwesen kaum noch verlassen und betraute seinen achtzehnjährigen Sohn Berthold mit allen wichtigen Reisen.

An diesem Tag war eine Schriftrolle des Grafen mit Angaben zu seinen Besitzungen an den Stadtvogt, den Vertreter des Cölner Erzbischofs Engelbert II. von Falkenburg, zu überbringen gewesen. Im Morgengrauen war Berthold von Kessel in Begleitung seiner Freunde Dietrich und Arnold aufgebrochen. Nach einem mehrstündigen Ritt durch die karge Winterlandschaft hatten sie Cöln erreicht und sich bis zum Mittagsmahl in dem lebhaften Trubel der Stadt treiben lassen. Gesättigt waren sie zur Residenz des Erzbischofs geritten, wo sie einige Stunden auf den Stadtvogt warten mussten. Sich vor diesem mit dem Ring seines Vaters ausweisend, hatte Berthold von Kessel das Dokument übergeben und sich seiner Pflicht entledigt. Als die drei jungen Leute aus dem erzbischöflichen Palais wieder ins Freie traten, hatte ein heftiges Schneegestöber eingesetzt, und die Dunkelheit brach herein. An eine Heimkehr am selben Tag war nicht zu denken. Das kam den Burschen gelegen, hatten sie doch so die Chance, das Stadtleben noch einen Abend lang in vollen Zügen zu genießen. Dietrich, um ein Jahr älter als die beiden Freunde, hatte das Haxenhaus am Rheinufer entdeckt. Er führte ein eher freudloses Leben unter der Obhut seines gleichnamigen Onkels, des Grafen Dietrich V. von Kleve und dessen Gemahlin Aleidis. Nur selten gewährten sie ihm die Freiheit, Freunde auf benachbarten Gütern zu besuchen. Er war von kleiner, gedrungener Statur, dabei aber drahtig und sehr muskulös. Glatte, schwarze Strähnen umrahmten sein wenig ansehnliches Gesicht. Arnold von Warnecke war mittelgroß, braunhaarig und ganz und gar unscheinbar. Seit zwei Jahren lebte er dauerhaft auf Burg Broich und diente dem jungen Hausherrn als Prellbock seiner Launen. Dieser, ein magerer Jüngling mit hellbraunen, schulterlangen Locken, hatte ein schwaches und verletzliches Äußeres. Innerlich verfügte er über ein mehr als gesundes Selbstvertrauen und einen ausgesprochen wankelmütigen Charakter. Schon von frühester Kindheit an war seine Neigung zu Spielen aller Art ebenso auffällig wie sein Unvermögen, sich mit einer Niederlage abzufinden. Die Spielleidenschaft des Sohnes war dem Vater ein ständiger Dorn im Auge, und er achtete sorgsam darauf, dass Berthold auf Reisen niemals mehr Bargeld bei sich trug, als er unbedingt benötigte.

Den vom Büttel geäußerten Verdacht hatte der Jüngling daher mit größter Hellhörigkeit vernommen.

»Ein kleines Spielchen wäre jetzt genehm«, sagte er und schaute seine Freunde Zustimmung heischend an.

»Ich dachte, das Geld, welches dir dein Vater heute früh ausgehändigt hat, reicht gerade für Kost und Logis«, erwiderte Arnold.

»Ein bisschen könnte man sicherlich für einen Spieleinsatz abzwacken …« Berthold überlegte fieberhaft, auf welche Art er den Wirt auf sein Gelüst ansprechen könnte.

»Zumindest sollten wir warten, bis der Büttel seine angedrohte Visite beendet hat«, entschied Dietrich. »Lasst uns derweil noch einen Trunk nehmen.«

Er hob drei gespreizte Finger in Richtung der Schankmagd, die wenig später die frischen, schäumenden Krüge brachte.

»Wenn wir spielen und du verlierst«, sagte Arnold, »dann wirst du wieder unausstehlich.«

»So? Werde ich das?« Bertholds Stimme klang schnippisch. »Ich wäre also ein schlechter Verlierer, meinst du? Ich kann gar kein schlechter Verlierer sein, weil ich nämlich nie verliere!«

Arnold verdrehte die Augen. »Und wie war das im vergangenen Mai, beim Turnier zu Ehren des Grafen von Berg? Da hast du wohl auch keine Niederlage einstecken müssen und warst anschließend drei Wochen lang nicht ansprechbar vor Wut.«

»Vor Wut? Ich habe verletzt daniedergelegen; konnte mich tagelang nicht von meiner Bettstatt erheben.«

Arnold tauschte einen wissenden Blick mit Dietrich. Nur zu genau erinnerten sich beide an den schmachvollen Sturz Bertholds beim Stechen mit Stäben. Das Los hatte ihm als Gegner einen um drei Jahre jüngeren Edelknaben zugedacht, und Berthold war des Sieges sicher herangetrabt. Auch hatte er bei diesem Kräftemessen einer Edeldame, die von Burg Gelren zu Besuch in Broich weilte, gefallen wollen.

Doch dann war er gleich beim ersten Anritt vom Pferd gestürzt und hatte humpelnd die Feierlichkeit verlassen.

»Ja, dein Knöchel war schon arg verstaucht«, entsann sich Dietrich.

»Aber eigentlich verletzt war nur deine Ehre«, sagte Arnold.

Berthold leerte seinen Krug in einem Zug und lächelte versöhnlich. »Das war nicht mein Tag. Ihr habt ja recht. Ich gewinne eben lieber als zu verlieren.« Drei weitere Krüge wurden geordert. »Immer kann man nicht auf der Seite des Sieges stehen.« Bertholds mittlerweile vom Bier stark getrübter Blick nahm etwas Melancholisches an. »Die Schlacht an der Ulrepforte haben wir ja auch verloren. Ausgerechnet die erste richtige Schlacht, an der ich beteiligt war.«

Er dachte zurück an jenen stürmischen Oktobertag des Jahres 1268, an dem der Regen unbarmherzig niederprasselte und von den Windböen in alle Richtungen zugleich getrieben wurde. Die Cölner Bürger unter Führung der Overstolzen hatten die Herrschaft des Erzbischofs mehr und mehr untergraben und ihre härtesten Konkurrenten, das Patriziergeschlecht der Weisen, aus Cöln vertrieben. Mit Hilfe der Truppen seines Vaters, des Grafen von Heinsberg und Falkenburg, sowie dessen Vasallen wollte der Erzbischof gemeinsam mit den Weisen die Stadt zurückerobern. Die von Kessels waren im Heer Graf Dietrichs V. mit auf Cöln geritten, und Berthold durfte seinen Vater zum ersten Mal zu einem echten Kampfgeschehen begleiten. Stolz hatte er seine Waffen umklammert gehalten, sie jedoch kaum zum Einsatz bringen können, weil sein Vater einige Getreue damit beauftragt hatte, ihn zu decken und aus dem Kampfgetümmel bestmöglich herauszuhalten. An der Ulrepforte hatte ein Bürger der Stadt – ein Schuster namens Havenith, der an der Stadtmauer wohnte – die Angreifer eingelassen. Natürlich war der Verräter für diesen Dienst gut bezahlt worden. Doch der Überfall wurde von den Cölnern blutig zurückgeschlagen; einziger Triumph Engelberts und der Weisen war die Tatsache, dass Matthias Overstolz, das Oberhaupt der Cölner, in diesem Kampf sein Leben hatte lassen müssen.

Arnold rückte seinen Schemel dicht neben den des Freundes. »Du warst doch noch sehr jung und unerfahren im Kampf. Es war nicht deine Niederlage. Nun sei mal wieder fröhlich.«

Berthold seufzte schwer und jammerte: »Mir wird auf einmal ganz schwindelig und speiübel.« Sein Fliegengewicht war dem übermäßigen Alkoholgenuss offensichtlich nicht gewachsen. »Ich werde etwas an die frische Luft gehen.«

»Besser noch wäre ein Brunnen«, sagte Dietrich. »Eiskaltes Wasser ins Gesicht und auf die Pulsadern, und du bist im Nu wieder klar im Kopf.«

Sie ließen sich vom Wirt den Weg zur Pforte der Brauerei weisen, in der sich der hauseigene Brunnen befand. Den schwankenden Junggrafen untergehakt, erreichten sie die bezeichnete Stelle. Dietrich hatte einen Leuchter mit zwei Talgkerzen aus der Wirtsstube mitgenommen. Berthold stützte sich schwer auf den gemauerten Rand des Brunnens, während Arnold den Eimer herabließ. Dietrich stellte die Lichtquelle auf den Boden und krempelte dem Betrunkenen die Ärmel seines Hemdes hoch. Dietrich streifte Berthold auch den massiven Siegelring vom Finger und legte ihn auf den Brunnenrand. »Damit er sich nicht das Gesicht verletzt!« Arnold hatte inzwischen den gefüllten Holzbehälter nach oben gezurrt und setzte ihn ab. Berthold tauchte seine Arme in das eisige Nass, füllte mehrmals seine zu einem Halbrund geformten Handflächen mit Wasser und klatschte es sich ins Gesicht. Er richtete sich auf, ergriff den Eimer, setzte ihn an den Mund und trank in langen, durstigen Zügen.

»Ah! Besser, viel besser«, ächzte er und stülpte den Kübel kopfüber auf den Brunnenrand. »Jetzt können wir weitertrinken.« Mit einer übermütigen Geste stieß er den Eimer in den Brunnen zurück und mit diesem auch seinen Ring, der unter dem Eimer gelegen hatte. »Halt!«, rief Dietrich, aber es war bereits zu spät.

»Jetzt wird mich mein Vater zu Recht einen unzuverlässigen Tollpatsch schimpfen«, sagte Berthold, als ihm der Verlust des Ringes klar wurde.

»Wir holen ihn morgen früh wieder herauf«, tröstete Arnold. »Nur jetzt, bei der spärlichen Beleuchtung, werden wir nicht viel ausrichten. Lasst uns in die Wirtsstube zurückkehren.« Die drei jungen Edelleute nahmen wieder an ihrem Tisch Platz und ließen auf den Schreck das Bier kräftig weiterfließen.

Auch an allen anderen Tischen flossen Wein und Bier in Strömen. Dazu wurden große Mengen an Speisen bestellt. Elisabeth schleppte im Laufschritt ihr beladenes Holzbrett und die gefüllten Krüge durch das Lokal. Jeder der Gäste nahm in der vagen Hoffnung auf den Freyzech so viel Fest und Flüssig zu sich, wie der Leib fasste. Vergessen war der Umstand, dass Völlerei zu den sieben Todsünden zählte. Gestikulierend, schreiend, begütigend saßen die Zecher um die Tische, als Florian Grimm das Haxenhaus zum zweiten Mal an diesem Abend betrat.

»Dun mer de Freyzech!«, rief einer dem Büttel zu, sprang auf und schwenkte seinen Bierkrug so heftig, dass sich die Hälfte der goldgelben Flüssigkeit über Kopf und Wams seines Tischnachbarn ergoss.

»Do Päädskopp! Isch du disch jlisch midden in dr Rhing schmieße!« Der Begossene schüttelte sich den Schaum aus dem Haarschopf.

»Do bes ävver hück pingelisch«, maulte der Erste und plumpste auf seinen Hocker zurück.

Der Büttel hatte seinen Hut und den roten Umhang abgelegt. Sein wadenlanges Surkot war in breite rote und weiße Querstreifen unterteilt. Darunter schauten die Beinlinge aus grober Wolle hervor, die in halbhohe Schuhe mündeten. Mit festem Schritt näherte er sich dem Rad der Fortuna. Bartholomäus Wille folgte ihm und öffnete den schwarzen Kasten auf ein Neues.

»Wenn Ihr nun die Güte hättet, den Drehmechanismus zu entriegeln.«

Der Wirt griff unter sein speckiges Hemd und nestelte einen kleinen Schlüssel hervor, den er – gemeinsam mit einem kleinen Filzbeutelchen – an einem Lederband um den Hals trug. Flink steckte er ihn in das Schloss des Metallriegels, das sogleich aufschnappte. Das Rad vibrierte ganz leicht unter der Berührung. Aufmerksam betrachtete Florian Grimm die einzelnen Karten und ihre symbolischen Darstellungen: »Turm«, »Narr«, »Sonne« und Ähnliches las er.

»Und Ihr kennt Euch also aus in der Deutung dieser mystischen Karten? Oder lasst Ihr die drei Mal im Jahr, wenn Ihr das Rad in Bewegung setzt, einen Quacksalber oder Gaukler kommen?«, fragte der Büttel.

»Bei aller Bescheidenheit, mein Herr, das ist nicht nötig. Ich selbst verstehe mich ein wenig auf diese okkulten Dinge.«

»Nun gut! Heute Abend jedoch wollen wir dem Rad einen anderen Dienst abnötigen. Neununddreißig Zahlen am Rad, neununddreißig Tische im Raum! Ich werde es jetzt drehen, und wer auch immer an dem Tisch mit der auf diese Weise ausgelosten Nummer sitzt, ist mir zur Zeugenaussage verpflichtet. Kann man mich zufriedenstellen, so winkt als Lohn der Freyzech; gelingt es nicht, so kann es leicht geschehen, dass dieses Rad hier« – er klopfte mit der Faust auf die Holzscheibe an seiner Seite – »die falschen Zeugen auf ein anderes Rad befördert.« Die Androhung der peinlichen Befragung auf dem Rad ließ manch einen Gast in der Schankstube unwillkürlich zusammenzucken.

Der Büttel gab dem Rad der Fortuna einen kräftigen Stoß, und ratternd begann es zu kreisen. Kein anderer Laut war zu vernehmen. Alle Augen waren auf das wirbelnde Schicksal geheftet. Ein Hund, der plötzlich zu kläffen begann, bekam von dem ihm am nächsten Sitzenden einen Tritt und war sofort ruhig. Das Rad verminderte nun das Tempo seiner Umdrehungen; es wurde langsamer und langsamer und blieb schließlich stehen. Neugierig reckte sich Bartholomäus dem oberen Ende des Rades entgegen, um die himmelwärts zeigende Zahl zu erkennen; für den deutlich höher gewachsenen Büttel stand die Schicksalszahl exakt auf Augenhöhe.

»Der Tisch mit der Nummer XIV wird mir heute Rede und

Antwort stehen«, dröhnte Florians Stimme durch den immer noch stillen Raum. Alle Blicke richteten sich zunächst auf die eigene Tischplatte, um dann suchend umherzuschweifen, welche Tischgemeinschaft wohl die geloste Zahl hätte. Der Wirt zeigte auf den Standort des ausgewählten Zeugentisches und trippelte aufgeregt hinter dem Büttel her.

Berthold, Dietrich und Arnold war das viele Hopfenbier zu Kopf gestiegen. So waren sie sich, als nun der Büttel an ihren Tisch trat, des Ernstes der Lage nicht recht bewusst. Sie grinsten ihm fröhlich zu, Arnold deutete eine unbeholfene Verbeugung an, und Berthold grüßte mit schwerer Zunge: »'n Abend, Büttelchen!«

»Guten Abend, die Herren. Wie ich sehe, hat man an Tisch XIV schon reichlich dem Gerstensaft zugesprochen. Ich hoffe doch sehr, dass ich noch eine deutliche Zeugenaussage von Euch bekomme und nicht genötigt bin, zuerst eine Ernüchterung vorzunehmen.«

Benommen blickten die drei jungen Männer die personifizierte Obrigkeit an und nickten dann ergeben.

»Zunächst darf ich um Namen, Titel und Berufsstand der Herren bitten.« Florian Grimm zog einen freien Schemel heran und setzte sich. Er zückte Vellum und Feder und war bereit, beides zum Einsatz zu bringen.

Dietrich, der seine Sinne noch etwas besser beisammenhatte als seine Freunde, übernahm die Antwort: »Dieser hier«, er legte seinem Tischnachbarn die Hand auf die Schulter, »ist Berthold von Kessel, Sohn des Grafen von Kessel, wohnhaft auf Burg Broich. Und jener«, dabei deutete er über den Tisch, »ist Arnold von Warnecke. Mein Name ist Dietrich von Kranenburg; ich lebe bei meinem Onkel, dem Grafen Dietrich V. von Kleve.«

Unbeeindruckt notierte der Büttel die gemachten Angaben und fragte weiter: »Aus welchem Anlass weilen die Herren in Cöln?«

»Geschäftlich«, antwortete Dietrich. »Ein kurzer Termin

im erzbischöflichen Palais, der sich durch Warterei so in die Länge zog, dass uns hernach der Schnee an der Heimkehr hinderte.«

Wieder schabte die Feder des Büttels über den Bogen, dann sah Florian Grimm den dreien fest in die Augen. »Nun zur entscheidenden Frage: Haben die Herren heute Abend irgendeine Form von Glücksspiel hier im Haxenhaus beobachtet oder gar selbst daran teilgenommen?«

»Leider nein«, lallte Berthold. »Kein Glück! Kein Spielchen, nicht das allerkleinste!«

»Er ist betrunken«, sagte Dietrich. »Er musste heute Abend einen herben Verlust verwinden.«

»Betrunkene sagen in der Regel die Wahrheit«, konstatierte der Büttel. »Doch schien mir in der Aussage des Herrn von Kessel anzuklingen, dass Ihr des Glücksspiels wegen diese Braustube aufgesucht habt. War Euch bekannt, dass man im Haxenhaus diesem Laster nachgeht?«

»Keineswegs! Wir kamen ganz zufällig in dieses Lokal, haben es zuvor weder jemals aufgesucht noch etwas darüber gehört.«

Auf Florian Grimms fragenden Blick hin bestätigte der Wirt: »Die Herren weilen tatsächlich heute zum ersten Mal unter meinen Gästen.«

»Dann will ich Eurem Zeugnis Glauben schenken und es dabei bewenden lassen.« Der Büttel rollte sein Pergament zusammen. »Doch sagt mir noch rasch«, er wandte sich wieder an Dietrich, »Ihr spracht von einem Verlust …?«

»Mein Ring«, stöhnte Berthold, »Wappen und Ehre meiner Familie!« Dietrich erzählte in groben Zügen das Vorgefallene. Die übrigen Gäste spitzten die Ohren; »Ring …«, »Gold …«, »kostbar …« schnappten sie auf.

Florian Grimm erhob sich. »Wohl denn. Ich danke für Eure Aussagen und rate Euch, es des Bieres genug sein zu lassen.« Zu Bartholomäus Wille sagte er: »Die Zeugen haben den Freyzech. Und auch mir dürft Ihr nun ein Bier anbieten.« Damit begab er sich zu einem Ecktisch, an dem nur zwei Personen saßen.

Der Wirt murmelte etwas von »Riesenzeche ... ruiniert ...«, wagte aber keinen weiteren Protest.

Die drei jungen Edelleute wankten wenig später die Wendeltreppe hinauf, wo sich die Kammer befand, die sie gleich nach Betreten des Haxenhauses für die Nacht gemietet hatten.

Elisabeth brachte dem Büttel einen Krug Hopfenbier, sah ihm offen in die Augen, wünschte »Wohl bekomm's!« und schenkte ihm ihr schönstes Lächeln. Auch Florians Mundwinkel gingen nach oben, und seine grünen Augen schimmerten weich. Die markant-strengen Gesichtszüge des Büttels wirkten auf einmal warm und charmant.

»Habt Dank, beste Frau. Sagt, ist diese Gastwirtschaft jeden Abend so gut besucht?«

»So gut und noch besser! In vier Tagen zum Epiphanienfest müsst Ihr Euch hier einen Hocker teilen oder im Stehen trinken.«

Florian Grimm war bekannt, dass der Feiertag zu Ehren der Heiligen Drei Könige in Cöln besonders großartig begangen wurde. Jedes Kind wusste um die Überführung der Gebeine der Weisen aus dem Morgenland durch Erzbischof Rainald von Dassel im Juli anno 1164.

Gleich nach seiner Ankunft in Cöln vor wenigen Tagen hatte Florian der Dreikönigenkapelle im unvollendeten Dom einen Besuch abgestattet. Fasziniert hatte er die bunten Fenster bewundert, die in Bildern biblische Geschichten erzählten. Der Dreikönigsschrein, der die kostbaren Reliquien barg, war um ein Vielfaches größer, als er ihn sich vorgestellt hatte. Die Goldschmiedewerkstatt des Nikolaus von Verdun hatte ein wahres Meisterwerk geschaffen und den Heiligen Drei Königen eine würdige Ruhestätte gegeben. Jahr für Jahr strömte ein endloser Zug von Pilgern nach Cöln, um den Reliquienschrein zu sehen, vielleicht zu berühren und aus der Begegnung Heil und Segen zu schöpfen.

Florian Grimm nahm einen letzten tiefen Zug und setzte den geleerten Bierkrug ab. Natürlich würde er wiederkommen. Wenn nicht zu Epiphanias, wo es sicherlich reichlich Tumult in der Stadt geben und er an vielen Orten zugleich benötigt werden würde, so doch sehr bald. Und nicht nur zwecks Ausübung seiner Pflicht gedachte er das Haxenhaus von nun an regelmäßig zu besuchen.

TISCH XXII

24. Februar 1271

O Fortuna	*O Fortuna!*
velut luna	*Wie der Mond*
statu variabilis	*So veränderlich,*
semper crescis	*Wachst du immer*
aut decrescis;	*Oder schwindest!*
vita detestabilis	*Schmähliches Leben!*
Nunc obdurat	*Erst misshandelt,*
et tunc curat	*Dann verwöhnt es*
ludo mentis aciem,	*Spielerisch den wachen Sinn.*
egestatem, potestatem	*Dürftigkeit, Großmächtigkeit,*
dissolvit ut glaciem.	*Sie zergehn vor ihm wie Eis.*
Sors imanis	*Schicksal, ungeschlacht*
et inanis	*und eitel!*
rota tu volubilis,	*Rad, du rollendes!*
status malus,	*Schlimm dein Wesen,*
vana salus	*Dein Glück nichtig,*
semper dissolubilis,	*Immer im Zergehn!*
obumbrata	*Überschattet*
et velata	*Und verschleiert*
mihi quoque niteris;	*Kommst du nun auch über mich.*
nunc per ludem	*Um des Spieles deiner Bosheit*
dorsum nudum fero	*Trag ich jetzt den Buckel bloß.*
tui sceleris.	
Sors salutis	*Los des Heiles*
et virtutis	*Und der Tugend*
mihi nunc contraria,	*Sind jetzt gegen mich,*
est affectus	*Willenskraft*
et defectus	*Und Schwachheit*

semper in angaria.	*Liegen immer in der Fron.*
Hac in hora	*Drum zur Stunde*
sine mora	*Ohne Säumen*
corde pulsum tangite;	*Rührt die Saiten!*
quod per sortem sternit fortem,	*Wie den Wackeren das Schicksal hinstreckt:*
mecum omnes plangite!	*Alle klagt mit mir!*

(Aus den Carmina Burana)

Das Rattern wurde leiser, und mit einem dumpfen Klock kam das Rad zum Stillstand.

»Gewonnen hat: ›die Herrscherin‹, Symbol des Lebensgenusses und der alltäglichen Erotik.« Bartholomäus Wille trug heute eine große Schürze über Hemd und Wams, und seinen Kopf zierte eine helle Bundhaube. Er betrachtete das Bild der Spielkarte, die nun am Rad der Fortuna nach oben zeigte. »Gewonnen hat also der Tisch mit der Nummer XVI!«

Grölend beglückwünschten sich die Sieger, zwei Gerber vom Blaubach, die den Abend in Begleitung zweier Weibsbilder im Haxenhaus verbrachten. Der Wirt lief mit seinem an einem langen Stab befestigten Lederbeutel, in dem die Münzen aus den Spieleinsätzen klingelten, an den Tisch mit der Glücksnummer.

»Vier Heller Einsatz – acht Heller Gewinn!« Der Geldbote fingerte die Geldstücke aus der engen Öffnung des Beutels. Klirrend ließ er die Heller und die mit »Sancta Colonia« beschrifteten Pfennige auf den Tisch rollen.

»Herzlichen Glückwunsch! Und eine Runde Gruit gibt es noch dazu! – Lisbeth, die Ehrenrunde«, rief er über die Schulter. Dann wandte er sich ab, entleerte den immer noch gut gefüllten Geldbeutel in die Tiefen seiner Schürze und ermunterte seine Gäste abermals: »Neues Spiel – neues Glück! Wer nicht wagt, der nicht gewinnt! Jeder Spieleinsatz nur ein Heller!« Von Tisch zu Tisch eilend, sammelte er die Einsätze für das kommende Spiel. Rasch füllte sich der Beutel unter dem Geklimper der Münzen.

»Kann ich auch zwei Heller reingeben und vier gewinnen?«, fragte einer der fünf Gäste, die an Tisch XXII beisammensaßen.

»Der Einsatz ist ein Heller, und dabei bleibt es«, erwiderte der Wirt und wischte sich den Schweiß mit einem Zipfel seiner Schürze ab. »Wo kämen wir denn hin, wenn jeder Mitspieler unterschiedliche Mengen von Münzen einsetzen würde? Bin ich vielleicht ein Gelehrter, dass ich das alles in meinem Kopf behalten und errechnen könnte?« Er beendete seine Runde mit dem Klingelbeutel und trat wieder an das Rad der Fortuna.

»Das Spiel beginnt – wer wagt, gewinnt! Rota tu volubilis*«, verkündete er und brachte die Holzkonstruktion erneut in Schwung. Die bunten Karten verschwammen in der kreisenden Bewegung des Rades, wurden nach und nach wieder deutlicher und waren schließlich gut zu erkennen, als das Rad zum Stehen kam.

»Zum Herrgott zeigt ... zum Herrgott zeigt dieses Mal ›der Eremit‹. Er steht für Askese und Besinnung. Fasten und Buße in Zurückgezogenheit tut dem not, der diese Karte bekommt. Die Zahl zur Figur des Eremiten ist die XXII!«

Wieder durchquerte Bartholomäus Wille sein Lokal, um den Gästen an Tisch XXII ihren Gewinn auszuzahlen.

»Hätte ich mal mit doppeltem Einsatz spielen dürfen«, maulte der Mann, der zuvor diesen Vorschlag gemacht hatte.

»Kleinvieh macht auch Mist, Ulrich«, sagte sein Tischnachbar. »Und dass es noch für jeden ein Gruit dazu gibt, ist schließlich auch nicht zu verachten.«

Zehn einzelne Heller kullerten auf die Tischplatte, und jeder der fünf Spieler nahm sich zwei davon.

»Fortuna nun ruht, ich ziehe den Hut!
Es klagt mein Magen, von des Tages Plagen;
nach Trunk und Speisen wird das Rad wieder kreisen.«

Damit verabschiedete sich Bartholomäus Wille in die Küche, um dort seinen Leib zu stärken.

**Rad, du rollendes!*

An Tisch XXII sagte Ulrich Weyden, der als Schopper nicht weit vom Haxenhaus wohnte und häufiger Gast des Hauses war: »Einen richtigen Reibach macht eh immer nur der Bärschi; egal, wie hoch wir spielen. Aber zumindest gibt er uns noch ein Freibier.« Die Übrigen in der Tischrunde nickten zustimmend, hoben alle fünf ihre Krüge und prosteten sich zu.

Der hünenhafte Ulrich, Witwer mit drei kleinen Kindern, trug ein einfaches schwarzes Wams über seinem straff gespannten Leibrock. Er war an diesem Abend in Gesellschaft seines Freundes, des Zimmerers Heinrich Deutz, und dessen Gesellen Franz. Der rothaarige Junge mit dem von Sommersprossen übersäten Gesicht hatte gerade seine zweijährige Lehrzeit bei Meister Heinrich beendet und sollte auf Wanderschaft gehen, sobald das Wetter dazu einlud. Noch war es bitterkalt in den Rheinlanden; nur eine Woche zuvor hatte es wieder kräftig geschneit.

Am Tisch dieser drei hatten auch die Schneider Jakob Zwirner und Otto Gailenkirchen Platz gefunden. Ersterer war ein schmales Männchen in einem braunen, akkurat geschneiderten Surkot mit weitem Halsausschnitt. Sein Rücken war gekrümmt, und seine Miene zeigte stets einen säuerlichen Ausdruck.

»Hat deine Olle dich wieder gepiesackt?«, fragte ihn sein Freund mitfühlend. Schneider Gailenkirchen bot einen scharfen Kontrast zu seinem Berufsgenossen. Feist und rotwangig erweckte er stets den Eindruck, dass die Welt in Ordnung und das Leben ein Kinderspiel sei.

»Als ich heute früh vom Nadler kam, ist sie gleich auf mich los. Ich hätte mich herumgetrieben, hat sie geschrien; was mir einfiele, zur Terz die Stube zu verlassen und erst zur Vesper wieder zurückzukehren. Sie äußerte gar den Verdacht, ich sei bei den gemeynen Frauwen* in der Schmierstraße gewesen.«

»Ein echter Hausdrache, deine Frau Gemahlin«, sagte Ot-

**Dirnen*

to. »Und sie hatte wohl nicht einmal recht mit ihrem Verdacht, oder?«

»Wo denkst du hin? Ein kleiner Schwatz beim Nadler, ein kurzer Spaziergang von St. Laurentius bis zur Dombaustelle und am Alten Ufer entlang zurück. Völlig harmlos und bestimmt nicht tadelnswert.«

»Du lässt dir einfach zu viel gefallen von deiner Frau. Gib ihr doch zur Abwechslung einmal einen Grund zum Keifen und statte den Hübschlerinnen in der Schmierstraße oder der Marzellenstraße einen Besuch ab.«

»Heilige Ursula, steh mir bei – mit allen elftausend Gefährtinnen! Mit dem Hohleisen würde meine Frau auf mich einprügeln, bis nichts mehr von mir übrig ist.«

»Zuvor aber hättest du doch zumindest noch die Wonnen gekostet, die Frauen schenken können – außer der Deinigen natürlich!«

Jakob bot einen jämmerlichen Anblick, doch seine Augen verrieten Sehnsucht nach etwas, das er sich insgeheim schon lange wünschte. Er seufzte tief, wissend, dass der liebe Gott seinem Freund ein so ganz und gar anders geartetes Dasein beschert hatte, obwohl sie doch beide Schneider waren. Otto war mit einem Prachtstück von Weib verheiratet; kinderlos, wie sie waren, blieb den beiden viel Zeit füreinander, und die nutzten sie weidlich. Schon bei anderen Gelegenheiten hatte Otto es nicht versäumt, dem armen Jakob von den Befriedigungen zu berichten, die ihm seine Ehefrau angedeihen ließ.

»Erst vorhin, kurz bevor ich aufbrach«, hob Otto wie erwartet an, »da stand meine Resi plötzlich neben mir, klappte ihr Mieder auf und schlug es zurück wie der Herr Pfarrer das Flügelbild am Altar. Sie legte erst ihre eigenen, dann meine Hände an ihre reifen Äpfel. Aaahh! Hernach drehte sie mir ihren Allerwertesten zu, hob ihre Röcke und wollte, dass ich sie nehme wie ein Stier.«

»Lass es gut sein, Otto«, unterbrach der chronisch unbefriedigte Jakob. »Wenn du zu noch präziseren Schilderungen schreitest, versündigst du dich. Und du weißt ja, was den Sünder in der Hölle erwartet: Pix, nix, nox – vermis, flagra, vincula – pus, pudor, horror!*«

»Versuche nicht, mir Furcht einzuflößen. Therese ist meine mir von Gott gegebene Ehefrau, und was auch immer wir beide miteinander treiben, entspricht der menschlichen Natur. Wie kann es Sünde sein, wenn Mann und Frau sich gegenseitiges Vergnügen schenken?«

Die Zimmerleute am selben Tisch hatten die Unterhaltung der Schneider teilweise mitbekommen.

»Oh, welche Seite der Ehemedaille wird wohl meine Tochter erwarten, die ich im Mai dem Boettcher, Meister Gerardus, zur Frau geben werde?«, fragte Heinrich Deutz.

»Hauptsache, sie setzt gesunde Kinder in die Welt«, erwiderte Ulrich. »Und hoffentlich keene Fuss wie den hier« – er versetzte dem frisch gebackenen Gesellen Franz eine Kopfnuss. »Das bringt nämlich Unglück.«

»Der Franz ist ein tüchtiger Junge, auch wenn die roten Haare natürlich kein gutes Licht auf ihn werfen.«

»Wieso eigentlich? Niemand konnte mir das bisher erklären«, sagte Franz.

»Ach, weißt du, das ist ein wenig kompliziert«, druckste Meister Heinrich herum.

»Unsinn, kompliziert«, schaltete Ulrich sich ein. »Das ist so: Die Weiber, die bluten alle paar Wochen aus ihren unteren Körperöffnungen. In diesen Tagen sind sie unrein, und man tut als Mann gut daran, die Finger von ihnen zu lassen. Aber manche Kerle können sich eben nicht beherrschen, und dann kommen so rothaarige Pänz wie du dabei heraus. Nichts gegen deinen Vater, Franz, aber das hätte er sich vorher überlegen müssen.«

»Der ist schon lange tot.« Franz brauchte noch eine Weile, um das Gehörte zu verdauen.

**Pech, Schnee, Nacht – Wurm, Geißel, Fessel – Eiter, Scham, Grauen!*

»Hast du die Mitgift für deine Tochter schon beisammen?«, nahm Ulrich den Gesprächsfaden wieder auf.

»Ja, ja. Habe mich mit Meister Gerardus auf zwei Betten, zwei Bettlaken, vier Handtücher, sechs irdene Schüsseln, einen Kessel, vier Teller, vier Löffel aus Buchsbaumholz, eine Pfanne und einen Topf geeinigt. Ich denke, das ist angemessen. Gerardus und seine Zunft werden gut für meine Tochter sorgen.«

»Wenn ich doch bloß meine drei auch schon im heiratsfähigen Alter hätte.« Ulrich wurde nachdenklich. »Noch sind sie eine rechte Müh, obwohl mein Ältester, Nikolaus, schon kräftig mit anpackt. Und wo wird die Hochzeit ausgerichtet?«

»In unserem Zunfthaus. Ist alles bereits geklärt und besprochen. Und du bist als Zünftler mit dabei.«

Heinrich hob seinen Krug, und Ulrich und Franz taten es ihm gleich.

»Eigentlich geht es uns recht gut, auch wenn wir niemals Reichtümer anhäufen werden wie die Kaufmannsleute«, stellte Ulrich fest. »Die Zunft schützt uns und unseren Berufsstand und sorgt für unsere Nachkommen, wenn wir einmal nicht mehr sind.«

»Und die Geschäfte laufen auch nicht schlecht«, fügte Heinrich hinzu. »Im Winter gibt es zwar weniger zu tun, aber wir können uns doch um unsere Baumaterialien kümmern und kleinere Arbeiten ausführen.«

»Da sagst du was! Wie schwer war es damals, als wir noch so junge Burschen waren wie der Franz hier. Weißt du noch, manchmal bekam man über Monate kein anständiges Holz zu kaufen. Heutzutage jedoch, mit dem Stapelrecht, haben wir Cölner nie Mangel an Grundstoffen und Waren.«

1259 hatte Erzbischof Konrad von Hochstaden den Cölnern das Privileg des Stapelrechts verliehen. Es besagte, dass keiner der Kaufleute aus Böhmen, Ungarn, Polen, Sachsen, Thüringen oder Hessen, aus Bayern, Schwaben, dem Maasland oder irgendeinem anderen Gebiet mit seinen Waren auf dem Rhein an Cöln vorbeiziehen durfte. Das Zwangsrecht forderte, dass alle Güter auszuladen seien und drei Tage lang am befestigten Rheinufer den Cölner Bürgern und Zwischenhändlern zum Kauf anzubieten seien. Das Stapelrecht begründete sich auf die Tatsache, dass die niedrige Fahrrinne des Rheins in Höhe Cöln ein Umladen der Handelswaren auf andere Schiffstypen notwendig machte. Unter die Regelung des dreitägigen Warenangebotes fielen aber nicht nur die Güter, die auf dem Fluss transportiert wurden, sondern ebenso die, die Cöln auf dem Landweg erreichten. Die wirtschaftliche Bedeutung des Stapelrechts war für Kaufleute aller Art, aber auch für die Cölner Handwerker und Bürger nicht zu unterschätzen. Durch dieses Privileg wurde die Stadt zu einer Drehscheibe europäischer Warenströme und zu einer der reichsten Städte des Mittelalters.

»Das stimmt«, mischte sich nun Otto in das Gespräch ein. »Auch für uns Schneider ist mit dem Stapel vieles einfacher geworden. Wir können nun in aller Ruhe aus dem Angebot an Stoffen und Tuchen verschiedener Regionen aussuchen, müssen nie mit zweitklassiger Ware vorliebnehmen und können unseren Kunden entschieden bessere Arbeit liefern. Auf das Stapelrecht!« – »Auf die Cölner Handwerker!« – »Auf die Zünfte!« Fünf Bierkrüge schepperten aneinander.

»Ich sehe Ringe an euren mittleren Fingern –«, hob Ulrich an, wurde jedoch gleich von Otto unterbrochen.

»Die gehören zu unserem Handwerkszeug – nicht wahr, Jakob? Damit schützen wir uns vor den spitzen Nadeln, besonders, wenn wir sie durch sehr kräftige Stoffe stoßen müssen.«

»Das ist interessant, aber da fällt mir etwas ein, an das ich durch eure Ringe erinnert wurde. Vor einiger Zeit – es war, glaube ich, kurz vor dem Dreikönigsfeste – waren drei junge Edelleute hier im Haxenhaus zu Gast. Sie zechten, was das Zeug hielt, und einem wurde schlecht davon. Wenn mich mein Gedächtnis nicht trügt, war es der Graf von Kessel. Er ging also zum Brunnen vorn in Bärschis Brauerei, und dann fiel durch irgendwelche widrigen Umstände sein Ring in den Brunnen.«

»Woher weißt du das denn? Haben die Herren Grafen dir das selbst erzählt?«, fragte Heinrich seinen Freund ungläubig.

»Nicht doch! Aber ich saß in einer Tischgemeinschaft ganz in der Nähe der Edelleute und hörte, wie sie dem Büttel, der an jenem Abend hier eine Kontrolle durchführte, von dem Ringverlust berichteten.«

»Der war sicher sehr kostbar, der Ring.« Franz hatte ganz runde Augen bekommen.

»Bestimmt hundert Unzen wert oder noch mehr«, schätzte der Schiffszimmermann.

»Was, so viel?«, staunte Bartholomäus Wille, der gerade an Tisch XXII vorbeikam und das Gespräch mitbekommen hatte; ein gieriger Glanz glomm in seinen kleinen hellen Äuglein auf. »Es geht doch um den Ring in meinem Brunnen, oder? Um den des Grafen von Kessel und Broich?«

»Klar! Oder haben noch andere Gäste ihre Habseligkeiten in deinem Pütz versenkt, Bärschi?« Lachend wandte sich Ulrich wieder seiner Tischgemeinschaft zu, und der Wirt zog, ein leises »Pfff« ausstoßend, ab.

»Und? Haben die Grafen ihn später wieder heraufgeholt?«, wollte Franz weiter wissen.

»Das glaube ich nicht. Wie denn auch? Der Brunnen muss mindestens zehn Meter tief sein.«

»Dann liegt er ja womöglich immer noch im Brunnen!«

»Anzunehmen; und dort wird er bleiben bis in alle Ewigkeit«, wollte Heinrich das Thema beenden. Doch Jakob, der sich bislang zurückgehalten hatte, nickte wissend mit dem Kopf: »Das sollte mich wundern. Wenn wir durch euch von dem Ring im Brunnen erfahren haben, so werden inzwischen ganz bestimmt noch einige andere Personen davon Kenntnis haben. Und früher oder später wird jemand das kostbare Kleinod wieder heraufholen.«

»Nein, unmöglich«, rief Ulrich. »Wollen wir wetten?«

»Eine Wette, juchhu!« Otto liebte jegliche Art von Spiel. »Ich setze zwei Pfennige darauf, dass der Ring wieder auftaucht!«

»Und ich setze zwei Pfennige dagegen«, ging Ulrich Weyden auf die Wette ein. Heinrich fasste zusammen: »Ulrich Weyden, Schopper zu Cöln, behauptet, der Ring des Grafen von Kessel bleibe für immer verschwunden; Herr Schneider Otto Gailenkirchen hält dagegen eine Bergung des Rings für möglich. Der Wetteinsatz beträgt zwei Pfennige für jede Partei. Als Zeitraum wird eine Frist von, sagen wir, ungefähr sechs Monaten festgelegt.«

»Bis Michaelis«, schlug Jakob Zwirner vor.

»In Ordnung, bis Michaelis. Dann finden wir uns als Tischgemeinschaft wieder hier im Haxenhaus zusammen und werden feststellen, wer die Wette gewonnen hat. Aber dass es mir dann keinen Streit gibt.«

»Neues Spiel – neues Glück!« Aufs Stichwort erschien Bartholomäus Wille, dem das Fett noch vom Kinn troff. Er schwenkte seinen Lederbeutel von Tisch zu Tisch und ließ die Münzen klirren. Am Rad der Fortuna angelangt, tönte er: »Das Spiel beginnt – wer wagt, gewinnt! Rota tu volubilis«, und gab dem Glücksrad einen tüchtigen Schubs.

»He, Bärschi! Räächs eröm«, protestierte ein Gast lautstark. »Du kannst das Rad doch nicht je nach Laune mal links und mal rechts herum drehen!«

»Die Launen des Wirts sind die Launen der Fortuna«, erklärte Wille bestimmt und ließ dem Rad seinen Lauf.

Die Zecher hatten ihre Gespräche unterbrochen und starrten auf das schicksalhafte Gebilde, welches sich erst schnell, dann wieder ruhiger drehte und endlich stehen blieb.

»Die Glückskarte dieses Mal ist ›die Kraft‹! Wecke den Löwen in dir! Du brauchst Feuerproben nicht zu fürchten«, deutelte der Wirt. »Diese Karte gehört zur Zahl XXV –« Jäh hielt er inne und blickte betroffen auf die Gestalt, die soeben im Türrahmen erschienen war. Die Augen der Zecher und Spieler wanderten von Bartholomäus Wille zur Eingangspforte.

»Florian Grimm, Büttel zu Cöln! Gekommen, um im Haxenhaus die Einhaltung des Rechts zu überprüfen.« Der Sprecher trat einige Schritte vor und wandte sich dann mit ernster Miene an den Wirt. »Habt Ihr mir nicht, als ich jüngst in dieses Gasthaus kam, bei Gott und allen Heiligen geschworen, dass hier niemals Glücksspiele stattfinden? Doch was muss ich nun sehen? Das Rad der Fortuna geöffnet – es wurde betätigt, denn es zittert noch. Beginnt heute etwa ein neues Jahr, oder muss die Ernte neuerdings schon im Februar gesegnet werden? Ihr seid mir wohl eine Erklärung schuldig, Herr Bartholomäus Wille, eine gute Erklärung!«

Der Angesprochene hatte mit einer blitzschnellen Bewegung den Beutel mit den Münzen hinter den schwarzen Kasten gleiten lassen, welcher den Rahmen für das Glücksrad bildete.

»Kein Erntesegen und kein neues Jahr im Herrn hat uns heute veranlasst, das Rad der Fortuna aus seinem dunklen Gefängnis zu befreien. Aber gespielt wurde auch nicht damit! Nicht hier im Haxenhaus! Ihr meint wohl, ich hätte gewagt, Euch bei Eurem letzten Besuch zu belügen? Das würde ich mich nimmer getrauen. Doch scheint Ihr nicht zu wissen, Herr Büttel, wessen Feiertag wir heute begehen.«

Florian Grimm schaute sehr skeptisch auf den heftig gestikulierenden Gastwirt. »Da bin ich aber gespannt. Ihr werdet es mir sicherlich gleich verraten und noch dazu, was dieses Fest – welches auch immer es sein möge – mit dem Rad der Fortuna zu schaffen hat.«

»Der heilige Apostel Matthias, werter Herr!«, beeilte sich Wille zu erläutern. Dicke Schweißperlen bedeckten sein Gesicht. »Der durch Petrus nachträglich in die Schar der Jünger aufgenommen wurde, als man Judas wegen seines Verrats verstieß. Der 24. Februar ist der Tag des heiligen Matthias, dessen Gebeine in Treviris ruhen. Der einzige Apostel, der ganz in unserer Nähe seine Ruhestätte gefunden hat!«

»Unterhaltsam und äußerst interessant«, bemerkte der Büttel. »Meines Wissens nach wird das Haupt des Apostels Matthias jedoch in Rom in der Kirche Santa Maria Maggiore aufbewahrt.«

»Das Haupt, ja, aber nur dieses! Alle anderen Teile seines

gebenedeiten Skeletts bis zum kleinsten Knöchelchen ruhen bei den Benediktinern in Treviris.«

»Schön, schön! Wir feiern also heute den großen und wichtigen Gedenktag des heiligen Matthias. Doch sagt mir, wieso wird ausgerechnet ihm zu Ehren das Rad der Fortuna bemüht?«

»Oh …« Willes Verlegenheit dauerte nur Sekundenbruchteile, »wegen des Patronats! Matthias ist doch der Schutzheilige aller Bauhandwerker, der Tischler, Zimmerer und Schopper, aber auch der Schmiede und der Schneider. Nun seht Euch einmal in der Gaststube um! Lauter Mitglieder dieser Berufsstände sind heute Abend meine Gäste, wie Ihr unschwer an den Zunftabzeichen erkennen könnt. Ich wollte ihnen eine kleine Freude machen, indem ich das Glücksrad am Tage ihres Patrons drehe. So wird sich für die braven Handwerksleute bis zum nächsten Festtag des Apostels die Auftragslage nicht verschlechtern, und es wird ihnen auch sonst kein Unglück widerfahren!«

»Eine hübsche Erklärung habt Ihr mir da geliefert; wahrlich, sehr originell. Was könnte ich dagegen einwenden? Dennoch bin ich nicht ganz zufriedengestellt. Ich werde es halten wie beim vorigen Mal und in einer Stunde nochmals vorbeischauen, um mir meine Zeugen auszusuchen.« Die Methode, ohne allzu großen Zeitaufwand Zeugen zum Glücksspiel vernehmen zu können, indem er sich des Rads der Fortuna bediente, hatte ihm zugesagt, und so fiel ihm der Entschluss, es an diesem Tag ebenso zu halten, nicht schwer.

Es sollten fast zwei Stunden verstreichen, ehe der Büttel wieder im Haxenhaus auftauchte. »Entschuldigt die Verspätung; doch es war erforderlich, an anderer Stelle gegen das Glücksspiel einzuschreiten«, gab er als Begründung an. »In der Wolratzgasse stieß ich in einem Hinterhaus auf eine Kegelbahn. Zustände wie in der Urbe Xanctensi!«

Florian Grimm zog seinen roten Mantel aus und legte ihn auf der Ecke eines Tisches ab. Dabei ließ er sich die ungeheuerliche Situation in der Stadt am Niederrhein, die ihm kürzlich zu Ohren gekommen war, durch den Kopf gehen. In Xanten, hieß es, gab es in zentraler Lage, unmittelbar neben dem Dom, eine weithin berühmt-berüchtigte Kegelbahn. Im Jahre 1265 hatten sich die Liebhaber dieses Spiels gar zu einer Gilde, den »fratres kegelorum«, zusammengeschlossen, in die man gegen eine in Naturalien zu entrichtende Aufnahmegebühr eintreten konnte.

»Eine Kegelbahn? Hier in Cöln?«, staunte Bartholomäus Wille. »Wer hätte das gedacht? Mit wie vielen Hölzern wurde dort gespielt, wenn ich fragen darf?«

»Mit neun Kegeln habe ich sie erwischt!«, antwortete der Büttel bereitwillig. »Was natürlich dafür spricht, dass diese Kegelbahn nicht erst seit gestern existiert, wie man mir weiszumachen suchte. Anfänger dieses Spiels würden ihre Kugeln wohl eher auf ein einziges Holz schieben. Doch nun zu meinen Zeugen.«

Florian Grimm trat an das immer noch geöffnete Glücksrad und setzte es schwungvoll in Bewegung. Es blieb wieder mit der Zahl XXII und der Karte des Eremiten nach oben stehen. Zum zweiten Mal an diesem Abend!

Der Büttel begrüßte die fünf Handwerker am ausgelosten Tisch und notierte auf seinem Vellum: Zimmerermeister Heinrich Deutz mit seinem Gesellen Franz, Schopper Ulrich Weyden, Schneidermeister Otto Gailenkirchen und Schneidermeister Jakob Zwirner.

»Wie steht es nun um das verbotene Glücksspiel im Haxenhaus?«, stellte er seine gewichtige Frage. »Stimmen die Herren Zimmerleute und Schneider den Ausführungen zu, die der Gastwirt bezüglich des heutigen Festes des heiligen Apostels Matthias gemacht hat, oder wurde das Rad der Fortuna auch noch zu anderen Zwecken missbraucht?«

Alle Mitglieder der Tischgemeinschaft gaben den Erläuterungen des Bartholomäus Wille recht, dankten ihm für seine Großzügigkeit, das Rad zu Ehren ihres Berufspatrons gedreht zu haben, und hatten dem nichts hinzuzufügen.

Florian Grimms Miene zeigte Skepsis, und er schickte sich gerade an, die Befragung unter Androhung harter Strafen fortzusetzen, als sein Blick auf die attraktive Schankmagd fiel. Nach einem kurzen Gewissenskonflikt, in dem sein Verstand ihm zur wahrhaften Erfüllung seiner Pflichten riet, seine Gefühle jedoch eine nicht zu verleugnende aufkeimende Zuneigung zu der Magd aufwiesen, entschied er sich dafür, Gnade vor Recht ergehen zu lassen. Er beließ es also dabei, den Zeugen Dank zu sagen und ihnen den Freyzech zuzusprechen. Erleichtert und glücklich, die Kosten des Abends eingespart zu haben, hoben die fünf Handwerker der Tischgemeinschaft XXII ihre Krüge. Der Büttel verzog sich an einen der etwas abseits gelegenen Tische, wo Elisabeth ihn bald mit Bier und Karbonaden bewirtete.

»Euch würde ich auch gerne einmal näher befragen«, zwinkerte der Büttel und ergriff die Hand der Magd. Elisabeth ließ es geschehen und fühlte, wie ihr das Blut heiß in die Wangen schoss.

»Verratet mir Euren Namen.«

»Elisabeth, mein Herr. Witwe des Räderknechts Tobias Fragner.«

»Witwe also seid Ihr! Und noch so jung.« Florian strich ihr sanft über Hand und Unterarm. »Sagt mir, Elisabeth, behandelt man Euch gut hier im Haxenhaus?«

»Ich kann nicht klagen. Bärschi – also Bartholomäus Wille, der Wirt – ist zumindest anständig mir gegenüber. Und er prügelt mich nicht. Ich habe oben meine Kammer und werde verköstigt. Vielen Menschen hier in Cöln geht es sicherlich schlechter als mir.«

»Was ist mit Eurer Familie und der Eures verstorbenen Mannes?«

»Ich selbst habe keine Angehörigen mehr bis auf einen Onkel auf dem Lande. Tobias' Eltern sind verstorben, und zu seinen Geschwistern konnte ich nach seinem Tod auch nicht gehen. Sie leben alle recht beengt. Hier bin ich wenigstens nicht allein, die Gäste mögen mich, und ich stehe unter dem Schutz des Hauses. So, jetzt muss ich mich aber wieder kümmern.«

»Passt gut auf Euch auf!«

TISCH IV

17. März 1271

Florian Grimm notierte die Namen seiner beiden Zeugen: Gunther von Veynau und Reinald von Wachendorf. Die Befragung fiel kurz aus, denn es war ein ruhiger Abend im Haxenhaus, und die zwei Männer machten auf ihn nicht den Eindruck, als hätten sie im Verlauf der letzten Stunden viel vom Wirtshausgeschehen mitbekommen. Als er an ihren Tisch trat, waren sie tief in eine sehr ernste Unterhaltung versunken gewesen und hatten selbst das Drehen des Glücksrades nicht registriert. Er gab also dem Wirt den ihnen zustehenden Freyzech bekannt, verabschiedete sich und stand auf, um sich an einem anderen Tisch im Haxenhaus zum Essen niederzulassen.

»Es ist doch alles sinnlos geworden.« Reinald von Wachendorf wischte den letzten Rest Sauce mit einem Stück Brot vom Teller. »Ohne Irmgard werde ich keinen glücklichen Tag mehr zu Hause erleben. Mir graust noch jetzt, wenn ich an die vergangenen Wochen zurückdenke. Diese Leere, diese Stille, diese Kälte – meine eigene Burg habe ich wie das bitterste Verlies empfunden!«

Gunther von Veynau sah seinen Freund besorgt an. »Das war der Schock, Reinald. Ich weiß, du hast Irmgard sehr geliebt. Oder nein, wissen tue ich es wohl nicht; ich kann es nur erahnen. Eine Liebe wie die eure war mir bislang nicht vergönnt.«

»Nicht nur ich habe sie unendlich geliebt. Jeder, der sie kannte, war von Irmgard fasziniert. Keiner unter unseren Freunden und unter unserem Gesinde, der sie nicht verehrt hätte. Sie war die anmutigste, die sittsamste, die schönste aller Edelfrauen. Ach, nie mehr wird ihr glockenhelles Lachen die Mauern von Burg Wachendorf erfüllen!«

»Sie war wirklich etwas ganz Besonderes«, stimmte Gunther zu. »Doch seit jeher von zarter Gesundheit.«

»Gerade deshalb hätte ich sie nicht allein lassen dürfen. Ich hätte wissen müssen, dass meiner lieben Frau nicht allzu viele Jahre vom Herrn gegeben sind. Welch furchtbare Fehlentscheidung, mit Ludwig gen Heiliges Land zu ziehen. Ich werde es mir nie verzeihen.«

»Wir waren gerade einmal ein Jahr fort. Kein Mensch konnte voraussehen, dass deine Gemahlin in dieser kurzen Zeit sterben würde.« Gunther führte seinen Bierkrug an die Lippen, nahm einen kräftigen Schluck und fuhr dann fort: »Genauso wenig, wie ich vermuten konnte, welch umwälzende Veränderungen auf Veynau in den wenigen Monaten vor sich gehen würden. Glaube mir, auch ich hätte auf die Teilnahme am Kreuzzug verzichtet, wenn ich zuvor auch nur die leisesten Anzeichen des Verrats wahrgenommen hätte. Mein eigener Bruder! Der weltfremd und fromm, wie er ist, auf mich und jedermann stets den Eindruck gemacht hatte, als wisse er gar nicht um den Unterschied zwischen Männlein und Weiblein. Den Dominikanern hatte er beitreten wollen! Pfff!« Er unterbrach sich für einen weiteren tröstenden Schluck aus dem irdenen Krug, hielt das leere Gefäß dann über seinen Kopf, und sogleich brachte Elisabeth zwei frische Gruitbier an Tisch IV. »Ich hätte gut daran getan, beide zu erschlagen, wie sie da miteinander mein eheliches Schlafgemach besudelten. Meine Mechthild und mein eigener Bruder!«

»Nein, es war gut, dass du dich beherrschen konntest, auch wenn du in jeder Hinsicht das Recht zu einer solchen Tat gehabt hättest. Aber es wird genug Blut vergossen – im Heiligen Land, hier und allerorten.«

Schweigend saßen die Freunde einander vis-à-vis, jeder in seinen Krug starrend. Reinald von Wachendorf war neunundzwanzig Jahre alt und eine wahrhaft imposante Erscheinung: groß, breitschultrig, mit dunklen Haaren und einem ebensolchen vollen Bart, der einen Großteil seines Gesichts bedeckte. Darüber lagen eine kräftig geschwungene Nase und feurige schwarze Augen, die allerdings im Kummer der jüngsten Vergangenheit viel von ihrer ursprünglichen Ausstrahlung eingebüßt hatten. Über einem blassroten Obergewand trug er ein dunkelgrünes Wams aus festem Filz mit Goldstickerei an den Borten. Sein um ein Jahr jüngerer Freund war ähnlich gekleidet, ansonsten jedoch ein ganz anderer Typ. Er war deutlich kleiner als sein Gegenüber, feingliedrig und aschblond. Seine Gesichtszüge bezeichneten viele als aristokratisch, und seine auffällig dunkelblauen Augen konnten einen Gesprächspartner mit fast hypnotischer Wirkung an- und durchschauen.

»Das wirst du nicht tun«, sagte er nun mit Nachdruck. Reinald hatte zum wiederholten Mal die Absicht geäußert, einer Ordensgemeinschaft beitreten zu wollen, weil er sich eine Rückkehr auf seine Burg nicht mehr vorstellen konnte. Gunther war sich mit seinem Freunde, was den letzten Punkt anbetraf, einig; auch er verspürte wenig Lust auf eine Rückkehr in die Hügel der Voreifel. Doch sahen seine Pläne ganz anders aus. »Von den Klerikern ist doch einer erbärmlicher als der andere, Reinald. Und um deinen Glauben ist es eh nicht mehr zum Besten bestellt nach den Erfahrungen im Süden. Schau sie dir doch an, die heilige katholische Kirche! Nicht einmal ein Oberhaupt hat sie mehr, und das, seit vor zweieinhalb Jahren Clemens IV. verstorben ist. Wenn du mich fragst, werden sich die Herren Kardinäle in Viterbo nie auf einen neuen Papst einigen. Also vergiss den ganzen Kirchenkram! Wir beide, wir fangen noch einmal ganz von vorn an. Im Handel liegt die Zukunft, verstehst du? Wir werden unsere Burgen, unser bisheriges Leben, den vermaledeiten Kreuzzug und alles andere hinter uns lassen. Ich werde den Betrug Mechthilds und meines Bruders vergessen, und auch du wirst mit genügender Ablenkung bald über den Verlust deiner Irmgard hinwegkommen. Wir werden einen schwunghaften Handel aufbauen und niemandem mehr trauen außer uns selbst. Und vom ersten Verdienst werden wir unseren Gefährten, die mit uns ausgezogen und nicht zurückgekehrt sind, eine Kapelle errichten.«

Florian Grimm hatte seine Mahlzeit beendet und trat nochmals an den Tisch der beiden Kreuzfahrer.

»Ist es gestattet, Euch eine Weile Gesellschaft zu leisten?«, fragte er und nahm nach einem zustimmenden Nicken auf einem freien Schemel Platz. »Zufällig hörte ich, dass Ihr mit König Ludwig auf seinem Kreuzzug wart. In Tunis, nicht wahr? Die Kunde von den furchtbaren Ereignissen dort ist auch bis ins Rheinland gedrungen, doch sind die Erzählungen oftmals sehr widersprüchlich. Mich würde interessieren, wie der Kreuzzug tatsächlich verlaufen ist. Was hat Euch bewogen, gegen die Heiden zu ziehen? Und was ist Euch widerfahren?«

Gunther von Veynau bedachte den Büttel mit einem prüfenden Blick und entschloss sich dann, dem sympathisch wirkenden jungen Mann einen Bericht aus erster Hand zukommen zu lassen:

Im Winter des vorangegangenen Jahres waren die beiden gemeinsam mit drei weiteren Recken von benachbarten Burgen dem Aufruf des Franzosenkönigs Ludwig IX. gefolgt und hatten sich nach Genua begeben, wo sich die Flotte zum siebten Kreuzzug formieren sollte. Reinald von Wachendorf, Gunther von Veynau, Gero von Katzvey, Quirin von Antweiler und der kleine Friedrich von der oberen Burg Kuchenheim hatten ihre Rüstungen hervorgeholt, welche sie bis dato nur zu Turnieren getragen hatten. Kettenhemden und Brustpanzer, Helme und Kettenhauben mit ausladendem Kragen waren auf Hochglanz poliert, Schwerter und Lanzen geschärft worden. Gero hatte mehrere Morgen Land an seinen sehr viel wohlhabenderen Onkel, den Herrn von Burg Satzvey, verkaufen müssen, um die Kosten für die aufwendige Ausrüstung bestreiten zu können.

Frohen Mutes hatten sie und ihr kleines Gefolge ihre Rösser bestiegen, Gemahlinnen, Eltern und Brüdern einen letzten Gruß zugewinkt und sich gen Süden auf den Weg gemacht.

Am Fuß der Alpen hatten sie die Reise für zwei Wochen unterbrechen müssen. Die Schneeschmelze ließ im Jahr 1270 auf sich warten, und eine Überquerung des Gebirges in winterlichem Zustand hätte ihrer aller Leben gefährdet. Man hatte sich in einer Herberge einquartiert und die Zwangspause dankbar zur Erholung der wundgerittenen Hinterteile genutzt. Friedrich, mit seinen neunzehn Jahren der Jüngste der Runde, war tage- und nächtelang nicht müde geworden, die Gesellschaft mit Spielchen und Späßchen zu unterhalten. Am letzten Tag vor dem Aufbruch aus ihrem witterungsbedingten Notlager stieß der Habsburger Albrecht I. – ein Knabe von gerade fünfzehn Jahren – mit seiner vielköpfigen Begleitung zu ihnen. Auch er wollte sich Ludwig dem Heiligen anschließen und den Sultan von Tunis bezwingen. Ihnen allen stand die Figur des französischen Königs als leuchtende Ikone vor Augen. Herrscher über ein großes Reich und über unermessliche Reichtümer – Held vieler Kriege und Anführer des letzten, zwanzig Jahre zurückliegenden Kreuzzuges! Die Abenteuer Ludwigs IX., seine Gefangennahme in Ägypten und seine anschließende Befreiung durch Zahlung eines immensen Lösegeldes, waren viele Jahre lang in aller Munde gewesen. Das kleine Detail, dass der Kreuzzug letztendlich auf der ganzen Linie gescheitert war, wurde beim Erzählen gern vergessen. Welch günstige Fügung des Schicksals, dass der greise König nun ein weiteres Mal gerufen hatte! Welch einmalige Chance, mit solch einem Führer gegen die Heiden zu ziehen! Die jungen Ritter waren hochmotiviert und voll des Dranges, die Welt zu sehen.

Hatte schon der Anblick der schneebedeckten Alpen die Reisenden in Erstaunen versetzt, so eröffnete sich ihnen in den italienischen Städten dahinter ein völlig neuer Kosmos.

Ende April waren sie, in ihren schweren Rüstungen grausam schwitzend, in das frühlingshafte Mailand eingeritten. In der Nähe der lombardischen Basilika San Ambrogio hatten sie Quartier bezogen und dann einige Tage lang das aufregende Leben in der fremden Stadt genossen. Die meisten Rundgänge hatten in einer Trattoria unweit des mächtigen Castello geendet, von wo sie in den frühen Morgenstunden trunken vom schweren, dunkelroten Wein in ihre Herberge zurückschwankten.

Schließlich hatten sie Genua erreicht, wo sich bis zum Pfingstfest ein Großteil der Kreuzzugsteilnehmer einfinden sollte. Die Stadt brodelte unter den Massen der aus allen Himmelsrichtungen anrückenden Scharen, alle Herbergen und Gasthäuser waren überfüllt, und später Anreisende mussten Sorge tragen, von den Genueser Bürgern aufgenommen zu werden. Die kleine Truppe aus der Eifel fand Einlass bei der Familie Aldobrandini, die in zentraler Lage ein großes Haus unterhielt und dem Kreuzzugsvorhaben aufgeschlossen gegenüberstand. Pferde und Knappen wurden in den geräumigen Stallungen untergebracht, während man den fünf Rittern aus deutschen Landen eigene Gemächer zuwies. Ihnen blieben noch fast drei Wochen bis Pentekoste, dem Tag, an dem die Flotte in See stechen sollte.

Reinald von Wachenburg verbrachte den Großteil seiner Zeit mit ausgedehnten Spaziergängen im Hafen von Genua. Er wurde es nicht satt, das lebhafte Treiben der Vorbereitungen zu beobachten. Stunde um Stunde sah er zu, wie hochbeladene Ochsenkarren am Pier entladen wurden und die Fracht Stück für Stück auf die zwei Dutzend Schiffe verteilt wurde. Er dachte an seine geliebte Frau Irmgard und ihre Betrübnis, als er ihr von seinem Wunsch erzählte, am Zug Ludwigs des Heiligen teilzunehmen. Doch sie hatte ihm keinerlei Vorhaltungen gemacht, hatte ihn ermuntert und bestärkt, wohl wissend, dass die leiseste Skepsis ihrerseits die Pläne des Gatten sofort zunichtegemacht hätten.

Reinald hatte sich mit einem Vasallen aus dem Gefolge des brandenburgischen Markgrafen Johann II. angefreundet, der bereits vor mehreren Wochen eingetroffen war und sich gleichermaßen von der turbulenten Geschäftigkeit des Hafens angezogen fühlte. Auf den gemeinsamen Hafenrunden, die sie gegen Mittag für eine leichte Fischmahlzeit unterbrachen, wurde den beiden die Zeit nie lang.

Quirin von Antweiler, mit dreißig Jahren der Älteste unter den Eifelrittern, war, obwohl ein stattlicher Mann mit ansehnlichem Vermögen, unverheiratet. Seine Neigung, sich stets im unpassendsten Augenblick in die unpassendste Frau zu verlieben, war den anderen wohlbekannt. In Genua entwickelte er starke Gefühle für ihre Gastgeberin, die schöne Panfilia Aldobrandini. Er ließ keine Gelegenheit aus, sie mit Gesten und Worten zu umschmeicheln, und bemühte sich mit Geschenken und allen anderen einem Mann zur Verfügung stehenden Mitteln um ihre Gunst. Doch er kam seinem Ziel keinen Schritt näher, denn es war offensichtlich, dass die Angebetete ihrem Gemahl herzlich zugetan war und nicht im Geringsten daran dachte, diesen zu betrügen. Quirin musste zu einer List greifen! Es gelang ihm, sich die Magd der Schönen mit etwas weniger kostbaren Gaben gewogen zu machen. Mit ihrer Hilfe und bekleidet mit einem Leibrock des Herrn Aldobrandini, schlich er sich eines Nachts in das Gemach der begehrten Panfilia und legte sich an ihre Seite. Durch seine Zärtlichkeiten erwachte jene, war aber vom Schlaf zu benommen, um gleich zu bemerken, dass es nicht ihr Gemahl war, der sie in dieser Nacht aufsuchte. Erst als Quirin sie schon ganz erobert hatte, wurde sie des Betrugs gewahr und erzürnte und schämte sich sehr. Um ihre Schmach jedoch nicht noch zu vergrößern, versprach sie, Stillschweigen über die Angelegenheit zu bewahren, da es ja nur noch wenige Tage bis zur Abreise der Gäste dauern sollte und sie den heimlichen Liebhaber hernach nie wieder zu Gesicht bekäme.

Gunther von Veynau und Gero von Katzvey bogen sich vor Lachen, als der Held ihnen von seiner Meisterleistung berichtete. Die beiden vertrieben sich die Tage der Warterei mit Trinkgelagen in den in reicher Auswahl vorhandenen Osterias und Trattorias der Stadt Genua. Regelmäßig nach der Abendmahlzeit brachen sie auf und kehrten viele Stunden später, wenn die Sonne schon über dem Meer aufging, singend und torkelnd heim, um dann bis zur Non in ihren Gemächern zu verschwinden. In einigen dieser Spelunken trieb sich derbes Gesindel herum, sind doch alle Hafenstädte stets Sammelbecken für die übelsten Individuen. Gero, der über ein leicht aufbrausendes Temperament verfügte, brachte sie beide mehr als einmal in Situationen, die böse hätten enden können. Doch letztendlich überstanden die jungen Kreuzfahrer Gunther und Gero die Genueser Zeit mit keinen ärgeren Blessuren als einem blauen Auge und blutigen Fingerknöcheln.

Ganz anders als der arme Friedrich von Kuchenheim. Mit jugendlicher Leidenschaft verliebte auch er sich in eine hübsche Italienerin. Er hatte sie am Fenster eines Hauses in der Innenstadt stehen sehen, wo sie ihr dichtes schwarzes Haar bürstete, bis es wie pure Seide glänzte. Bald brachte er heraus, dass die junge Dame Lorenza heiße und mit ihren drei Brüdern – wohlhabenden Kaufleuten – das Haus bewohnte, an dessen Fenster er sie erblickt hatte. Friedrich war ein ausgesprochen gutaussehender Jüngling, und sein offenes, fröhliches Naturell tat das seine, sodass er es bald schaffte, die liebreizende Lorenza für sich zu gewinnen. In aller Stille verbrachten die beiden viele schöne Stunden miteinander. Doch eines Tages ließen sie nicht genügend Vorsicht walten und wurden von einem der Brüder der Tugendsamen entdeckt. Dieser war ein besonnener Mann und beschloss, einstweilen zu schweigen und Erkundigungen über den Lüstling, der es gewagt hatte, sich seiner Schwester zu nähern, einzuholen. Nachdem er in Erfahrung gebracht hatte, dass es sich um einen Teilnehmer des bevorstehenden Kreuzzuges handelte, einen Ausländer noch dazu, zögerte er nicht mehr lange. In einer finsteren Gasse lauerten er und seine beiden Brüder dem liebestollen Friedrich auf und erschlugen ihn. Da der junge Mann zuvor niemandem den Familiennamen seiner Geliebten genannt hatte, um sie nicht in Misskredit zu bringen, entgingen die Mörder ihrer Bestrafung.

Friedrichs Leiche wurde identifiziert und zum Haus der Aldobrandini gebracht. Dort bahrte man ihn auf und erwies ihm die letzten Ehren, bevor er in der Fremde beigesetzt wurde. Seinen Knappen schickten die verbliebenen vier Gefährten mit der Trauerbotschaft zurück in die Heimat. So hatte der Kreuzzug, zu dem der Jüngling abenteuerlustig aufgebrochen war, für ihn schon ein tragisches Ende genommen, bevor er überhaupt begonnen hatte.

»Das ist eine schreckliche Geschichte«, unterbrach Florian Grimm den Erzählfluss seines Gegenübers. »Es tut mir leid, dass Euer Freund ein solch brutales Ende in der Fremde fand.«

»Dank für Euer Mitgefühl«, sagte Gunther. »Doch es kam noch schlimmer.« Damit nahm er den Faden wieder auf.

Der Pfingsttag kam; es war ein sehr heißer Tag. Nach der Messfeier gingen die Kreuzfahrer an Bord. Die vier jungen Männer aus der Voreifel, deren Enthusiasmus durch den Tod des Jüngsten deutlich gebremst war, erklommen eines der Segelschiffe. Ihre Pferde wurden von den Knappen in den Schiffsbauch geführt und dort versorgt. König Ludwig hielt vom Ufer aus eine Ansprache, appellierte an die Tugenden des Rittertums – liberalitas, pietas, fortitudo und misericordia* –, betonte die Notwendigkeit der heiligen Aufgabe und bestieg dann selbst eines der Schiffe.

Die Männer teilten die Schlafplätze untereinander auf; Gunther, Reinald, Gero und Quirin hatten das Glück, eine mittig gelegene Stelle dicht beim Großmast ergattern zu können. Hier würde man die Bewegung der Wellen nur wenig zu spüren bekommen. Kaum hatten die Segler den geschützten Hafen von Genua verlassen, bestätigte sich ihre kluge Wahl. Der Wind blähte die Segel mächtig auf, und der Schiffskörper schaukelte auf den Wogen, als wäre er eine Nussschale.

**Freigebigkeit, Frömmigkeit, Tapferkeit, Barmherzigkeit*

Das Leben an Bord war so eintönig wie die Verpflegung. Die Fässer und Kisten, deren Verladen Reinald im Hafen beobachtet hatte, enthielten Dörrfleisch, getrocknete Weinbeeren, eingesalzenen Fisch, Getreide und vor allem Trinkwasser. Auch große Mengen von Heuballen führten sie als Futter für die Pferde mit sich. Roggen- und Weizenvorräte waren auf der Seereise unbrauchbar; sie wurden transportiert, um später an Land Brot backen zu können. Gerade diese Behälter aber waren es, welche eine unwiderstehliche Anziehungskraft auf die Ratten ausübten. Schon nach wenigen Tagen war alles an Bord mit Rattenkot bedeckt. Überall huschten die Nager mit den nackten Schwänzen herum. Unter den gelangweilten Männern wurde die Rattenjagd zu einem beliebten Zeitvertreib. Doch so viele man auch von ihnen erlegte, immer wieder kamen neue nach.

Der frische Wind, der die Kreuzfahrer zu Beginn ihrer Reise begleitet hatte, flaute nach zwei Tagen ab, und in Höhe Neapel ging nicht das kleinste Lüftchen mehr. Die schlaff herunterhängenden, nutzlosen Segel wurden eingeholt. Die Schiffe klebten unbeweglich auf der spiegelglatten Wasseroberfläche.

Gunther und Reinald standen an der Reling und blickten in Richtung Küste. Die flimmernde Luft machte ein Erkennen von Einzelheiten unmöglich. »Neapel«, seufzte Reinald, »die Stadt, in der der Untergang der Staufer besiegelt wurde.«

»Ja, ja. Ist noch keine zwei Jahre her, dass Karl von Anjou den kleinen Konradin hat hinrichten lassen. Gerade einmal sechzehn Jahre ist er alt geworden, der Herzog von Schwaben, der letzte Stauferspross.«

»Vielleicht begegnen wir ja dem großen Karl von Anjou, König von Sizilien, im Verlauf unserer Reise.«

»Möglich. Ist ja immerhin der Bruder unseres Anführers, und sie haben sich wahrscheinlich lange nicht gesehen.«

»Meines Wissens«, erwiderte Reinald, »weilt der hohe Herr zurzeit gar nicht in Sizilien, sondern ist nach Viterbo zum Konklave gefahren, um den Kardinälen dort ein bisschen Druck zu machen. Das hat zumindest der Brandenburger berichtet, mit dem ich mich im Hafen von Genua angefreundet habe.«

Fast zwei Wochen hielt die Flaute an. Die Stimmung auf den Schiffen sank stündlich, der Gestank wurde unerträglich. Dann plötzlich konnten die Kreuzfahrer ein leichtes Kräuseln der Meeresoberfläche beobachten. Der Wind war zurückgekehrt! Eilig wurden die Segel gehisst, und die Fahrt in Richtung Süden konnte fortgesetzt werden. Doch es war kein kräftiger Wind, mehr eine Brise, welche die Segelschiffe in zäher Langsamkeit an der Westküste des Stiefelschaftes entlangtrieb. Abkühlung brachte dieses Fahrttempo keine, und die sommerlichen Temperaturen machten Menschen und Tieren an Bord schwer zu schaffen.

Nach einer schier endlosen Zeit, in der Tage und Nächte gleichermaßen monoton und brütend heiß dahingestrichen waren, erreichten die Schiffe den Hafen von Palermo. Hier sollte eine mehrtägige Pause eingelegt werden, um die Trinkwasserreserven aufzufrischen. Auch wollten sich hier zehn weitere Schiffe dem Kreuzzug anschließen.

Mit wankenden Knien gingen die Kreuzfahrer an Land, froh, wieder festen Boden unter den Füßen zu spüren. Für viele von ihnen war diese Reise die erste Seeerfahrung gewesen, und die Begeisterung hielt sich in Grenzen, obwohl die Schiffe von Stürmen und anderen Widrigkeiten des Meeres verschont geblieben waren.

Ein Besuch im Badehaus war bei den meisten der dringlichste Wunsch, und so zogen auch die vier jungen Männer aus der Eifel los, um ein solches aufzusuchen.

Durch wiederholtes Begießen der Glieder vom Kopf bis zu den Füßen nahmen die vier eine Grundreinigung vor, ehe sie sich in den großen Holzzubern mit heißem Wasser niederließen. Eilfertige Bademägde füllten die Wannen mit immer neuem warmem Wasser und versorgten die Gäste mit Schwämmen und sonstigen Badeutensilien.

Ein Lautenspieler wandelte zur Unterhaltung zwischen den Bottichen umher, zupfte die Saiten und sang seine Liebesreigen und Hirtenlieder. Nach ausgiebigem Wässern begaben sich die vom Dampf ermatteten Kreuzfahrer in den schattigen Innenhof des Badehauses, wo Ruheliegen zum weiteren Verweilen einluden.

»Der Himmelskreislauf befindet sich im *Krebs*«, durchschnitt eine laute Stimme die friedliche Stille. Ein Mann von auffällig niedrigem Wuchs mit wirren schwarzen Locken, die ihm bis über die Augen fielen, hatte sich in der Mitte des Hofes aufgebaut und rezitierte aus voller Kehle. Sein bodenlanger, ärmelloser Mantel war aus Hunderten von bunten Stoffresten zusammengesetzt. »Ich bin Aristippos, der Hellene, und kenne mich aus in den Künsten der Mathematik. Drum hört mich an: *Krebse* stehen auf vielen Füßen und haben es deshalb stets eilig, zu Lande wie zu Wasser. Dem Krabbeltier folgt am Himmel der *Löwe*; in seinem Zeichen werden die Vielfraße geboren und die Herrschsüchtigen.« Er sah sich um und stellte befriedigt fest, dass die Köpfe der Ruhenden sich ihm zugewandt hatten. So hob er wieder an: »In der *Jungfrau* hingegen werden die Flüchtlinge und die Sklaven geboren. *Waage*geborene sind die Metzger, Salbenmacher und alle Arten von Krämern. Giftmischer gedeihen am ehesten unter dem *Skorpion*. Wollen die Herrschaften noch mehr über die Tierkreise erfahren?« Ohne eine Antwort abzuwarten, fuhr das Kerlchen fort: »Alle *Schützen* sind Spitzbuben, welche mit den Augen liebäugeln und dabei mit den Händen stehlen. Der *Steinbock* bringt die Mühseligen hervor, denen wegen ihrer Übel Hörner wachsen. Aus dem *Wassermann* entstehen die Wirte und Leute, die statt der Seele eine Gurke im Kopf haben.«

»Was faselt der da von Wirten mit Gurken im Kopf?« Bartholomäus Wille hatte dem letzten Abschnitt von Gunthers Bericht aufmerksam gelauscht, gehörte doch die Deutung von Sternzeichen zu seinen ausgewiesenen Spezialgebieten. »Wassermann bin ich in der Tat. Doch sagt man den unter diesem Zeichen Geborenen nur Gutes nach.«

»Es ist nur eine Geschichte aus dem fernen Sizilien«, beschwichtigte Gunther. »Gar manch Abstruses ist uns dort zu Ohren gekommen. Ihr solltet dem nicht allzu viel Bedeutung beimessen.«

Als der Wirt sich wieder seinen Aufgaben zugewandt hatte, fuhr Gunther fort:

Der kleine Kerl in seinem seltsamen Mantel ließ seinen Blick über die Liegen schweifen, um sich des Interesses seiner Zuhörer zu vergewissern. »Acht Zeichen habe ich Euch genannt! Es bleiben vier: Aus den *Fischen* gehen die Köche und Redner hervor. Wer unter dem *Widder* geboren wird, der hat viel Vieh und viel Wolle, außerdem einen harten Kopf, eine unverschämte Stirn und ein spitziges Horn. Nach dem Widder wird der Himmel zum *Stier*; hier werden die Starrköpfe geboren und Ochsentreiber. Am liebsten ist mir der Letzte aus dem Kreis, der *Zwilling*! Er gebiert lauter sympathische Seelen und Anbeter des Priapos.«

Lachen erscholl von allen Ruhestätten, und die witzige Astrologie des Aristippos wurde gebührend gelobt, bewundert und in klingender Münze entlohnt.

Die Tage in Palermo rauschten wie im Traum vorbei, dann erging der Aufruf an die Kreuzritter, die Schiffe wieder zu besteigen. Unter großem Jubel der sizilianischen Bevölkerung und lautstarken »Gott will es!«-Rufen stachen die Streiter für den christlichen Glauben in See, um an die afrikanische Küste des Mittelmeeres zu segeln. Ziel dieses siebten Kreuzzuges war die Bekehrung des Sultans von Tunis. Die Winde standen dem Unternehmen dieses Mal günstig gegenüber, und so dauerte es nicht lange, bis die Ruinen von Karthago in Sicht kamen, die sich auf einem Felsen steil über dem Meer erhoben. Im Golf von Tunis warfen die Kreuzfahrerschiffe ihre Anker aus. Die Kulisse der orientalischen Stadt mit dem massiven

Vierkantminarett der Almohaden-Moschee im Zentrum beeindruckte die Weitgereisten. In nur zwei Schlachten, verteilt auf drei Tage, konnten die Christen die Hafeneinfahrt erobern und an Land gehen. Vor den Toren von Tunis schlugen die Ritter ihr Zeltlager auf und sahen das Ziel ihrer Mission schon in greifbarer Nähe.

Doch sie sollten sich getäuscht haben. Die dicken Mauern, welche die Stadt umgaben, hielten der Belagerung stand, und bei jedem Angriff rissen die Pfeile der Hafsiden neue Lücken in die Reihen der Kreuzfahrer. Diese verzichteten meist auf ihre schweren Rüstungen und Panzerhandschuhe, die sie nicht nur unbeweglich machten, sondern Kopf und Leib unter dem Panzer aus Metall zum Sieden brachten. Unbarmherzig brannte die afrikanische Augustsonne auf das Heer Ludwigs IX. nieder. Essensvorräte gab es genug, sie hätten auch für eine monatelange Belagerung ausgereicht, doch die Wasserfässer leerten sich schneller als erwartet. Täglich wurden Trupps ausgesandt, um sie am nahen Fluss Miliane aufzufüllen. Dazu mussten die Männer den um diese Jahreszeit fast ausgetrockneten Flusslauf einige Stunden entlangreiten, bis sie zu einer Stelle gelangten, an der die schlammigen, gelbbraunen Fluten genügend Nass zum Auffüllen der Fässer hergaben. Die Aufgabe des Wasserholens war nicht nur schwierig zu bewältigen, sondern zudem sehr gefährlich. Feindliche Reitereien lauerten den Wasserholern immer wieder aus dem Hinterhalt auf. Manche der Ritter kehrten nie von ihrem Ritt zurück ins Lager, und man konnte nur ahnen, welches Schicksal sie ereilt hatte.

Zu einem dieser Wasserkommandos, die nie wieder gesehen wurden, gehörte auch Quirin von Antweiler. Seine drei Freunde redeten sich die Köpfe heiß darüber, ob man ihn getötet oder in die Sklaverei verschleppt hatte; helfen konnten sie ihm nicht.

Wenn es gelang, die Wasserfässer zu füllen und heil ins Lager zurückzubringen, so war die stinkende, verpestete Brühe als Trinkwasser völlig unbrauchbar. Doch die Möglichkeit des Abkochens, die durchaus einigen Vorsichtig-Gewitzten in den

Sinn kam, scheiterte an der Knappheit des Brennholzes zum Feuer machen.

So währte es nicht lange, bis sich eine furchtbare Seuche über das gesamte Kreuzfahrerlager ausbreitete. Die Männer starben nacheinander weg wie die Fliegen. Am 24. August ereilte dieser grauenhafte Tod auch den erst dreiundzwanzigjährigen Gero von Katzvey. Tags darauf erlag König Ludwig IX. der Seuche. Das Kreuzzugunternehmen wurde abgebrochen, die Überlebenden – knapp die Hälfte der Zahl, die ausgezogen war – schifften sich eilends ein und kehrten nach Sizilien zurück. Sie landeten in Syrakus, und von dort aus verlief sich das Heer der geschwächten Helden.

Gunther von Veynau und Reinald von Wachendorf waren auf dem Landweg über Messina, die dortige Meerenge und weiter bis nach San Pietro, einem kleinen Hafen in Apulien, gelangt. Hier nahm sie ein Kaufmannsschiff auf, welches auf dem Weg von Zypern nach Venedig war. Gerade noch rechtzeitig vor Einbruch des Winters schafften sie es, die Alpen zu überqueren und den direkten Weg in Richtung Heimat einzuschlagen. Erst wenige Monate zuvor hatten sie diese Strecke in die entgegengesetzte Richtung zurückgelegt. Doch es schien ihnen Jahre her zu sein!

Kurz vor dem Weihnachtsfest wurden die Zugbrücken der Burgen Wachendorf und Veynau für die Heimkehrer heruntergelassen.

»Nun kennt Ihr unser Abenteuer. Ihr seht uns zwar unversehrt am Leib, jedoch ohne Orientierung in der eigenen Heimat«, endete Gunther von Veynau.

Der Büttel dankte für die ausführliche Berichterstattung und erhob sich taktvoll, denn er merkte, dass den beiden Kreuzrittern das Erzählte schwer zu schaffen machte. Er ging zu dem Ecktisch, an dem die Schankmagd sich eine späte Mahlzeit gönnte, und nahm ihr gegenüber Platz.

Eine gute Stunde später hatte sich das Haxenhaus weitestgehend geleert. Nur die beiden Männer an Tisch IV brüteten noch über ihren finsteren Erinnerungen. Bartholomäus Wille war mit dem Kopf auf einer Tischplatte eingeschlafen und schnarchte in vollen Tönen. Selbst im Schlaf war er in Schweiß gebadet. In der Ecke saßen auch Florian Grimm und Elisabeth noch immer beisammen. Sie waren sich inzwischen sichtbar nähergekommen.

»Ein wirklich furchtbarer Unfall, dem dein Mann zum Opfer gefallen ist.« Florian Grimm hatte Elisabeths Hände in die seinen genommen. »Und so bald nach eurer Vermählung.«

Elisabeth hatte ihm geschildert, wodurch sie in so jungen Jahren zur Witwe geworden war, und den Büttel dabei aufmerksam betrachtet. Dabei war ihr eine kleine Narbe am unteren Ende seines linken Ohrläppchens aufgefallen. Als sie ihn nun danach fragte, antwortete er ihr: »Ich bin ja nicht als Büttel zu Cöln geboren. Ich stamme überhaupt nicht aus dieser Stadt, sondern bin erst vor Kurzem hier eingetroffen. Meine Heimat ist Rheinbach, etwa einen halben Tagesritt südlich von hier.«

Florian Grimm sah die stattliche Burg der Herren von Rheinbach mit dem mächtigen, viergeschossigen Bergfried deutlich vor sich. Kürzlich erst war die Anlage durch eine Vorburg erweitert worden, und man hatte außerdem damit begonnen, die Ortschaft rundum mit einer Mauer zu umgeben.

»Auch meine Mutter wurde sehr früh zur Witwe«, erzählte er nun weiter. »Es kostete sie viel Mühe und Not, über all die Jahre als Wäscherin für unser Auskommen zu sorgen. Sie schickte mich gegen ein geringes Entgelt schon sehr früh in ein Kloster. Dort, in Flerzheim, einem Zisterzienserstift, welches der Abtei Heisterbach untersteht, bin ich praktisch groß geworden. Von den Mönchen habe ich auch das Lesen und Schreiben gelernt.«

»Deshalb also bist du so klug«, meinte Elisabeth und entwand ihm ihre rechte Hand, um sich das Mieder zurechtzuzupfen.

»Mit sechzehn Jahren habe ich das Kloster verlassen und bin bei einem Semmler in die Lehre gegangen. Ich absolvierte meine drei Jahre, legte die Gesellenprüfung ab und konnte auch weiterhin bei meinem Meister, dem alten Walram, bleiben. So hätte mein Leben in Rheinbach gar friedlich weitergehen können.«

»Was ist passiert? Was hast du angestellt? Warum hat man dich aus den Reihen der Bäcker verstoßen?« Vorsichtig und mit fragender Miene befingerte Elisabeth die Narbe am Ohr des Mannes neben ihr. Sie wusste, woher diese Narbe stammte. Jeder, der sie sah, war imstande, an ihrer Form die Art der Verletzung zu erkennen. Sie rührte eindeutig vom Ausreißen eines Ohrrings her, eines großen Reifen, wie ihn viele Handwerker nach ihrer Gesellenprüfung zu tragen pflegten. Wenn einer es wagte, seinen Meister zu bestehlen oder ihn sonst wie zu betrügen, so wurde ihm als Strafe und zur Kennzeichnung der Ring brutal aus dem Ohr gerissen. Derart als Schlitzohr gebrandmarkt, sollte es der Unehrliche in Zukunft schwer haben, eine neue Arbeitsstelle zu finden.

»Ich selbst habe mir nichts zu Schulden kommen lassen«, sagte der Büttel. »Es war wegen meiner Mutter. Nach etlichen Jahren der Einsamkeit hat sie sich im vorigen Sommer mit dem Rheinbacher Scharfrichter eingelassen. Das stand ihr als Witwe erstens nicht zu, und zweitens steht ihr Liebhaber in Rheinbach in keinem allzu guten Ruf. Sie konnten ihr Verhältnis jedoch nicht lange geheim halten, und so drang die Kunde auch bis zu Meister Walram vor. Ich wurde mit Schimpf und Schande und ohne Ohrring – wie du siehst – davongejagt.« Die junge Frau drückte einen zärtlichen Kuss auf die kleine Narbe, was vom Empfänger mit Wonne quittiert wurde.

»Nach einigen Wochen hielt ich es in Rheinbach nicht länger aus und begab mich auf Wanderschaft. Weit bin ich nicht gekommen. Der Zufall wollte es, dass ich zwei Tage nach St. Martin in Cöln eintraf, wo man gerade den verstorbenen Büttel zu Grabe trug. Gleich am nächsten Tag wurde ich beim Schöffenkollegium vorstellig und bewarb mich um den freigewordenen Posten. Die hohen Herren unterzogen mich einer langwierigen Befragung – vor allem musste ich mein Schlitzohr erklären –, aber schließlich machten sie mich ohne weitere Probleme zum Nachfolger des Gambrinus. Besonders einer der Schöffen tat sich als mein Fürsprecher hervor. Mir schien es, als ob er den mit meiner Mutter liierten Rheinbacher Scharfrichter kenne. Wer weiß, vielleicht stammt er ja sogar aus derselben Sippe und war mir daher wohlgesinnt. Nun bin ich also Handlanger der Obrigkeit. Nimm dich in Acht vor mir!« Lachend zog er Elisabeth an sich und gab ihr einen Kuss auf die Wange.

»Ich fürchte mich nicht vor dir«, gab sie unbeschwert zu.

»Das solltest du aber!« Seine starken Arme schlossen sich noch enger um die rundliche Figur der Schankmagd. So saßen sie noch ein Weilchen zusammen, bevor Florian aufbrechen musste. Elisabeth weckte den Wirt, welcher die beiden Ritter von Tisch IV in ihre Schlafkammern geleitete und dann unverzüglich die Tür des Haxenhauses verschloss.

TISCH XXXI

30. April 1271

Gleich neben der Eingangstür aus Eichenholz prangte das Zunftzeichen der Bierbrauer. Das Relief zeigte einen sechszackigen Stern und in dessen Mitte einen flachen Bottich, in dem die beiden berufseigenen Werkzeuge und eine Kornähre mit dem Stiel nach unten standen. Der Kopf des Wirtes reichte gerade einmal bis an den unteren Rand des Abzeichens seiner Zunft.

Bartholomäus Wille stand in der schmalen Gasse vor dem Haxenhaus. Er war in einen aufgeregten Wortwechsel mit zwei Männern verstrickt. Die breiten Gesichter der beiden mit den großflächigen Wangen verrieten ihre slawische Herkunft.

»Zehn Prozent«, sagte der eine von den beiden in ruhigem, aber bestimmtem Tonfall.

»Dafür lasse ich Euch nicht herein«, lehnte Bartholomäus ab. »Schließlich trage ich das volle Risiko. Vierzig Prozent!«

»Dann gehen wir eben woanders hin. Höchstens zwanzig Prozent können wir dir abgeben, das ist mein letztes Angebot.«

»Sagen wir fünfundzwanzig«, beendete der Wirt die Feilscherei, und die Spieler erklärten sich einverstanden.

Die in grün und schwarz gekleideten Männer betraten das Wirtshaus. Einer hatte sich einen groben Leinenbeutel über die Schulter geworfen, in welchem sich Karten, Würfel, Knöchelchen, Hütchen und andere Spielutensilien befanden. Sie gehörten zu einer der zahlreichen Banden, die vom Balkan gekommen waren und seit geraumer Zeit die Straßen und Gasthäuser der deutschen Städte unsicher machten – und erfreuten. Bartholomäus Wille waren diese professionellen Abzocker nicht unbedingt sympathisch, aber was tat er nicht alles zur Unterhaltung seiner Gäste. Die Gefahr der Unannehmlichkeiten, die ihm aus dem Glücksspiel der Banden in seinem Lokal entstehen konnten, ließ er sich in Prozenten aus deren Gewinn aufwiegen. »Ähzezäller«, murmelte er und schob zunächst seinen Kugelbauch, dann den Rest seines Leibes durch die Pforte.

Im Haxenhaus war endlich wieder Betrieb. Die vergangenen Wochen hatten zu der alljährlichen Saure-Gurken-Zeit gehört: Fastenzeit! Doch nun war das Osterfest vorüber, und er konnte statt der langweiligen vierundzwanzig Fischsorten mit Gemüsebeilagen wieder so gute Speisen wie Flönztaler, Brootwoosch und Hämmsche servieren lassen.

»Ganz frisch heute Abend: Rotkohl mit Kning! Eben hoppelte es noch übers Feld«, rief er beim Eintreten, obwohl die Kundschaft zum Zugreifen nicht erst animiert werden musste. Allen voran freuten sich die Mönche der unterschiedlichsten Orden über das Ende der Fastenzeit. Einige von ihnen hatten an diesem Frühlingsabend ins Haxenhaus gefunden. Bartholomäus Wille entdeckte am Tisch mit der Nummer XXXI zwei Benediktiner, von denen er den einen seit Langem, den anderen flüchtig kannte, und trat zu ihnen.

»Bruder Anselm, Bruder Mathias – wie schön, Euch wieder einmal begrüßen zu dürfen! Ich hoffe, die Fasterei hat Euch nicht zu sehr ausgezehrt? Aber nein! Bei dem herrlichen Starkbier, das Eure Abtei braut. Ha, ha, ha!« Das Klosterbräu der Benediktiner war durch seine Würzmischung aus Harz, Wacholder und Lorbeer ein wirklich ganz besonderer Genuss. Und dieser stellte glücklicherweise die Hauptnahrungsquelle in der Fastenzeit dar.

»Gott zum Gruße, Bartholomäus. Petrus, der Mailänder, sei mit dir und deiner Zunft! Deine Flönz ist heute wirklich ausgezeichnet. Vom Juppemännche?«

»Ja, wie immer«, bestätigte der Wirt eifrig. »Er ist einfach der beste Schlachter von ganz Cöln. – Lisbeth, drei Krüge hierher zu uns«, rief er in Richtung seiner Schankmagd und versäumte nicht, auch den Spielern vom Balkan, die soeben an einem Tisch ihre Würfel ausgebreitet hatten, einen Kontrollblick zuzuwerfen.

»Und, lieber Bartholomäus, hütest du deine kostbare Reliquie auch gut?«, fragte Bruder Anselm und wischte sich das Fett mit dem Handrücken vom Mund.

»Wie meinen Augapfel! Wollt Ihr sie noch einmal sehen?« Schon begann Wille an dem Lederband zu ziehen, welches er stets unter seinem schweißverklebten Hemd versteckt trug. Der Schlüssel zum Rad der Fortuna und das kleine zerknautschte Beutelchen kamen zum Vorschein. »Hier.« Er öffnete den Filz und erlaubte den Mönchen einen kurzen Blick hinein. »Die Haut des heiligen Bartholomäus!« Auch er selbst gönnte sich ein liebevoll-stolzes Beäugen seines Schatzes.

Sein Namenspatron, der heilige Bartholomäus, war in Armenien den Märtyrertod durch Häuten gestorben, und einer der slawischen Spieler, die im Haxenhaus ein und aus gingen, hatte ihm vor einiger Zeit zu seiner größten Wonne ein Fetzchen von der Haut des Märtyrers mitgebracht. Wille hatte die Authentizität der Reliquie nicht weiter hinterfragt, und der Slawe hatte sie sich teuer bezahlen lassen, aber das war es dem frommen Wirt wert gewesen.

»Die Gebeine des Bartholomäus ruhen doch auf der Tiberinsel, oder?«, fragte Bruder Mathias, dessen rosige Backen von seinem jugendlichen Alter zeugten.

»Die Gebeine sind in der Kirche San Bartolomeo all'Isola, das stimmt. Die Hirnschale wird jedoch nicht ganz so weit von hier aufbewahrt, in Frankfurt«, belehrte ihn der ältere Mönch.

Vorsichtig verstaute Bartholomäus Wille das Beutelchen mit seinem edlen Inhalt wieder unter seiner Kleidung. Dann prostete er den Brüdern mit einem fröhlichen »Bibite ex!*« zu, welches diese mit einem ebenso gut gelaunten »Ad fundum!*« beantworteten.

**Trinket aus!*
**Bis auf den Grund!*

»Wisst Ihr eigentlich schon, dass ich seit einiger Zeit Besitzer eines weiteren Schatzes bin? Allerdings eines Schatzes, welcher mir wenig Nutzen bringt, ruht er doch auf dem Grund meines Brunnens. Ein überaus wertvoller Ring!« Der Wirt berichtete den Mönchen von dem eisigen Abend Anfang Januar und dem Missgeschick des Grafen von Kessel und Broich. »Am kommenden Morgen«, schloss er seine Erzählung, »haben sich die drei jungen Männer Kerzen und Talglichter von mir geborgt und den Brunnen komplett abgesucht. Gefunden haben sie das Schmuckstück allerdings nicht.«

»Sehr gründlich scheinen sie aber nicht gesucht zu haben, wenn sie das Innere des Brunnens nur vom Rand aus beleuchtet haben«, sagte Bruder Anselm zweifelnd. »Da müsste schon jemand mit einer guten Lichtquelle hinuntersteigen in die Tiefe und den Grund des Brunnens durchforsten.«

»Und auch die gemauerte Wandung«, schlug der jüngere Benediktiner vor. »Vielleicht hat sich der Ring ja dort irgendwo verhakt. Doch das wird schwierig, denn je tiefer man in so einen Schacht vordringt, desto dünner wird die Luft, und dann erlöschen die Kerzen.«

»Do bes ävver e Luuschhöhnche«, murmelte der Wirt pikiert, rieb sich jedoch insgeheim die Hände aus Freude über den wertvollen Tipp. Laut sagte er: »Vor etwa drei Wochen kam der junge Graf nochmals hier vorbei, um nachzufragen, ob der wertvolle Siegelring seines Vaters inzwischen wieder aufgetaucht sei. Der alte Herr wäre ob des Verlustes sehr aufgebracht gewesen, berichtete er, denn der Ring mit dem Familienwappen sei ein unwiederbringliches Unikat. Er faselte auch etwas von einer Belohung für denjenigen, der ihn zurückbringen würde. Er war recht enttäuscht, dass ich ihm nicht helfen konnte, aber ich habe schließlich Wichtigeres zu tun, als den verlorenen Gegenständen besoffener Gäste hinterherzujagen.« Damit erhob er sich und verließ Tisch XXXI, um sich anderen Gästen und der Aufsicht über die Spieler zu widmen.

Die beiden Benediktiner trugen braune, mit Ärmeln und einer Kapuze versehene Leinentuniken, die nur die Füße freiließen. Ihre Cucullas hatten sie ausgezogen. Bald schon würde man die sackartigen Überwürfe nicht mehr benötigen; die Luft war an diesem Apriltag bereits ganz mild gewesen. Bruder Anselm verfügte über einen Bauchumfang, welcher ohne jeden Zweifel mit dem des Haxenhauswirtes konkurrieren konnte. Sein rundliches Gesicht war glatt rasiert, und auf Stirn und Tonsur glänzten Schweißperlen. Das Antlitz von Bruder Mathias war fein, die Kutte schlabberte um seinen mageren Körper. Er war erst vor einigen Monaten dem Orden des Benedikt von Nursia beigetreten. Aus seinem Heimatdorf wählten viele junge Männer und Frauen diesen Weg, denn er kam aus dem kleinen Ort Höllen zwischen Bergheim und Villa Duria. Dort blieb nur, wer keine Möglichkeit hatte, sich anders zu orientieren, und so lebten in Höllen fast nur alte Menschen.

»Du kannst ganz zu Recht stolz sein, dass unser altehrwürdiges Stift St. Pantaleon dich aufgenommen hat«, sagte Bruder Anselm kauend. »Die Gründung des heiligen Erzbischofs Bruno ist die wichtigste Abtei hier in Cöln«, betonte er mit Nachdruck.

»Dessen bin ich mir wohl bewusst, werter Bruder. Mir ist bekannt, dass nicht nur die Gebeine des heiligen Bruno in der Krypta von St. Pantaleon aufbewahrt werden, sondern auch die des Namenspatrons höchstselbst. Außerdem befinden sich bei uns noch die Reliquienschreine des heiligen Maurinus und des heiligen Albinus und natürlich die letzte Ruhestätte der Kaiserin Theophanu. Nicht zu vergessen die heiligen Stoffteile aus dem Schwangerschaftsgewand der Mutter Gottes! Ich verehre und bewundere alle diese Heiligen und ihre Reliquien und richte meine täglichen Gebete stets auch an sie.«

»Da tust du gut dran. Auch wenn Theophanu keine Heilige war! Aber immerhin war sie die Gemahlin des Kaisers Otto II., der viel für das christliche Abendland getan hat. Und selbstverständlich bleibt sie uns unvergessen als Gönnerin von St. Pantaleon, auch wenn sie vor der Heirat mit Otto eine byzantinische Prinzessin war.« Die letzten Worte und einen Zipfel Flönz hatte Bruder Anselm mit einem großen Schluck Bier hinuntergespült. »Weißt du eigentlich, dass unser Patron, der heilige Pantaleon, ein bedeutender Arzt war?«

»Ja, Bruder, auch davon habe ich bereits Kenntnis. Nicht umsonst befindet sich innerhalb der Mauern unseres Klosters das beste Hospital nördlich der Alpen.« Der junge Mönch zeigte sich gut informiert.

»Wo hast du eigentlich heute den ganzen Tag lang gesteckt?«, fragte Anselm. »Wohl wieder in der Bibliothek, wie?«

»So ist es: im Skriptorium. Ich mache sehr gute Fortschritte in der Buchmalerei, sagte Bruder Gereon erst gestern zu mir.« Eine leichte Röte überzog die Wangen des Novizen.

»Ach, ihr Schöngeister! Und ich musste den ganzen Tag in den Reben schuften; zur Non ein winziges Nickerchen und nach der Vesper gleich in den Beichtstuhl!« Zur Linderung seines schweren Loses orderte Bruder Anselm zwei weitere Krüge Gruitbier. »›Sull der Herrjott Säje jevve, musste noh singem Wille levve‹, wie man hier bei uns in Cöln so schön sagt«, schnaufte er. »Und daran halten sich weiß Gott die allerwenigsten. Die Welt ist ein einziger Sündenpfuhl, glaube mir, mein Kleiner! Nach jeder Begegnung mit dem Teufel kommen die Leute zu uns gerannt, legen die Beichte ab, stiften zur Buße ein paar Kerzen, lassen sich die Absolution erteilen und machen hernach gerade so weiter wie zuvor. Bedauerlich, sehr bedauerlich!« Der Mönch rollte seinen Kopf auf dem kurzen Hals von links nach rechts. »Ich könnte dir da Dinge erzählen, die ich durch den Vorhang vernehme, deine flachsen Haare würden dir um die Pläät zu Berge stehen!«

Neugierig wartete der junge Benediktiner, der die Weihen noch nicht empfangen hatte und noch keine Beichte abnehmen durfte, auf die Fortsetzung.

»Erst heute kam ein blutjunges Mädchen zu mir und vertraute mir Folgendes an: Vor einigen Tagen habe sie ihren Onkel gefragt, auf welche Weise man denn Gott am besten dienen könne, und dieser habe ihr geantwortet, indem man den Teufel in die Hölle schicke. Dann habe er sich bereit erklärt, ihr zu zeigen, wie das funktioniert. Er habe seine Kleider ausgezogen und sie geheißen, es ihm gleichzutun. Danach habe er ihr gezeigt, wo an seinem Körper der Teufel sitzt – etwa in der Mitte des Leibes, du verstehst? –, und ihr weisgemacht, dass sie die passende Öffnung zur Hölle habe. Noch ganz verschreckt, beichtete die Kleine, wie der Onkel wieder und wieder seinen Teufel in ihre Hölle gestoßen habe, und sagte, an den grausamen Schmerzen, die ihr dieses Tun bereitete, habe sie erkannt, dass es dem Satan wahrhaft schlecht ergehe.«

»Das arme, junge Ding«, entfuhr es Bruder Mathias. »Nun hat sie sich doch erst recht versündigt!«

»Ja, es ist furchtbar, wie manche unschuldige Seele in die Sünde getrieben wird. Natürlich konnte ich sie nicht loben für ihr Bemühen um Gottgefallen, und sie schied in äußerster Verwirrung von mir.«

Die Ohren des Novizen, die bei der Erzählung dunkelrot angelaufen waren, nahmen langsam wieder ihre natürliche Färbung an. »Da wir schon bei einem so sündigen Thema sind, würde ich Euch gerne etwas fragen«, hob er jetzt an.

»Nur zu!«

»Eine gar schreckliche Geschichte ist auch mir zu Ohren gekommen, über deren Wahrheitsgehalt ich mir im Unklaren bin. Ich hörte sie, als ich neulich auf den Fischmarkt geschickt wurde, um frischen Aal für die Klosterküche zu besorgen. Ein offenbar weitgereister Herr teilte sie dem Fischhändler mit, und ich stand zufällig dabei, weil ich warten musste, bis die Reihe an mir war.«

»Nun stell schon deine Frage und hole nicht immer so weit aus beim Erzählen«, drängte Bruder Anselm, begierig auf die Pikanterie, die der Junge ihm wohl bieten würde.

»Er berichtete von einem Skandal in einem Kloster bei Padua in Italien. Ein Karmeliterinnenstift sei es gewesen, wo sich diese Peinlichkeit zugetragen habe. Es habe sich dort ein junger Mann als Gärtner einstellen lassen und dabei so getan, als sei er stumm. Dann habe er über viele Jahre hinweg nicht nur die Beete bearbeitet, sondern obendrein die Schöße der Nonnen, die jede für sich sicher war, er könne niemals darüber reden, weil er doch stumm war. So sollen – gab der Reisende auf dem Markt an – in jenem Kloster bald nicht nur die Bäume und Sträucher Früchte getragen haben ... Ein Dutzend Kinder seien innerhalb der Abteimauern herangewachsen, bis man den Frevel von außen entdeckte. Die Geschichte klingt so unmöglich, dass ich mich beim besten Willen nicht entscheiden kann, ob ich sie für wahr oder für frei erfunden halten soll. Was meint Ihr?«

»Skandalös! Und über alle Maßen unschicklich«, entrüstete sich Bruder Anselm. »Hierzulande ganz und gar unvorstellbar! Aber dort unten ... Wer weiß schon, was hinter den hohen Mauern der italienischen Klöster so vor sich geht?« Bruder Anselm wuchtete seinen Bauch hinter der Tischplatte hervor, raunte ein kurzes »Ich muss mal in die Gasse treten« und ließ den jungen Ordensbruder allein zurück.

Obwohl diesem die Entscheidung, sich dem Klosterleben zuzuwenden, nicht sonderlich schwergefallen war, wurde er manchmal von Zweifeln geplagt. Erst kürzlich hatte er mit einem Onkel, der vor vielen Jahren denselben Weg eingeschlagen hatte, über seinen Gewissenskonflikt gesprochen. Dieser hatte ihm die Peinlichkeit einer deutlichen Wortwahl erspart, denn er hatte ihn sofort durchschaut.

»Du bist wieder einmal hin und her gerissen, nicht wahr, Mathias?«, hatte er ihn gefragt. »Und du verstehst nicht, warum Erzählungen über Fleischeslust jedes Mal so widersprüchliche Gefühle in dir auslösen? Sie stoßen dich ab, und gleichzeitig ziehen sie dich in einen prickelnden Bann. Richtig? Doch du hast das Ordenskleid gewählt, den Stand, der allen Versuchungen widersteht. Schmeckt er dir denn noch? Oder würdest du lieber einmal von den verbotenen Früchten kosten?«

Mathias hatte geantwortet: »Als ich das Leben hinter Klostermauern wählte, hoffte ich, dort Ruhe und Frieden zu finden. Ich stellte mir vor, dass mich die Macht der Versuchung dort nicht mehr heimsuchen würde. Doch nun ist es gerade das Gegenteil. Solange ich noch Aussicht auf den Besitz eines Weibes hatte, lösten meine verdorbenen Gedanken wohlige Schwingungen in mir aus, und die Reue kam erst, nachdem ich diese genossen hatte. Nun aber, wo ich allem irdischen Vergnügen entsagt habe, bereiten mir meine Phantasien die allergrößte Pein, und sie verfolgen mich häufiger als je zuvor.«

»Woran genau denkst du? Du musst deinen Feind erkennen, um ihn bekämpfen zu können.«

»Meist sind es zierliche Frauen mit festen Brüsten und strammen Hinterbacken, die ich mir vorstelle. Sie locken mich mit süßen Worten, und manchmal umarmen sie mich gar angenehm.« Bei diesen Worten war dem Jungen die Schamesröte ins Gesicht gestiegen.

»Und wie reagierst du darauf? Wie fühlst du dich dabei?«

»Mein Leib wird aufgestachelt, das Herz sehnt sich nach Stillung meiner Lust, doch der Geist klagt und seufzt.«

»Diese Klage ist berechtigt und zeigt die Reinheit deines Geistes. Dein Leib hingegen und wohl auch dein Herz scheinen mir vom Satan selbst beherrscht. Sie gaukeln dir lauter Unwahrheiten vor. Schön und begehrenswert ist das Weib, doch nur seine Hülle. Im Inneren verbergen sich Dreck, Ungeziefer und Schlangen. Nur Leid und Ungemach bringt es über dich! Du musst lernen, auch Leib und Herz ganz dem lebendigen Gott zu schenken, dann wirst du die Ruhe und den Frieden finden, die du suchst.«

»Gut hast du mich Unwissenden belehrt und meinem schwachen Herzen Kraft gegeben. Ich werde versuchen, mit dieser Kraft auch meinen Leib künftig zu zügeln.«

Der junge Mönch hatte gerade mit der Erinnerung an den Dialog mit seinem Onkel geendet, als am Nachbartisch ein heftiger Streit entbrannte. Die beiden Meister des Glücksspiels hatten die dort sitzenden Kotzmenger und Fleischer beim Tric-Trac ein um das andere Mal besiegt.

»De jaanze Daachwerk ömsöns, all fott!«, schrie einer der Metzger erbost und sprang auf. »Büggelschnigger!«, fügte er noch hinzu und stieß mit Wucht den Tisch um, der ihn von den Spielern trennte. Würfel und Spielbrett flogen im hohen Bogen durch die Luft, und schon packte er den grün-schwarzen Rock des einen Slawen. Im gleichen Augenblick schnellte seine Faust vor und traf krachend auf die platte Nase des Gegners. »Dat es för et Betuppe und dat ...« – der zweite Schlag ging in die Magengrube – »dat ooch un dat ...«

»Loßet jot sin, Jupp.« Der Angreifer wurde von seinen Zechkumpanen zurückgehalten. »Dä Dreßkäl hät jenooch!« Dem zweiten Spieler war es in dem Tumult gelungen, die Spielsachen wieder einzusammeln, in seinem Beutel zu verstauen und zum Ausgang zu eilen. Gekrümmt und stöhnend folgte ihm der Verprügelte. »Mein Tisch! Meine Krüge! Meine Prozente!«, drang der klagende Ruf des Wirtes aus einer Ecke des Haxenhauses.

In der Tür stießen die beiden mit Bruder Anselm zusammen, der sie mit einem »Pass doch op!« entkommen ließ. Der Benediktinermönch war in Begleitung zweier Wanderprediger, als er wieder an Tisch XXXI auftauchte.

»Das sind Bruder Paulus und Bruder Zacharias«, stellte er dem Novizen die Neuankömmlinge vor. Lächelnd nahmen jene am Tisch Platz. Sie waren mit einfachen grauen Kutten bekleidet, die in der Leibesmitte von einer Kordel zusammengehalten wurden und denen man ansah, dass sie die Körper, die sie umhüllten, seit Längerem nicht verlassen hatten.

»Die Brüder sind auf der Durchreise, und ich habe sie auf einen echt cölschen Biertrunk eingeladen«, sagte Bruder Anselm. Er überschlug kurz die Kosten seiner spontanen Großzügigkeit, erinnerte sich, dass er die ganzen Fastenwochen über die Wirtshäuser der Stadt gemieden hatte, und befand die Investition schließlich für gut. Er machte Elisabeth ein Zeichen, und diese brachte den Klerikern vier frisch gezapfte Krüge.

»Dann erzählt uns mal das Neueste aus der Welt«, forderte Anselm die Mönche auf. »Du musst nämlich wissen«, klärte er den Novizen auf, »dass diese beiden frommen Männer hier zum Orden der Minderen Brüder gehören. Sie kommen viel herum, da sie nicht in Klöstern eingesperrt leben wie unsereins, sondern als Bettelmönche und Prediger über Land ziehen. Es stimmt doch, dass Ihr über keinerlei Eigentum verfügt außer dem Stoff, den Ihr am Leib tragt und der letzten Mahlzeit in Eurem Magen? Ihr ernährt Euch nur von Spenden, oder?«

»So ist es«, ergriff Bruder Paulus das Wort, ein schlanker, aber kräftiger Mann mit gebräunter, vom Wetter gegerbter Haut. »Unsere Ordensregel stützt sich nicht auf väterliche Ordnung, vielmehr auf brüderliche Liebe. In Demut erbitten wir Gaben, aber niemals mehr, als zum Überleben notwendig ist.«

»Da führt Ihr aber ein hartes Dasein«, sagte Bruder Mathias. »Sicherlich ist es in den kalten Monaten besonders bitter, so umherzuziehen.«

»Auch ich möchte im Winter die Sicherheit meines Schlafplatzes – und sei er noch so karg – nicht missen«, stimmte Bruder Anselm zu. »Wie haltet Ihr das bloß aus?«

»Askese reinigt den Geist, und in den Nächten, in denen man vor Kälte und Hunger keinen Schlaf findet, ist man Gott besonders nahe«, antwortete Bruder Zacharias.

»Dafür aber seht Ihr vieles von der Welt, das uns verborgen bleibt«, nahm der Ältere der Cölner Mönche den Faden der Neugier wieder auf. »Sagt, wo kommt Ihr gerade her?«

»Die heiligen Ostertage haben wir in Wormatia verbracht«, begann Bruder Paulus. »Ein angenehmes Städtchen mit einer wohlwollenden Bevölkerung. Der Dom des Bischofs Burchard ist prächtig und hat kürzlich noch eine herrliche Kapelle angefügt bekommen. Natürlich wird er verblassen, ist erst einmal das Meisterwerk Eures Doms hier zu Cöln vollendet. Ein geniales Hirn, Euer Meister Gerardus – Gott hab ihn selig!« Er schlug ein Kreuzzeichen, und die Übrigen der Tischgemeinschaft taten es ihm nach.

»Ja, wahrlich, der plötzliche Tod des Dombaumeisters war ein herber Verlust für Cöln.«

»Wer ist denn eigentlich Nachfolger geworden?«, fragte Bruder Zacharias.

»Meister Arnold hat die Nachfolge des Gerardus angetreten. Derzeit kümmert er sich um das Arkadengeschoss des Chors, und mir scheint, es will ihm gut gelingen. Auch hält er sich getreu an die Pläne seines Vorgängers.«

»Das ist gut und recht; denn es müssen großartige Pläne sein, die dieses Bauwerk in den Himmel ziehen, gerade als ob von dort oben jemand mit unsichtbaren Fäden bei der Errichtung helfen würde.« Bruder Zacharias geriet ins Schwärmen. »Keine andere Bischofskirche kann es mit der Eurigen aufnehmen. Und glaubt mir, wir haben sie alle gesehen: Limburg und Paderborn, Speir und Wormatia, Fulda, Magenza und Treviris und selbst die im fernen Bamberga. Lauter ansehnliche Gotteshäuser ... aber der Cölner Dom ...!« Er rollte verzückt mit den Augen. »Der Herr gebe, dass ich die Vollendung noch erleben darf.«

»Sagt, Ihr Brüder«, wechselte Mathias das Thema. »Wenn Ihr – wie Ihr berichtet – bis nach Bamberga kommt, habt Ihr da niemals Schwierigkeiten mit der Verständigung?«

»Eine kluge Frage, mein Junge«, staunte Bruder Paulus. »Gott segne deine Geistesgaben. Der Fluch von Babel erschwert uns allerdings mancherorten die Arbeit. Vor dem Bau dieses Turmes besaß die menschliche Gemeinschaft nur eine einzige Sprache. Doch Gott strafte ihren Hochmut, indem er ihr unendlich viele verschiedene Sprachen eingab. Was für eine Sprache freilich die Ursprache war, in der Gott am Anfang der Welt geredet hat, ist schwierig herauszufinden.«

»Doch wohl das Lateinische«, fiel Bruder Anselm dem Franziskaner ins Wort. »Das Altlateinische ist zweifellos die Ursprache der Welt. Alle Texte in unserer Bibliothek – und die Abtei St. Pantaleon verfügt über eine sehr umfangreiche – sind in lateinischer Sprache niedergeschrieben.«

»Sicherlich habt Ihr recht, wenn es um das geschriebene

Wort geht«, setzte Bruder Paulus wieder an. »Schon seit über tausend Jahren dient Latein der schriftlichen Überlieferung. Doch Euer junger Novize hier scheint mir eine andere Frage gestellt zu haben. Bestimmt kennt er das Lateinische und ist ein eifriger Schüler der Schreib- und Lesekunst, nicht wahr?« Wohlwollend sah er in Mathias' Richtung. »Er interessiert sich jedoch aktuell für ein völlig anderes Problem, nämlich das der zwischenmenschlichen Kommunikation auf breiter Ebene, ihrer Möglichkeiten und Schwierigkeiten. Habe ich recht?« Wieder schaute er zu dem jungen Benediktiner, der eifrig nickte. »So wisse, dass auch im Umgang mit Menschen fremder Länder und Kulturen das Latein die wichtigste und nützlichste Sprache ist. Jedoch, das einfache Volk ist meist dieser Sprache nur in geringem Maße oder überhaupt nicht mächtig. Deshalb predigen wir auf unseren Wanderungen in der Volkssprache. Unsere Reisen führen uns nie weiter fort, als die Menschen unsere deutsche Volkssprache verstehen können. In Bamberga geht das so gerade noch, auch wenn man dort unten einen Dialekt spricht, mit dem die Cölner sich schwertäten. Für uns mindere Brüder besteht die Hauptaufgabe darin, dem Volk die Botschaft Gottes nahezubringen. Und wie könnte man das besser als in der Sprache des Volkes?«

»Ihr predigt nicht in lateinischer Sprache?« Ungläubig blickte Bruder Anselm vom einen der Wandermönche zum anderen.

»Schlicht und rein soll der Glaube sein; in schlichter und reiner Sprache vermitteln wir ihn«, bestätigte Bruder Zacharias.

»Darauf müssen wir noch einen heben! Ihr seid mir komische Käuze.« Bruder Anselm drehte sich um und wollte eine weitere Runde Bier ordern. Doch Elisabeth war nirgends zu sehen. Er ließ seine Blicke durch den Schankraum des Haxenhauses schweifen und entdeckte die Magd schließlich in einer Ecke des Lokals, wo sie sich vertraut und angeregt mit einem stattlichen, dunkelhaarigen Mann unterhielt.

»He, Lisbeth«, rief er ihr zu. »Lisbeth, Leevje! Mer han

Doosch!« Endlich wurde sie aufmerksam und löste sich von ihrem Gesprächspartner. Verblüfft erkannte der Mönch die roten und weißen Streifen am Surkot des Mannes, welche die füllige Gestalt Elisabeths bisher verdeckt hatte.

»Was hast du denn mit dem Büttel zu schaffen?«, fragte er die Schankmagd, als jene mit den vollen Krügen an ihren Tisch trat.

»Florian Grimm ist nicht nur der Büttel zu Cöln, sondern überdies ein sehr netter Mann«, erklärte sie.

»Aber Mädsche, du bist doch noch kein Jahr Witwe«, mahnte der Benediktiner. »Du kannst doch jetzt noch nicht mit anderen Kerlen anbändeln – schon gar nicht mit einer öffentlichen Amtsperson wie dem Büttel! Komm mal ein bisschen näher.« Bruder Anselm zog Elisabeth ganz dicht zu sich heran und legte seinen Arm vertraulich um ihre Hüftrundungen. Im Flüsterton fuhr er fort: »Du weißt doch, dass du ein Jahr lang Trauer halten musst, und auch danach kannst du dir nicht irgendeinen Mann aussuchen, der dir gerade gefällt. Dein verstorbener Tobias hat doch Brüder, wenn ich recht informiert bin, oder?«

»Ja, schon, drei, aber –«, versuchte Elisabeth einzuwenden.

»Verheiratete Brüder?«

»Nur zwei von ihnen. Albinus, der Jüngste, ist noch ledig.«

»Da siehst du es! Nach dem Trauerjahr wird er wohl um deine Hand anhalten, und er hat das Vorrecht.«

»Albinus?« Entsetzen breitete sich auf dem Gesicht der Magd aus. »Aber er ist ... so ganz anders als Tobias. Er ist ... ach, was soll's: Ich kann ihn nicht leiden!«

»Und dennoch steht es ihm zu, dich heimzuführen, wenn es ihm gefällt. Aber nun sage mir: Was will denn der Büttel hier im Haxenhaus?«

»Er wird gleich das Rad der Fortuna drehen und einige Zeugen zum Thema ›verbotenes Glücksspiel‹ befragen. Ihr wart wirklich lange nicht mehr im Haxenhaus zu Gast, dass Ihr das noch nie mitbekommen habt. Der Büttel hat festgestellt, dass das Rad vom Bärschi ebenso viele Zahlen aufweist wie Tische hier im Raum, und um die Zeugenwahl ganz dem Zufall zu überlassen, dreht er halt das Rad. Ehrliche Zeugen kriegen hernach den Freyzech, und je nachdem, welchen Tisch es trifft, ärgert sich der Wille halb zu Tode. Vielleicht seid Ihr ja heute die Glücklichen.« Elisabeth drehte sich um und überließ die Brüder ihren Krügen und ihren Gesprächen. Mit Grauen führte sie sich das Bild des Jüngsten der Familie Fragner vor Augen: schneeweiße, fast durchsichtige Haut, so dünnes und helles Kopfhaar, dass man die Schädeldecke darunter hervorschimmern sah, und wässrige, farblose Augen. Nomen est omen!*

Wenig später loste Florian Grimm tatsächlich den Tisch mit der Zahl XXXI aus und unterzog die Vertreter des Klerus einer ernsthaften Befragung, mit dem Ergebnis, dass diese, die im Laufe des Abends einiges auf dem Kerbholz angesammelt hatten, ihre Zeche nicht zu bezahlen brauchten. Die Brüder ließen sich daraufhin noch zwei weitere Runden Bier kommen und beschlossen den Abend, als Bruder Anselm mit schwerer Zunge feststellte: »Nu drinken isch nix mieh, un wann et Engelschespiss wör!«

**Der Name ist ein Vorzeichen!*

TISCH XXIV

20. bis 27. Mai 1271

Nicht weit entfernt vom Haxenhaus am Rheinufer, im ersten Stock eines Patrizierhauses in der Schwalbengasse, plauderten zwei junge Frauen miteinander.

»Ob er heute wohl wieder kommt?« Margarethe drehte sich versonnen lächelnd zu ihrer Zofe um.

»Stillhalten, sonst werde ich hier nie fertig!« Das Mädchen Agnes wendete den Kopf ihrer Herrin zurück und fuhr fort, deren dichte, braune Haare auszubürsten.

»Nun sag schon, wird er kommen?«, drängte Margarethe.

»Ganz bestimmt! So verliebt, wie der ist.« Agnes legte die Bürste auf einem Frisiertischchen ab und begann, die dunkle Pracht in dicke Flechten zu legen.

»Ach, er ist so süß!« Die junge Patrizierin schloss verträumt ihre Augen. »Dieses entzückende Lächeln; ich sehe ihn immerfort vor mir.«

»Ist schon ein hübscher Bengel. Da kann man wohl verstehen, dass er Euch den Kopf verdreht.« Die fertigen Zöpfe wurden kunstvoll um den Kopf geschlungen und dort mit Nadeln festgesteckt. Das Flechtwerk aus Haaren bekrönte ein schönes, sehr junges Gesicht mit himmelblauen Augen und einer Stupsnase.

»Ihn und keinen anderen werde ich zum Mann nehmen«, sagte Margarethe bestimmt und lachte, wobei sich kleine Grübchen auf ihren Wangen bildeten.

»Das hat aber doch wohl noch etwas Zeit. Eben erst habt Ihr Euer siebzehntes Lebensjahr vollendet.« Agnes hatte eine Haube ergriffen, die sie jetzt über das Haar ihrer Herrin stülpte und unter ihrem Kinn mit einem Seidenband befestigte. »Überdies wisst Ihr genau, dass Euer Vater mit dieser Wahl kaum einverstanden sein wird. Einer aus dem Hause Junkersdorf, man stelle sich nur vor!«

»Ist mir doch egal«, erwiderte Margarethe schnippisch. »Und wenn er ein Kappesbauer wär, ich liebte ihn dennoch von ganzem Herzen!«

»So spricht aber eine Rinck nicht! Immerhin gehört Eure Familie zu den ältesten Patriziergeschlechtern in Cöln. Ein wenig mehr dürftet Ihr da schon auf Euch halten.«

»Es ist so schlimm, dass Liebe nicht unabhängig von der Herkunft sein kann. Große, alte Geschlechter, das ist das, was zählt!«

»Wichtiger als das Familiengeschlecht ist sicherlich das andere Geschlecht«, kicherte die Zofe.

»Agnes!«, verwies Margarethe sie, konnte sich ein Grinsen jedoch nicht verkneifen.

Durch das geöffnete Fenster der Kammer drang eine süße, von Schalmei, Fidel und Laute gespielte Melodie. Dazu erhob sich eine frische Männerstimme:

Ob ich si iemer mêre gesehe,
desn weiz ich niht für wâhr.
Dâ bî geloube mir, swes ich ir jehe,
ez gêt von Herzen gar.
Ich minne si vür alliu wîp
*und swer ir des bî gote.**

Margarethe und Agnes stürzten ans Fenster und steckten ihre Köpfe durch die schmale Luke.

»Ich wusste, dass er heute kommt! Mein Herz hat es gespürt! Ich liebe seinen Gesang, ich liebe seine blonden Locken, ich liebe –«

»Nun seid schon ruhig, Herrin, sonst verpassen wir noch das schöne Ständchen.« Gebannt lauschten sie der Darbietung:

**Ob ich sie jemals wiedersehe, das weiß ich wahrlich nicht. Drum glaube sie mir, was immer ich gestehe, es kommt von ganzem Herzen. Ich liebe sie vor allen Frauen und schwöre ihr's bei Gott. (Hartmann von Aue)*

Alle mîne sinne und ouch der lîp
daz stêt in ir gebote.
In erwache niemer ez ensî mîn erste segen
daz got ir êren müeze pflegen
und lâze ir lîp mit lobe hie gestên.
Dar nâch êwecliche
du gip ir, herre, vröide in dîme rîche,
*daz ir geschehe alsô, als müeze ouch mir ergên.**

Der Interpret war der heißersehnte Walther Junkersdorf, dessen helle Locken unter einer roten Federkappe hervorquollen. Ein ebenfalls rotes Wams saß straff über einem weißen Hemd und dieses über Beinlingen aus braunem Samt. Das jugendliche Antlitz des Sängers war auf die kleine Öffnung im Obergeschoss des stattlichen Patrizierhauses mit dem Namen »Zur roten Tuer« in der Schwalbengasse gerichtet. Schalk und Sehnsucht sprachen aus den tiefgrünen Augen. Nun hatte er seinen Liedvortrag beendet, zog mit einer schwungvollen Handbewegung die Federkappe und machte eine tiefe Verbeugung. Die drei Musikanten, die seinen Gesang begleitet hatten, schulterten ihre Instrumente, nahmen die vereinbarten Münzen von dem jungen Mann in Empfang und wandten sich zum Gehen.

Walther Junkersdorf legte beide Hände auf sein Herz und reckte sie dann in einer Geste des Schenkens hoch empor. Margarethes rosige Gesichtshaut färbte sich um eine Nuance dunkler. Sie führte die Fingerspitzen ihrer rechten Hand an die Lippen, hauchte einen Kuss darauf und warf diesen dem Jüngling auf der Straße zu. Er haschte pantomimisch nach dem süßen Gruß seiner Angebeteten, barg die kostbare Gabe an seiner Brust und entschwand.

**Mein ganzer Sinn und mein Leben steht in ihrem Gebot. Ich wache niemals auf, dass nicht mein erster Segenswunsch sei, Gott möge für ihr Lob sorgen und lasse sie in Ehren hier bestehen. Darauf in Ewigkeit gib ihr du, Herr, Freude in deinem Reich, dass ihr so geschehe, wie's auch mir ergehen möge. (Hartmann von Aue)*

»Kein anderer, niemals«, sagte Margarethe.

»Da steht uns ja ein schöner Ärger bevor. Wann wollt Ihr denn Eurem Herrn Vater von Eurer Liebe erzählen? Er wird sich vor Begeisterung nicht mehr einkriegen.«

»Mein Vater liebt mich über alles und möchte, dass ich stets glücklich bin. Dessen bin ich mir gewiss.«

»Jawohl«, murmelte Agnes nicht sehr überzeugt. »Doch nun lasst uns nach unten gehen und unsere Stickerei fortführen.«

Das Nachtmahl war beendet. Eine Schüssel zum Händewaschen wurde auf den Tisch gestellt, und ein Bediensteter reichte Winfried Rinck und seiner Tochter Margarethe ein Handtuch. Wohlwollend betrachtete der Patrizier seine Tochter.

»Nun, mein liebes Kind, werde ich dir die Überraschung offenbaren, von der ich dir sprach.« Er setzte sich bequem zurecht. »Du bist dermalen siebzehn Jahre alt und zu einer überaus reizvollen, jungen Dame herangewachsen. Schon seit längerer Zeit habe ich mir Gedanken gemacht, welcher Bürger wohl den passendsten Gatten für dich abgeben möge.« Er legte eine bedeutsame Pause ein. Margarethe war unmerklich zusammengezuckt, sagte aber nichts.

»Möchtest du gar nicht wissen, wen ich für dich ausgesucht habe?«

Die junge Frau sah ihren Vater halb fragend, halb trotzig an.

»Gisbert Vogeley, der Gewürzhändler, mein Freund, ist der Glückliche! Ihm werde ich dich vermählen. Er selbst hat mich darauf gebracht, was für eine gute Partie er sei.«

»Der alte Bock?«, entfuhr es dem Mädchen. »Niemals!«

»Margarethe, Kind, wie sprichst du?«

»Gisbert Vogeley ist sicherlich doppelt so alt wie ich«, maulte sie, »und hat zudem kaum noch Zähne im Mund und einen dicken Bauch.«

»Nun übertreibe bitte nicht. Er ist zweiunddreißig Jahre alt, bei bester Gesundheit – bis auf einige Zähne, die ihm zugegebenermaßen fehlen. Nicht jeder Mensch wird mit einem kräftigen, gesunden Gebiss geboren. Überdies ist er sehr begütert, charmant und mein Freund. Was hast du an meiner Wahl auszusetzen?«

»Ich werde diesen Vogeley nicht heiraten, und wenn er tausendmal dein Freund ist! Ich liebe ihn nicht!« Sie zögerte nur ganz kurz, dann rief sie: »Ich liebe einen anderen!« Jetzt war es heraus! Ungläubiges Entsetzen zeichnete sich auf den Gesichtszügen des Vaters ab.

»Du liebst einen anderen? Welchen anderen? Seit wann? Wo hast du ihn kennengelernt? Wieso erfahre ich erst jetzt davon? War ich dir nicht immer ein guter, treusorgender Vater? Haben wir uns nicht ein Leben lang gegenseitig vertraut? Sprich!« Ärger begann die Ratlosigkeit zu verdrängen.

»Es ist ein hübscher, junger Mann aus sehr guter Familie«, druckste Margarethe herum.

»Sein Name«, forderte Winfried Rinck.

»Walther heißt er, und er hat eine wunderschöne Stimme und blonde Locken.«

»Walther, Walther! Sein Vorname interessiert mich nicht. Den Familiennamen sollst du mir nennen!«

Margarethe wand sich auf ihrem hochlehnigen Stuhl. Aber nun gab es kein Zurück mehr. »Walther Junkersdorf, er –«

»Junkersdorf, ha!«, fiel der alte Herr seiner Tochter abrupt ins Wort. »Ein Junkersdorf! Das ist Verrat! Die Junkersdorf sind Parteigänger der Weisen und des Erzbischofs, in direkter Linie verwandt mit Ludwig von der Mühlengasse. Das ist Verrat! Verrat an … an den Bürgern von Cöln!« Er schnappte nach Luft. »Wir sind die Bürger von Cöln, wir, die Geschlechter der Overstolzen, derer von der Kornpforte und alle Patrizierfamilien, die der Stadt die Treue gehalten und sie mit ihrem Blut verteidigt haben gegen die Machtgier des Erzbischofs.« Vor Wut und Empörung war Winfried Rinck puterrot angelaufen.

In den vorangegangenen Jahren hatte die Stadt Cöln eines der übelsten Kapitel ihrer Geschichte geschrieben. Nicht genug, dass sich die Cölner Bürger schon seit Jahrzehnten gegen die

Willkürherrschaft der Erzbischöfe zur Wehr setzen mussten, war es 1267 zu einem Bruch zwischen den großen Geschlechtern der Rheinmetropole gekommen. Die Weisen, angeführt vom Bürgermeister Ludwig von der Mühlengasse, und einige andere Patrizierfamilien hatten sich auf die Seite Engelberts II. geschlagen. Die Overstolzen, und mit ihnen der Großteil der Cölner Bürgerschaft, hatten in der Auseinandersetzung Unterstützung in Person des Grafen von Jülich bekommen.

Entzündet hatte sich der Funke im Oktober 1267, als der Erzbischof wieder einmal verheerend durch das Jülicher Land gezogen und dabei unweit von Tolbiacum in die Hände des Grafen Wilhelm IV. von Jülich gefallen war. Dieser sperrte den Kirchenfürsten für mehr als drei Jahre auf seiner Burg Nydecken ein. Nach der Gefangennahme Engelberts II. von Falkenburg weigerte sich der Bürgermeister, Cölns Stadtsiegel herauszugeben. Er wurde daraufhin ebenfalls in Gefangenschaft gesetzt, und die Weisen versteckten das Siegel. Ludwig von der Mühlengasse gelang bald darauf die Flucht, und er führte den Kampf von außerhalb fort. Ein Höhepunkt dieses Streits war die Schlacht an der Ulrepforte im Oktober 1268. Immer wieder waren die gegnerischen Angriffe von den Overstolzen und den Cölner Bürgern zurückgeschlagen worden, doch die Streitkräfte des Erzbischofs schienen schier unerschöpflich.

Erst wenige Wochen zuvor war der Krieg der Geschlechter beendet worden. Albertus Magnus, der greise Gelehrte, Dominikaner und Naturphilosoph, hatte die Vermittlerrolle übernommen, und so konnte im April des Jahres 1271 der »Friede von Cöln« geschlossen werden.

»Aber der Streit ist doch jetzt beigelegt«, wagte Margarethe sich zaghaft vor.

»Was verstehst denn du von Politik? Ja, Albertus, der Friedensstifter, hat dem jahrelangen Kämpfen und Morden ein Ende bereitet. Das heißt aber nicht, dass wir Cölner die Weisen und ihre Sympathisanten oder gar den Bischof plötzlich liebgewonnen haben. Und es bedeutet gewiss nicht, dass nun muntere Familienbande zwischen den Geschlechtern geschlungen werden können. Dafür sitzt der Hass zu tief.« Winfried Rinck schnaufte vernehmlich und bedachte seine Tochter, deren Wohl ihm über alles ging, mit einem besorgten Blick. »Wie stünde ich denn da? Hast du dir das einmal überlegt? Nein, ausgeschlossen! Einem Junkersdorf kann ich dich unmöglich zur Frau geben! Schlag dir den Knaben aus dem Kopf.«

»Es wäre aber doch eine große und gottgefällige Geste, die den Frieden unterstreichen würde«, wagte Margarethe einen letzten Versuch.

»Bin ich hier vielleicht der Friedensstifter? Nein! Es geht nicht, meine Liebe. Es bleibt dabei, dass ich dich dem Gisbert Vogeley vermähle. Das ist das Beste für dich.«

»Du willst gar nicht das Beste für mich! Du willst nicht, dass deine einzige Tochter glücklich wird. Du hast mich immer nur belogen, wenn du dies zu mir gesagt hast!« Aufgebracht sprang Margarethe auf und rannte die Stiege hinauf in ihre Kammer.

Winfried Rinck ergriff den schweren Zinnkrug, der vor ihm auf dem Tisch stand, und schenkte sich einen weiteren Becher Wein ein. Die Geschlechterfehde hatte ihn, wie auch alle anderen Beteiligten, viel Kraft gekostet. Natürlich war er froh, dass endlich Frieden einzukehren schien, doch eine familiäre Bindung mit dem bisherigen Feind war mit seinem Stolz unvereinbar. Wie viel einfacher war doch da die von ihm sorgsam vorbereitete Verehelichung seiner Tochter mit dem Gewürzhändler Vogeley, welcher sich in der Vergangenheit nicht nur als wackerer Kämpfer für die gerechte Sache hervorgetan hatte, sondern überdies verwandt war mit dem Stadtschreiber Gottfried Hagen. Jener hatte mit seiner jüngst verfassten Reimchronik einen nicht unerheblichen Beitrag zur Schlichtung des Geschlechterkampfes geleistet.

Winfried Rinck dachte an den lauen Frühsommerabend des vergangenen Jahres zurück, als man sich im Hause des Matthias Overstolz in der Rheingasse getroffen hatte. Auch sein

Freund und Schwiegersohn in spe sowie dessen Verwandter Gottfried Hagen hatten zu den Gästen gezählt. Letzterer hatte Passagen aus seiner Chronik verlesen, in denen er die Cölner Bürger immer wieder als »coelne heilt«* bezeichnete. Er hatte aber auch nicht versäumt, Textstellen vorzutragen, welche in eindeutigem Ton die Bürger warnen und zur Eintracht ermahnen sollten: »Der guede wille maicht vromen man.«* Man hatte sich seine Worte letztendlich zu Herzen genommen, und Winfried Rinck war über den zustande gekommenen Frieden so froh wie jeder andere.

Dennoch, eine Verbindung zwischen seiner Tochter und einem Familienspross der ehemals gegnerischen Seite war für ihn undenkbar.

»Kaltherzig ist mein Vater«, schluchzte Margarethe, die sich beim Betreten ihrer Kammer gleich in die Arme ihrer Zofe gestürzt hatte. »Ein Heuchler noch dazu«, fuhr sie schniefend fort, während Agnes ihr beruhigend über den Kopf strich. »Immerfort tut er so, als sei ihm an meinem Glück und Wohlergehen gelegen! Und nun? Nun will er mich diesem alten Lüstling, diesem Pfeffersack, zur Frau geben; diesem Vogeley, der mich schon seit geraumer Zeit mit seinen penetrant begierigen Blicken nervt. Lieber sterbe ich!« Ermattet ließ sie ihren hübschen Kopf auf Agnes' Schulter sinken.

»Da hat Euer Vater wirklich nicht gut gewählt für Euch. Aber lieben tut er Euch dennoch. Dessen seid versichert.« Sie zog ihre Herrin mit sich zur Bettstatt, und beide ließen sich dort nieder. »Habt Ihr Euch ihm denn endlich anvertraut, was den süßen Sänger anbetrifft?«

»Ja, aber da wurde er erst richtig böse. Niemals, hat er geschrien, gerade, als ob ich mit wehenden Fahnen ins feindliche Lager überzulaufen gedächte. Dabei herrscht doch jetzt endlich Frieden zwischen den Geschlechtern. Ich verstehe das nicht.«

*»*Kölner Helden*«
*»*Der gute Wille macht einen frommen Mann.*«

»Frieden braucht seine Zeit«, versuchte Agnes zu trösten. »Mit einem bloßen Vertrag sind doch nicht alle Gemeinheiten der Vergangenheit auf einen Schlag vergeben und vergessen. Ich bin sicher, nach Ablauf einiger Monate wäre Euer Vater bereit, den jungen Herrn Junkersdorf als Schwiegersohn zu akzeptieren. Wenn er bloß nicht ausgerechnet jetzt auf die Idee gekommen wäre, Euch einem anderen Mann zu versprechen.« Auch die Zofe war nun mit ihrer Weisheit am Ende. Traurig schaute sie ihre schöne Herrin an und brachte sie schließlich dazu, sich zur Ruhe zu begeben.

Eine unruhige Nacht ging zu Ende. Die Sonne stand schon wieder hoch am Firmament.

Wol mich der stunde, daz ich sie erkande,
diu mir den lîp und den muot hât betwungen,
sît deich die sinne sô gar an sie wande,
der si mich hât mit ir güete verdrungen.
Daz ich gescheiden von ir niht enkan,
daz hât ir schoene und ir güete gemachet,
*und ir rôter munt, der sô lieplîchen lachet.**

Agnes öffnete das Fenster und brachte das fröhlich angestimmte Ständchen mit lebhaften Gesten zum Verstummen. Der verliebte Jüngling verstand, dass er warten solle – aber leise. Die Zofe trat zu Margarethe an den Frisiertisch, wo jene eilig eine kurze Nachricht an Walther Junkersdorf auf ein Stück Stoff kritzelte. Sie gab es Agnes, nachdem sie es ihr vorgelesen hatte, in die Hand.

»Schnell, schmeiße es unauffällig hinunter in die Gasse, bevor mein Vater ihn fortjagt.«

**Wohl mir der Stunde, da ich ihr begegnete, die mir den Leib und das Leben hat bezwungen, seit ich meinen Sinn so ganz an sie wendete, um den sie mich mit ihrer Güte gebracht hat. Dass ich von ihr nicht zu scheiden vermag, das hat ihre Schönheit und ihre Güte gemacht und ihr roter Mund, der so lieblich lacht. (Walther von der Vogelweide)*

Das Mädchen schnappte sich ein Federkissen aus dem Bett ihrer Herrin und begann, dieses kräftig zum Fenster hinaus aufzuschütteln. Wie zufällig ließ sie dabei den kleinen Stofffetzen mit der Botschaft fallen. Walther Junkersdorf hob ihn auf und strich ihn glatt: »Morgen zur Vesper – St. Gereon« stand darauf. Rasch barg er die Nachricht in seinem Wams und eilte davon.

Die letzten dreißig Stunden waren im Schneckentempo dahingeschlichen. Nun schlang Margarethe ein weites Tuch über ihre Haube und befestigte es vorn mit einer schlichten silbernen Schmucknadel, auf der ein Silbervogel saß. »Ich gehe zur Beichte; Pater Konstantinus erwartet mich«, rief sie ihrem Vater zu und verließ das Eckhaus in der Schwalbengasse. Sogleich bog sie in die Langgasse ein, folgte ihr bis zur Gereonstraße und gelangte auf dem direkten Weg zu der mächtigen Kirche. Die imposanten Türme und das hohe Pyramidendach erhoben sich vor ihr. Sie schlüpfte ins Innere, machte ein paar Schritte und blieb unter der Kuppel stehen, deren Anblick sie jedes Mal aufs Neue überwältigte. Von hier aus ließ sie unruhig ihre Blicke schweifen. Ob er wohl kommen würde?

Er war sogar schon vor ihr dort gewesen. Seine schlanke Gestalt löste sich aus der Ecke, wo die Blutsäule stand, die an das Martyrium des heiligen Gereon und seiner Gefährten erinnerte. Mit beschwingten Schritten näherte er sich der sittsam verhüllten Frau und wollte sie in seine Arme schließen. Doch sie wehrte ab: »Nicht an einem solchen Ort«, und zog ihn hinter sich her in die Krypta. Hier blieben sie nebeneinander stehen, als seien sie in die Betrachtung der herrlichen Bodenmosaiken versunken, und begannen eine leise Unterhaltung. Margarethe gab ihrem Geliebten einen Überblick über das Gespräch, das sie zwei Abende zuvor mit ihrem Vater geführt hatte. Walther Junkersdorf konnte seine Augen nicht von ihr lösen. Ihr tiefblaues Kleid schmiegte sich eng an ihren Körper und ließ die vollendeten Rundungen gut zur Geltung kommen. Silberne Stickereien verzierten den Rocksaum, die Ärmel und das Dekolleté, das nur im Ansatz unter dem Tuch hervorschaute.

»Was können wir bloß unternehmen, um meinen Vater umzustimmen? Ganz gewiss werde ich diesen angeberischen Pfeffersack nicht heiraten!«

»Pfeffersack? Was ist denn das für ein Ausdruck?«, fragte er belustigt.

»Ach, Gisbert Vogeley ist Gewürzhändler und gibt immer fürchterlich mit seinen kostbaren Waren an. Neulich erzählte er meinem Vater bei einem Besuch, er habe Pfeffer eingekauft, der sei so edel, dass man jedes einzelne Korn mit einer ganzen Kuh aufwiegen könne. Meine Zofe Agnes und ich nennen ihn deshalb immer den Pfeffersack.«

»Keine sehr schmeichelhafte Namenswahl. Aber nun lass uns ernsthaft überlegen, wie wir deinem Vater diesen Pfeffersack austreiben und mich schmackhaft machen können.« Sinnierend hielt er den Kopf gesenkt. »Ich glaube, ich habe bereits eine Idee.«

Er legte ihr diese kurz und knapp dar und meinte dann: »Ich weiß, das wird deinem Vater arge Schmerzen bereiten, aber er wird dann endlich verstehen, wie groß deine Liebe zu mir ist. Auch ich selbst würde lieber sterben, als dich aufzugeben, mein Herz.«

»Also gut! Dein Plan ist hart, doch heilsam für meinen Vater.«

Sie verabredeten sich für den folgenden Tag zur gleichen Stunde am gleichen Ort, damit er ihr das zum Gelingen des Plans benötigte Hilfsmittel übergeben könne. Mit einem zarten, auf ihre schmalen weißen Hände gehauchten Kuss verabschiedete sich Walther Junkersdorf. Auch Margarethe machte sich auf den Heimweg und weihte, zu Hause angelangt, ihre treue Agnes sogleich in den ausgeheckten Plan ein.

»Dä hät woll ene Ratsch im Kopp«, entfuhr es dem Mädchen. »Oh Verzeihung. Ich meinte nur, ob das nicht ein wenig zu bitter für Euren Herrn Vater sein wird?«

»Er wird ja nur einige Stunden leiden müssen und hernach

wie ausgewechselt sein. Du musst nur deine Rolle recht glaubhaft spielen.«

Tags darauf erfuhr Margarethe von ihrem Vater, dass der Gewürzhändler Gisbert Vogeley zu einem Vespertrunk erwartet würde. Selbstverständlich war ihre Anwesenheit als zukünftige Braut dringlichst erwünscht. Margarethe betraute also ihre brave Zofe mit dem Gang zu St. Gereon und nahm selbst zur besagten Stunde in der Gesellschaft ihres Vaters und dessen Freund Platz. Wie erwartet drehte sich das Gespräch der beiden Männer um den Umfang ihrer Aussteuer und einen geeigneten Verlobungstermin. Die junge Frau selbst wurde in diese Unterhaltung nicht einbezogen. Hätte sie nicht den Plan zu ihrer Rettung im Kopf gehabt, sie wäre vor Verzweiflung eingegangen bei den Absichten ihres Vaters. Erst als der Gast sich verabschiedet hatte, ließ sie ihren Gefühlen abermals freien Lauf.

»Warum willst du mich ins Unglück stürzen, Vater? Niemals werde ich diesen Mann heiraten. Wie könnte ich solch einen furchtbaren Menschen jemals lieben?«

»Liebe kann man erlernen, und Ehe ist eine reine Gewohnheitssache. Ich weiß schon, was gut für dich ist, und als Tochter bist du mir Gehorsam schuldig.« Winfried Rinck hatte seine strengste Miene aufgesetzt.

»Und ich bleibe dabei: niemals! Eher setze ich meinem Leben eigenhändig ein Ende!«

Die Drohung hallte noch nach, als Margarethe den geräumigen Saal schon längst verlassen hatte.

Walther Junkersdorf war tags zuvor von der Kirche St. Gereon aus gleich in die Cäcilienstraße zum Vater eines Freundes geeilt, welcher der Zunft der Apotheker angehörte. Dieser war nicht nur ein gefragter Spezialist in der Herstellung von Salben, Tinkturen und anderen Arzneien, er kannte sich auch besser als jeder andere in der Kräuterkunde aus und war ein herzensguter Mensch. Walther war sich seiner bereitwilligen

Hilfe schon sicher gewesen, bevor er die fünf Stufen zur Apotheke hinuntergesprungen war und an der Tür geklopft hatte. Auf ein Zeichen von innen war er in den halbdunklen Raum im Untergeschoss getreten. Gestenreich hatte er dem kleinen, weißhaarigen Mann sein Dilemma geschildert und dann seinen Wunsch geäußert. Nachdem er genauestens über die Dosierung informiert worden war, hatte er eine zierliche Glasphiole in Empfang nehmen dürfen und sich überschwänglich bedankt. Voller Ungeduld hatte auch er den neuen Tag erwartet, an welchem er zur Vesperstunde wieder nach St. Gereon eilte.

Dort traf er statt seiner Geliebten auf deren Zofe und war sogleich zutiefst beunruhigt. »Was ist geschehen? Warum konnte Margarethe nicht selbst kommen? Ist sie erkrankt?«, fragte er. Agnes nannte ihm den Grund, und der junge Mann meinte: »Da wird es aber höchste Zeit, dass wir etwas unternehmen, bevor die Verlobung spruchreif ist.« Er zog das Glasgefäß hervor und reichte es dem Mädchen, wobei er die Instruktionen des Apothekers weitergab und noch mit allerlei zusätzlichen Warnungen versah. Schließlich wünschte er den beiden Frauen Glück und gutes Gelingen und versprach, in den nächsten Tagen regelmäßig am Haus in der Schwalbengasse zu warten, um zu erfahren, ob die List gelungen sei. Agnes schob die Phiole mit der harmlos aussehenden Flüssigkeit, die über das Lebensglück ihrer Herrin entscheiden sollte, in ihr Mieder.

Den ganzen folgenden Tag über zeigte sich Margarethe betrübt und resigniert, wann immer sie ihrem Vater begegnete, obwohl sie im Inneren frohlockte. Als die Sonne den Zenit um einige Stunden überschritten hatte, zog sie sich zurück; angeblich, um vor dem Nachtmahl noch ein wenig zu ruhen. Ihr Mädchen Agnes hatte sie mit einem Botengang außer Haus geschickt. So würde keinerlei Verdacht der Nachlässigkeit auf sie fallen.

In ihrer Kammer nahm sie die kleine Phiole unter ihrem

Kissen hervor, wo sie sie am Vortag verborgen hatte. Behutsam träufelte sie drei Tropfen der goldgelben, sirupartigen Flüssigkeit auf einen Löffel und schob sich diesen, ohne zu zögern, in den Mund. Ein bitterer Geschmack breitete sich auf ihrer Zunge aus. Sie streckte sich auf ihrer Bettstatt aus, und binnen weniger Minuten fiel sie in einen tiefen Schlaf.

Pünktlich zur Stunde der Vesper saß Winfried Rinck am Tisch und wartete auf das Essen sowie auf seine Tochter. Er war es gewohnt, die meisten Mahlzeiten mit ihr gemeinsam einzunehmen, und es sah ihr überhaupt nicht ähnlich, sich zu verspäten. So schickte er bald Agnes, die gerade zurückgekehrt war, nach oben, um Margarethe zu holen.

Nur wenige Augenblicke darauf drang ein markerschütternder Klagelaut aus dem oberen Stockwerk. Dann kam das Mädchen die Stiege hinuntergestürzt: »Herr, Herr, kommt schnell! Es ist etwas Furchtbares geschehen!«

Winfried Rinck blickte die Zofe entgeistert an und eilte hinter ihr her zur Kammer seiner Tochter.

Margarethe lag mit friedlichem Gesichtsausdruck und voll bekleidet auf dem Rücken. Ihr Antlitz war sehr weiß, die Lippen blutleer, und ihr Atem war kaum wahrnehmbar. Die Finger ihrer rechten Hand umschlossen das schicksalhafte Glasgefäß.

»Oh, meine liebe Herrin«, stöhnte Agnes in ehrlichem Kummer. »Sie ist tot! Sie ist mausetot!« Schluchzend wischte sie sich mit dem Ärmel die Tränen aus dem Gesicht. Winfried Rinck war am Fußende des Bettes wie vom Donner gerührt stehen geblieben. Fassungslos starrte er auf das zarte Wesen.

»Nein, nein, mein Kind. Tu das nicht«, stammelte er.

»Sie hat's doch schon getan! Seht Ihr nicht? Sie ist tot!«

»Nein, sie lebt noch. Da – ihre Lider flattern. Rasch, Agnes, einen Medicus!«

»Das ist zwecklos, Herr. Da flattern keine Lider mehr und auch sonst nix«, schniefte Agnes und trat so vor ihre Herrin, dass sie deren Gesicht verdeckte. Sie entwand deren Fingern die Glasphiole und ließ ihre Hand schlaff auf die Matratze zurückfallen.

»Was ist das? Gift?«, fragte der Mann entsetzt. »Gib es mir!« Er hielt sich den zierlichen Behälter dicht unter die Nase und zuckte unwillkürlich zurück.

»Oh, meine arme Herrin, meine liebe Herrin, meine schöne Herrin! Welch qualvoller Tod! Gift!«, jammerte Agnes und fuhr zu Margarethes Körper gewandt fort: »So unglücklich wart Ihr! Und ich konnte Euch nicht helfen. Doch niemals hätte ich geglaubt, dass Ihr Euch wirklich etwas antut, sonst hätte ich Euch keinen Moment mehr aus den Augen gelassen. Oh, meine mutige Herrin!« Agnes ging neben der Bettstatt auf die Knie und versank in leise gemurmelte Gebete.

Der Vater konnte das Unglück immer noch nicht begreifen, aber schon hatten sich die bittersten Schuldgefühle in sein Herz geschlichen. So schrecklich war seiner geliebten Margarethe die Zukunft an der Seite des von ihm bestimmten Gatten erschienen, dass sie es vorgezogen hatte, in den Tod zu gehen? Und sie hatte ihm sogar damit gedroht, falls er seine Meinung nicht ändern würde. Gramgebeugt verließ er die Kammer seiner Tochter, deren leblosen Anblick er nicht mehr ertragen konnte.

Die ganze Nacht lang wurde im Hause Rinck getrauert, und am nächsten Morgen sollten die Leichenwäscher kommen. Zerfressen von Selbstvorwürfen und seine Strenge gegenüber der geliebten Tochter verfluchend, hatte der Hausherr die langen, dunklen Stunden in Gesellschaft einiger Krüge schweren Weins dahingebracht.

Etwa zur Terz wurde die drückende Stille des Totenhauses von lauten Rufen durchbrochen. Die Köchin, welche die Aufgabe der Totenwache in den frühen Morgenstunden übernommen hatte, polterte die Treppe hinunter. Dabei schrie sie hysterisch: »Leeve Jott un all Hellije! Dat jeit he hück met dem Düvel zu!«

Agnes, die auf dem Boden neben ihrer Herrin eingeschlafen war, schreckte von dem Gezeter der Köchin hoch und schaute zur Bettstatt auf. Margarethe hatte sich halb aufgesetzt, und es dauerte eine Weile, bis sie sich an alles erinnerte.

»Agnes«, flüsterte sie nun, »hat unser Plan funktioniert? Wie hat mein Vater reagiert?«

»Euer Anblick hat ihn zerrissen. Ihr saht aber auch wirklich sehr tot aus! Er wird alles für Euch tun, wenn er Euch nur zurückbekommt«, versicherte die Zofe.

Schon waren die schweren Schritte Winfried Rincks auf der Holztreppe zu vernehmen. Mit glasigem Blick trat er ein und stierte ungläubig auf die Szenerie, die sich ihm bot. Seine Tochter saß aufrecht im Bett und lächelte ihn müde, aber wohlbehalten an.

»Du lebst? Mein Augenstern! Mein Herz! Mein Kind – es lebt wieder!« Er stolperte zur Bettstatt und drückte seine Tochter unbeholfen an seine Brust. Eine Welle weinseligen Atems umfing Margarethe.

»Kannst du mir verzeihen? Ich war so hartherzig, so egoistisch. Dabei wollte ich doch stets nur das eine: dass du glücklich bist, meine Tochter!«

»Aber nicht mit einem Gisbert Vogeley. Nur mit Walther Junkersdorf«, sagte sie mit schläfriger Stimme und sank in die Kissen zurück.

»Junkersdorf oder sonst wer! Nur glücklich sollst du sein und wieder lebendig!« Schwer atmend erhob er sich von der Bettkante. »Ich werde gleich alles Notwendige in die Wege leiten.« Die plötzliche Erleichterung hatte Winfried Rincks Sinne schnell wieder klar werden lassen, und er ging hinaus, um sein Wort zu halten und alsbald die ersten Schritte der Wiedergutmachung zu bewerkstelligen.

Kaum, dass der Vater den Raum verlassen hatte, rannte Agnes zum Fenster und riss es auf. Wie erwartet, entdeckte sie Walther Junkersdorf im Schatten des gegenüberliegenden Gebäudes. Stumm, aber mit einem Strahlen im Gesicht, das keinerlei Zweifel zuließ, formte sie mit den Lippen die Worte »Es hat geklappt«.

Am Tag des Herrn, dem 27. Mai 1271, bat Winfried Rinck den neuen zukünftigen Schwiegersohn zu einem Kennenlernen in sein Haus. Erstmalig durfte das junge Glück sich offen einander zuwenden, und die Mahlzeit verlief in ausgelassener Heiterkeit. Nacheinander wurden die köstlichsten Speisen in üppiger Vielfalt aufgetragen. Da gab es Zander in Öl gebacken, Brathuhn mit Zwetschgen, eingemachte Zunge, Wildschwein in schwarzer Sauce und zum Abschluss Konfekt und Mandelmilch. Die beiden Verliebten warfen sich über die Festtafel hinweg selige Blicke zu, und Winfried Rinck war mit sich und der Welt wieder ausgesöhnt.

Zu später Stunde verließen die beiden Männer die Schwalbengasse, um an einem neutralen Ort ihre Unterhaltung fortzusetzen. Schließlich mussten sie sich noch bezüglich der Aussteuer und des Umfangs der nun auszurichtenden Hochzeitsfeierlichkeiten einigen; Themen, bei denen die Anwesenheit von Frauen überflüssig war. Ihre Schritte führten sie durch die Kupfergasse, vorbei an St. Kolumba und St. Laurentius und dann über den Heumarkt bis ans Rheinufer. Hier, am Buttermarkt, Ecke Salzgasse, lud das Haxenhaus mit seiner freundlichen roten Fassade und dem Lautgemisch aus Musik und vergnügten Stimmen zum Eintreten. Winfried Rinck und Walther Junkersdorf fanden Platz am Tisch mit der Nummer XXIV. Einige Gäste warfen den beiden stadtbekannten Patriziern verwunderte Blicke zu. Der alte Rinck und ein Junkersdorf friedlich vereint an einem Tisch? Sollte die Geschlechterfehde, in der die beiden den verfeindeten Lagern der Overstolzen und der Weisen angehört hatten, tatsächlich beendet sein? »Mäht nix«, meinte einer der Zecher. »Pack schleit sich, Pack verträcht sich«, und widmete sich wieder dem vor ihm stehenden Krug.

»Bei mir gibt's keine Schlägereien«, mischte sich der ewig schwitzende Wirt des Haxenhauses ein.

»Ach nee«, frotzelte der angetrunkene Zecher. »Hast doch selbst neulich den Jungen von deinem Koch vermöbelt.«

»Der hat nur ein paar hinter die Löffel gekriegt – und das

aus gutem Grund«, sagte Bartholomäus Wille und stiefelte davon. Missmutig erinnerte er sich an die wenige Tage zurückliegende Aktion zur Bergung des Grafenringes aus seinem Brunnen. Er hatte sich alles so schlau ausgedacht, und dann war es gründlich danebengegangen. Sich seines eigenen Leibesumfanges bewusst, hatte Bartholomäus Wille den sehr schmächtigen Sohn seines Kochs an einem Seil in den Brunnen der Brauerei hinunterlassen wollen, doch dieser hatte noch in Handreichweite so laut zu zetern und zu brüllen begonnen, dass man das Unterfangen sofort wieder hatte abblasen müssen. Da lag nun solch ein kostbares Stück in wahrscheinlich gut erreichbarer Nähe, und er bekam es nicht zu fassen! Zu ärgerlich! Na, er würde es eben wieder probieren, und zwar am besten ohne Helfer, denen er hernach ihren Anteil würde auszahlen müssen.

An Tisch XXIV hatte Elisabeth inzwischen frisches Hopfenbier serviert und die beiden Patrizier – selten gesehene Gäste im Haxenhaus – ihren Gesprächen überlassen. Nun schlenderte sie hinüber zu Florian Grimm, den sie an diesem Abend noch kaum gesprochen hatte, da sie pausenlos mit dem Bedienen der Durstigen beschäftigt gewesen war.

»Sogar am heiligen Sonntag beehrst du uns? Was treibt dich bloß immerfort ins Haxenhaus?«

Florian zog die Magd auf seinen Schoß und bedeckte ihre Wangen, die Augen und die Stirn mit Küssen. »Fortuna ist es, die mich magisch anzieht, das weißt du doch«, antwortete er lachend.

»Ach, wirklich? Das Glücksrad hast du aber schon lange nicht mehr gedreht.«

»Du bist meine Fortuna, Elisabeth, du allein! Aber wenn du möchtest, bringe ich gern etwas Schwung ins Rad.« Schon stand er auf und nahm Elisabeth bei der Hand.

In der Tat hatte der Büttel die Ausübung seiner Pflicht als Ordnungshüter im Haxenhaus in der letzten Zeit etwas vernachlässigt. Doch die Ungewissheit, ob der Wirt seine schlechte Laune, die dieser regelmäßig durch den Freyzech bekam, eventuell an seiner Magd ausließ, hatte ihn intuitiv Zurückhaltung zeigen lassen. Da Elisabeth ihn nun jedoch selbst zur Waltung seines Amtes aufforderte, war er beruhigt, und er zögerte nicht länger.

»Herr Wirt, bitte entriegelt das Rad für mich«, rief er mit autoritärer Stimme.

Bartholomäus Wille, welcher mit allem, nur nicht damit gerechnet hatte, drängte sich zwischen den Tischen hindurch.

»Wie Ihr wünscht, Herr Büttel, wie Ihr wünscht.« Er ließ den Riegel am Rad der Fortuna aufschnappen. »Doch habt Ihr heute Abend gar keine Zeugenbefragung angekündigt!«

»Nennen wir es eine Ad-hoc-Kontrolle, lieber Bartholomäus!« Damit versetzte er dem Rad einen kräftigen Stoß und verkündete wenig später: »Tisch XXIV«, wobei er mit geübtem Blick sofort erkannte, dass es jener Tisch war, an dem eben erst die beiden Patrizier Platz genommen hatten. Diese, nicht vertraut mit den Gepflogenheiten des Haxenhauses und ganz in das Schmieden von Zukunftsplänen versunken, hatten weder auf das Rad der Fortuna noch auf den Büttel geachtet. Florian Grimm sagte: »Diese beide Herren brauche ich wohl nicht zu befragen. Sie sind erst nach mir angekommen und werden kaum eine Aussage zum verbotenen Glücksspiel machen können. Dennoch, Herr Wirt, wirst du ihnen nichts aufs Kerbholz schreiben.«

Winfried Rinck und Walther Junkersdorf waren sichtlich überrascht, als Bartholomäus Wille ihnen nach dem Genuss diverser Krüge keine Rechnung präsentieren wollte, sondern erklärte, sie hätten soeben den Freyzech gewonnen.

TISCH VII

18. Juni 1271

Drückende Schwüle lastete auf der Stadt und hielt ihre Gerüche nach Unrat, Schweiß und Exkrementen wie unter einer Glocke gefangen. Hinzu kamen die Ausdünstungen des Flusses, die faulig durch die Gassen waberten. Die Menschen und Tiere innerhalb der Mauern bewegten sich in traniger Schwerfälligkeit. Keiner tat mehr als das Allernötigste; jeder Handgriff wurde zur Belastungsprobe.

Florian Grimm verabscheute die Hitze, die schon seit zwei Wochen anhielt. Für ihn bedeutete sie ein Mehr an Pflichten, denen er schlechtgelaunt und schwitzend nachging. Tagtäglich musste er nun die Cölner Goldgräber anhalten, ihre Arbeit zu tun, um den Gestank in der Stadt einzudämmen. Doch auch die Schyssefeger, wie man sie in Cöln nannte, waren wie gelähmt von der Hitze, und es kostete den Büttel einiges an Mühe, sie zum Ausschöpfen der Latrinen und Abortgruben zu bewegen.

»Knagges! Du schon wieder!« Der Büttel hielt die sich windende Gestalt, die durch extrem helle Haut, Haare und Augen auffiel, mit eisernem Griff am Oberarm fest. Der stadtbekannte Gauner war von einer Marktfrau beim Stehlen eines Huhns erwischt worden. Auf ihren gellenden Ruf: »Haltet den Dieb!« hatte Florian Grimm, der zu Marktzeiten regelmäßig über den Novo Mercato patrouillierte, sofort die Verfolgung aufgenommen und soeben die Flucht des Übeltäters gestoppt.

»Ich … ich war das nicht«, stammelte der Ertappte und versuchte verzweifelt, die Bewegungen unter seinem verschlissenen Hemd mit seinem freien Arm zu verbergen.

»So, so. Du warst das also nicht? Jemand anderes hat der Trina ihr Huhn gestohlen? Und dieser Vogel hier«, mit einer raschen Handbewegung brachte Florian Grimm ein braunes Federbündel zum Vorschein, »ist dir von ganz allein zugeflogen, oder was?«

»Das Huhn habe ich gerade gekauft«, leugnete Knagges beharrlich.

»Und wo, wenn ich fragen darf, hast du dieses Tier gekauft? Bei der Trina vielleicht?«

»Nee, bei ... da hinten irgendwo.« Er deutete diffus in die Gegenrichtung von Trinas Stand.

»Da hinten? Willst du mich für dumm verkaufen? Jeder in Cöln weiß, dass nur die Trina braune Hennen anbietet.«

Knagges schluckte schwer und gab dann zu: »Schon gut. Ich gestehe! Aber der Hunger hat mich getrieben, und zu Hause sind so viele Mäuler zu stopfen.«

»Ha! So viele Mäuler? Du kennst nur ein einziges hungriges Maul. Auch wenn ich erst seit einem halben Jahr meiner Tätigkeit als Büttel hier in Cöln nachgehe, so kenne ich dich doch gut genug, um zu wissen, dass du keine Familie zu ernähren hast. Wir werden jetzt gemeinsam das Huhn zu seiner Besitzerin zurückbringen, und dann führe ich dich dem Richter vor. Schon zweimal habe ich dich mit einer Verwarnung davonkommen lassen. Aber jetzt ist Schluss damit!«

Mit einer Hand umfasste er das Federvieh, mit der anderen den Arm des Diebes, schleifte diesen an den Ort seiner Untat und warf das Beutegut in den tiefen Korb zurück, aus dem es entwendet worden war.

»Do bes ene jode Köbes«, sagte die Marktfrau.

Grimm winkte ihr kurz zu und entfernte sich dann mit seinem Opfer in Richtung Schildergasse. Am Ende des Marktplatzes lockerte er seinen Klammergriff und sah den kleinen, blassen Kerl scharf an.

»Nun gut. Ich lasse dich ein weiteres Mal laufen«, beschied er ihm milde. »Aber denk daran, das war das dritte Mal, und ein viertes gibt es definitiv nicht. Falls ich dich nochmals erwische, liefere ich dich gnadenlos dem Scharfrichter aus, und dann kannst du froh sein, wenn es dich nur eine Hand kostet.

Such dir gefälligst eine Arbeit, statt immer nur herumzulungern. Und komm mir nicht noch mal in die Quere! So, und jetzt: Hau ab!«

Knagges überlegte nicht lange, wisperte ein »Alles klar, wird gemacht, Herr Büttel« und verschwand flink um die nächste Ecke.

Florian Grimm schlurfte die Schildergasse in Richtung Rhein hinunter, bog an St. Alban links ab und näherte sich der Kirche Groß St. Martin. Im Schatten ihres Kleeblattchors lag der Fischmarkt, dessen Gestank dem Büttel schon von Weitem in die Nase stach. An den heißen Tagen des Jahres gehörte es auch zu seinen Aufgaben, bei den Fischhändlern die Runde zu machen, kurz bevor diese ihre Stände abbrachen. Inzwischen kannte man ihn hier, und bereitwillig wurde ihm ein mächtiges, gut geschärftes Messer ausgehändigt. Florian Grimm ging von Stand zu Stand, ständig die grün schillernden Schmeißfliegen abwehrend, und schlug allen nicht verkauften Fischen die Schwänze ab. So wurde verhindert, dass die Händler dieselbe Ware am folgenden Tag wieder zum Verkauf anboten.

»Nä, su e Wedder! Esu ene Heumond han mer ävver em Levve nit jehat«, keuchte der Fischhändler Pitt und wischte die verstümmelten Fische in einen großen Bottich.

»Dass du mir die Abfälle hier«, der Büttel deutete auf das silbrig-grüne Schuppengewirr, »nicht in die Gosse kippst. Wir haben bei diesen Temperaturen genug Probleme mit fauligem Mist in den Straßen.«

»Enää, dat kippe mer all en dr Rhing«, antwortete Pitt und bückte sich sogleich nach dem vollen Bottich. »Ah, ming Krütz! Han isch Rüggeping«, stöhnte er, mühte sich aber eifrig weiter, das schwere Holzgefäß in Bewegung zu setzen.

Florian Grimm beendete das Schwänzeabschlagen und lenkte seine Schritte dann zum Buttermarkt. Die Stunde der Non war kaum überschritten, als er das Haxenhaus betrat. Um diese Tageszeit saßen nur einige Reisende an den Tischen; die

Cölner zogen es vor, den heißesten Tagesabschnitt in ihren Behausungen zu verbringen.

Elisabeth kam ihm entgegen, wich aber zurück, als er sie umarmen wollte.

»Pfui, wie du heute wieder stinkst! Geh erst einmal zum Pütz und wasch dir die Fischbrühe ab«, wies sie ihn an. Der Büttel ging auf den Brauereieingang zu. »Und bring mir den hübschen Ring mit, wenn du ihn findest«, rief die Magd lachend hinter ihm her.

Seit einem halben Jahr schon ruhte der kostbare Siegelring des Grafen von Kessel und Broich im Brunnen der Haxenhausbrauerei, und ebenso lange hatten die Pläne, die der Wirt und manch einer der Gäste zu seiner Bergung ins Auge fassten, für Erheiterung gesorgt. Nach dem misslungenen Versuch des Haxenhauswirtes hatten einige Stammkunden eine Bergung des Ringes auf dieselbe Weise angestrengt mit dem Ergebnis, dass der am Seil Herabgelassene ins Wasser platschte und wie ein nasser Sack wieder heraufgezogen werden musste.

Mit feuchten Locken und Wasserperlen, die ihm vom Gesicht über den Hals bis in den Brustausschnitt liefen, aber vom übelsten Fischgeruch befreit, kam Florian zurück und ergriff Elisabeths Hand. »Komm mit«, sagte er und zog sie zu der Stiege, die in die oberen Etagen führte.

»Wo willst du hin? Ich kann doch die Gäste nicht allein lassen!«

»Es sind ja kaum welche da und die kann eure Spülmagd Anna für ein Weilchen übernehmen. In der Küche hat sie jetzt eh nichts zu tun. Wo steckt denn der Wille?«

»Der hat sich schon zur Sext zurückgezogen und schläft noch mindestens ein bis zwei Stunden. Aber –«

Florian zog die nur halbherzig widerstrebende Frau mit sich. Hintereinander erklommen sie die schmale Wendeltreppe. Im ersten Stockwerk war das Lager untergebracht; in prallen Säcken warteten hier die verschiedensten Naturalien auf ihren Verbrauch. Am Ende der zweiten Treppe legte Elisabeth ihren Zeigefinger an die Lippen. »Pscht«, bedeutete sie und zeigte auf eine nur angelehnte Tür, hinter der man den Wirt laut schnarchen hörte. Die dritte Stiege war sehr steil und führte zu einer Reihe von Kammern. Mit dem Höhenunterschied war die Hitze immer ärger geworden, und hier, unter dem Dach, brütete sie so unbarmherzig, als wolle sie die beiden bei lebendigem Leibe rösten.

Elisabeths Kammer war winzig klein; sie enthielt nichts als eine grob gezimmerte Bettstatt und einen Schemel mit einem Nachtgeschirr darunter. Durch die geöffnete Dachluke drang eine leichte, kühlende Brise herein.

Florian streifte sein Obergewand ab, und eine üppige Brustbehaarung kam zum Vorschein. Ungestüm zog er die begehrte Frau in seine Arme. Während er sie leidenschaftlich küsste, löste er ihre rotblonden Haare aus den straffen Flechten, sodass sie in sanften Wellen über ihren Rücken fielen. Dann knüpfte er vorsichtig und ganz langsam ihr Mieder auf. Elisabeths praller Busen sprang heraus, und Florian bedeckte ihn mit gierigen Küssen.

»Nicht doch«, wehrte Elisabeth ab. »Das dürfen wir nicht tun! Es ist Unrecht. Es ist ... oohh.« Ein tiefer Seufzer entrang sich ihrer Kehle, als Florian sie mit festem Druck in ihre Brustwarzen kniff. Rasch entledigten sich beide ihrer restlichen Kleidungsstücke und sanken eng umschlungen auf die Bettstatt. Florian drehte sie auf den Rücken und kniete sich über sie. Seine muskulösen Arme pressten die ihren auf die Unterlage. »Du bist so schön«, raunte er ihr ins Ohr. »Ich will dich – jetzt! Sag, dass du es auch willst!«

»Ja ... nein ... ja«, hauchte Elisabeth.

Langsam ließ er seinen athletischen Körper sinken und drang behutsam in sie ein. Aus kontrollierten, rhythmischen Hüftbewegungen wurden immer heftigere und schnellere Stöße. Elisabeth, gefangen unter Florians kräftigem Leib und hartem Händegriff, warf ihren Kopf lustvoll hin und her, und ihr Stöhnen gipfelte endlich in einem lauten Aufschrei. Dann wurden sie ruhiger. Florian rutschte ermattet an ihre Seite, und Elisabeth legte ihren Kopf auf seine Schulter. Bald entglitt sie in die Unschuldswelt des Schlafes. Florian streichelte sanft ihre runden Hüften und betrachtete sie liebevoll.

Am Abend war das Haxenhaus gut besucht. Jedermann lechzte nach der Erfrischung des Bieres, das jedoch in seinem lauwarmen Zustand kaum welche brachte. Lachen erscholl von einem Tisch, hitzige Debatten von einem anderen, Würfelgeklapper von einem dritten.

Der Büttel hatte sich verabschiedet, um seine Ordnungsgewalt in den Straßen Cölns zum Einsatz zu bringen. Die gnadenlose Hitze dieses Junis brachte das Blut der Menschen zum Kochen und verwirrte ihnen die Sinne. Gewöhnliche Schlägereien uferten in Gemetzel mit Totschlagsdelikten aus, leicht bekleidete Mädchen provozierten Missbrauch, und die Diebe nutzten die Lethargie der Händler schamlos aus. Arbeit genug für Florian Grimm.

An Tisch VII hatten sich drei Personen niedergelassen und soeben beim Wirt ihre Mahlzeit geordert.

»Loß uns bedde«, forderte Gregor Quentel seine Gattin und seinen Freund auf. »Denn wer nicht betet, der jeit aan dr Desch we e Ferke aan dr Trooch.« Bald wurden die Speisen aufgetragen, und Kranenmeister Quentel ergriff die Gaffel. Geschickt zerteilte er die Schweinshaxe, sodass sie sich bequem an den zarten Fleischstücken bedienen konnten. Er war von kräftiger Statur, und die gebräunte Haut verriet seine Tätigkeit im Freien. Seine breite Pranke riss ein Stück Fleisch vom Knochen. »Greift zu, Tilman, Gudrun, nur nicht so zaghaft!«

Tilman Sittler, ein schlanker, sehr hochgewachsener Mann mittleren Alters, war als Holzmesser beschäftigt. Seine Aufgabe war es, das von außerhalb eingeführte Holz zu prüfen und zu vermessen. Nach seinem Bericht wurden dann die fällige Steuer und der Preis festgelegt. Er krempelte sich die Ärmel seines weiten, hellen Hemdes hoch und langte ebenfalls in die

Fleischplatte. Dabei schenkte er der Gattin seines Freundes ein verstecktes Lächeln.

Gudrun war eine auffallend attraktive Person, die nicht so recht zu dem grobschlächtigen Gregor Quentel passen wollte. Ihre zu Schnecken über den Ohren eingerollten Haare wurden von einem Netz gehalten. Darunter schaukelten große, perlenbesetzte Ohrgehänge. Sie trug ein tief dekolletiertes Kleid aus grüner Seide und präsentierte den oberen Teil ihrer formvollendeten Brüste mit sichtlichem Stolz. Nun rupfte auch sie mit Daumen und Zeigefinger einen rosa schimmernden Happen aus der Schweinshaxe.

»Ob das das Ferkel vom Neumarkt ist, ha, ha?« Gregor amüsierte sich über seinen gelungenen Witz. »Das war doch spaßig, nicht wahr?«

»Mir kam das Ganze eher brutal vor. Das arme Tierchen und die armen blinden Männer«, sagte Gudrun.

Es ging um eine Belustigung, der die drei am frühen Abend beigewohnt hatten und die sich als sogenanntes »Ferkelschlagen« in Cöln allergrößter Beliebtheit erfreute. Einige Blinde wurden mit Knüppeln ausgestattet und zu einem Ferkel in einen Pferch gesperrt. Es galt, dieses mit Schlägen zu erlegen. Da die Männer nicht sehen konnten, wohin sie schlugen, malträtierten sie sich natürlich auch gegenseitig mit Hieben. Das empfand das schaulustige Publikum als äußerst vergnüglich.

»Die Jongleure haben mir weit besser gefallen«, fuhr Gudrun fort. »Unglaublich, wie viele Bälle und Kegel sie gleichzeitig in der Luft halten konnten.«

»Ja, die waren wirklich gut«, sagte Tilman. »Aber auch die Akrobaten haben reife Leistungen gezeigt.«

»Die waren auch nicht schlecht, ja, zumindest bis zu dem Sturz.«

»Ha, das war zu komisch«, mischte sich Gregor wieder mit seinem derben Humor ein. »Wie der Kleine beim Salto auf den Schultern des Großen danebengesprungen ist und platsch auf dem Bauch landete!«

Die Gesellschaft hatte vor der Einkehr im Haxenhaus den

Johannismarkt der Stadt besucht, den größten und turbulentesten der Jahrmärkte Cölns. Die Einwohnerzahl von vierzigtausend, der größten Stadt nördlich der Alpen, schwoll in den Tagen um diesen Jahrmarkt auf etwa das Doppelte an. Von weit her kamen die Schausteller und Händler, die Spielleute und Krämer, die Mimen und allerlei sonstiges buntes Volk, um an dem Jahrmarktstreiben teilzuhaben und zu verdienen. Am besten verdiente freilich der Cölner Erzbischof, dem alle Zollgebühren aus dem Spektakel zufielen. Zur Kurzweil wurden auch Turniere und Wettspiele jeglicher Art abgehalten. Der Novo Mercato brummte vor freudiger Geschäftigkeit, und jeder nutzte das Ereignis auf seine Weise. Für die einen war es die beste Einkaufsmöglichkeit des Jahres, andere suchten bloßes Amüsement, und wieder andere strömten zu Cölns zentralem Platz, um zu sehen und gesehen zu werden. Der Jahrmarkt begann stets eine Woche vor dem eigentlichen Festtag des Täufers und fand dann zu St. Johannis am 24. Juni seinen krönenden Abschluss. Als Feiertag erster Klasse wurde dieses Datum nicht nur mit dem Jahrmarkt, sondern auch mit einem dreifachen Gottesdienst und einer großartigen Prozession begangen. In der Nacht, die dem Johannistag vorausging, war es in Cöln Sitte, dass die Frauen an den Rhein hinunterliefen und sich die Arme im Wasser des Stroms wuschen.

»Jetzt haben wir den Jahrmarkt gesehen und können zu St. Johannis der Stadt entfliehen«, bemerkte Gregor.

»Ich fand es höchst vergnüglich, aber langsam wird es tatsächlich zu voll in Cöln«, sagte Gudrun. »Und diesen Brauch mit der nächtlichen Plantscherei im Rhein finde ich ziemlich albern. Da geht es bei meinen Eltern in Weilerswist doch wesentlich netter zu. Auf dem Land pflegt man noch die schönen, alten Traditionen zu St. Johannis«, erklärte sie Tilman. »Dort flechten die unverheirateten Mädchen und Frauen bunte Kränze aus Blüten und Kräutern und werfen sie dann in die Dorfeiche. Die Anzahl der Versuche, die eine jede benötigt, bis der Kranz im Laub hängen bleibt, steht für die Jahre, die sie noch bis zu ihrer Vermählung warten muss. Wir fahren jedes Jahr

Ende Juni für einige Tage zu meinen Eltern.« Gudrun nahm einen Schluck aus dem schmalen, irdenen Becher, der vor ihr stand. »Aber das reicht auch. Länger als einige Tage möchte ich nicht mehr in meinem Heimatdorf verweilen; es ist ansonsten gar zu langweilig dort.« Gudrun warf dem Freund ihres Mannes einen koketten Blick zu.

»Hier in Cöln ist schon mehr los als in Weilerswist«, stimmte ihr Gatte zu. »Und bei deiner Gier nach Zerstreuung wärest du in dem Dorf wahrscheinlich eingegangen wie ein Primelchen, wenn ich dich nicht da herausgeholt hätte, was meine Liebe?«

»Ich streife halt zu gern durch die Stadt, beobachte die Menschen und halte hier und dort einen kleinen Plausch mit den Nachbarinnen.«

»Ihr passt in der Tat besser hierher«, schaltete sich Tilman Sittler ein. »Stadtluft macht frei! Frei zu tun, was einem beliebt.« Die Zweideutigkeit der letzten Worte seines Freundes war dem Kranenmeister entgangen, ebenso der vielsagende Blick, welchen jener dabei seiner Gattin zugeworfen hatte. Gregor Quentel bekam auch nicht mit, wie Tilmans Fuß nun unter dem Tisch an Gudruns Wade entlangstrich.

Der Kranenmeister winkte die Schankmagd heran. »Lisbeth, Mädchen, du hast mir noch gar nicht erzählt, wie es dir geht.« Vertraulich tätschelte er ihr das Hinterteil. »Kommst du zurecht? Dieser schreckliche Unfall … Und dabei war dein Tobias so ein tüchtiger Räderknecht. Nicht kleinzukriegen war der beim Verladen und immer gut gelaunt.«

Elisabeth schob die tätschelnde Hand resolut beiseite. Ihr verstorbener Mann hatte unter Kranenmeister Gregor Quentel gearbeitet, bis sich an einem stürmischen Tag im vergangenen Herbst eine schwere Last vom Kran gelöst und ihn unter sich begraben hatte.

»Danke, Meister Quentel«, erwiderte die junge Witwe. »Es geht schon. Ich habe hier mein Auskommen und werde vom Wirt gut behandelt.«

»Bist auch hübscher denn je. Du strahlst ja geradezu, und deine Pieze haben Freudenflecken. Hast dir schon was Neues aufgetan, was?« Wohlwollend zwinkerte der Meister ihrem Ausschnitt zu.

»Darf es noch etwas zu trinken sein?«, lenkte Elisabeth ab.

»Bring uns noch zwei Gruit und für meine Frau ene soore Hungk. Ach ja, und ein Blatt Karten!«

»Gern, kommt sofort.«

Rasch zog Tilman seine Hand von Gudruns zurück, als Gregor sich wieder seiner Tischgesellschaft zuwandte.

»Ein kleines Spielchen ist dir doch recht, oder?«, fragte Quentel den Freund.

»Immer – solange ich gewinne«, stimmte Tilman zu.

Während die beiden Männer sich den Spielkarten widmeten und die kleinen Münzen in rascher Folge von einer Seite des Tisches auf die andere flitzten, sah Gudrun sich in der Wirtsstube um. Sie hatte bereits zuvor einige bekannte Gesichter im Raum entdeckt. Jetzt, da ihre beiden Begleiter durch das Kartenspiel abgelenkt waren, nutzte sie die Gelegenheit, dem ein oder anderen männlichen Gast freundlich zuzunicken und unauffällig zu winken. Ihr Bedürfnis nach Zerstreuung – wie es ihr Gatte genannt hatte – reichte nämlich wesentlich weiter, als dieser ahnte. Ihre ausgedehnten Spaziergänge durch Cöln dienten keinesfalls nur dem angegebenen Zwecke der Beobachtung von Menschen. Die meisten ihrer Ausgänge führten Gudrun schnurstracks in andere Häuser, wo »Mann« sie erwartete.

Gudrun war eine stadtbekannte Schlupfhure, die sich eines umfangreichen Kreises von Stammkunden erfreute. Diese Nebentätigkeit war nicht nur äußerst lukrativ und gestattete ihr einen Garderobenstil und -umfang, den die Mittel ihres Mannes niemals zugelassen hätten, sondern kam auch ihren persönlichen Neigungen entgegen. An manchen Tagen war ihre Lust schlichtweg unersättlich. Gudrun befingerte gedankenverloren ihre Perlenohrringe, das Geschenk eines großzügigen Freiers.

Ihre Gedanken schweiften zurück zu jenem trüben Februartag, an dem sie zu Besuch beim Burggrafen gewesen war, der ein kleines sexuelles Problem hatte. Sie war ihm von einem anderen Liebhaber als besonders geschickt empfohlen worden und hatte es unter Aufbringung all ihrer Künste schließlich geschafft, seine Männlichkeit aus ihrem Dornröschenschlaf zu wecken. Als Dank hatte er ihr diesen herrlichen Schmuck überreicht. Ihrem Ehemann hatte sie weisgemacht, sie hätte die Ohrringe auf den Stufen zu St. Kunibert gefunden und nur deshalb nicht beim Pfarrer abgeliefert, weil sie außerhalb der Kirche gelegen hatten. Für ihre inzwischen auffallend reiche Auswahl an Kleidern und Accessoires fielen ihr stets neue Ausreden ein; so schob sie des Öfteren eine wohlhabende Patrizierin als Freundin vor, von der sie vorgab, deren abgetragene Gewänder als Geschenk erhalten zu haben. Bisher hatte Gregor Quentel nicht den geringsten Verdacht geschöpft, und Gudrun hoffte inständig, das möge auch so bleiben.

Der Verfahrensweise, die zur Überprüfung der Treue einer Frau angewandt wurde, wollte sie sich nie und nimmer unterziehen. Frauenzimmer, die unter den Verdacht des Ehebruchs gerieten, schickte man barfüßig über glühende Pflugscharen, und nur bei unbeschadetem Überstehen dieser Prozedur war ihre Unschuld erwiesen.

Seltsam, dachte Gudrun, vor dem Gesetz wird Untreue so hart bestraft, und in den Minneliedern wird sie verherrlicht.

Ein weiterer Mann, ein Salzmüdder vom Hafen, hatte sich den Kartenspielern zugesellt. Während er sich scheinbar ganz auf das Blatt in seiner Hand konzentrierte, musterte er gleichzeitig die Frau am Tisch mit unverhohlener Wollust. Gudrun kannte auch ihn; Andreas Naegeli war sein Name. Fast alle Männer, die zum beruflichen Bekanntenkreis ihres Gatten gehörten, fielen auch in ihr Metier. Dieser hier – ein blasser Mann mittleren Alters mit Bauchansatz und vom Salz aufgerissenen Händen – gehörte zu jenen Kunden, die eine dominante Frau vorzogen. Stets wollte er unter ihr liegen, und manchmal genoss er es gar, die Hände und Füße von ihr gebunden zu bekommen. Verrückt, dachte Gudrun, im Beruf und auch jetzt bei Bier und Kartenspiel gehörte er zu den ganz Männlichen, bei ihr jedoch wollte er sich unterwerfen und beherrscht werden. Andere Freier zogen das genaue Gegenteil vor. Dann musste sie die Passive spielen und mit sich machen lassen, was diesen Vergnügen bereitete. Das konnte recht amüsant sein, falls sie an einen Mann mit Phantasie geriet, konnte aber auch hart an die Grenzen des Gefährlichen reichen, wenn es dem Kunden gefiel, sie zu fesseln und ihr zum Spaß Schmerzen zuzufügen. Beim letzteren Typ handelte es sich um Kerle, die im Alltag von ihren Ehefrauen unterdrückt wurden und dafür einen Ausgleich suchten, davon war Gudrun überzeugt. Ja, es bedurfte schon eines erheblichen Maßes an Anpassung und Geschicklichkeit, um den diversen männlichen Bedürfnissen gerecht zu werden.

Desinteressiert verfolgte sie nun das Spiel ihrer Tischgemeinschaft.

»Zwei Paare, Neuner und Siebener«, sagte Naegeli gerade und legte sein Blatt offen auf den Tisch.

»Ha, zwei Asse und zwei Buben«, freute sich ihr Ehemann und knallte seine Karten ebenfalls auf die Holzplatte. Das Glück schien ihm an diesem Abend hold zu sein. In vier Häufchen hatte er die gewonnenen Münzen vor sich gestapelt.

»Lasst uns den Einsatz nochmals erhöhen«, forderte Tilman Sittler, der nur noch drei Heller auf dem Tisch liegen hatte.

»Wovon willst du denn noch erhöhen? Du bist doch blank!«, höhnte Gregor.

»Wartet einen Augenblick; ich bin gleich wieder zurück.«

Der Holzmesser durchquerte das Lokal und steuerte auf Bartholomäus Wille zu. Die drei am Tisch beobachteten, wie Tilman händeringend auf den Wirt einredete. Jener gestikulierte zunächst abwehrend, zog aber schließlich eine Anzahl Münzen aus der Tasche seines mit Fett und Schweißflecken besudelten Gewandes und zählte sie Tilman in die Hand.

»Auf den Bärschi ist Verlass – wusste ich's doch«, strahlte Tilman, nahm wieder Platz und türmte das geliehene Geld neben seinen Karten auf. »Weiter geht's!« Wieder knallten die Karten hart auf die Tischplatte, und die drei Männer fluchten und jubelten im Wechsel. Sie unterbrachen ihr Spiel noch nicht einmal, als der Büttel zu später Stunde wieder im Haxenhaus auftauchte. Als Stammgäste wussten sie, dass er inzwischen fast täglich hier verkehrte und im seltensten Fall die Glücksspielkontrolle der Anlass war. Das Gerücht über die Liaison zwischen Florian Grimm und der Schankmagd des Haxenhauses hatte im Rheinviertel längst die Runde gemacht.

Der Gesetzesvertreter seinerseits wusste durch seine häufigen Besuche bei Elisabeth seit Langem über die verbotene Spielerei Bescheid. Das Rad der Fortuna hatte er gleich zu Beginn seiner Amtszeit enttarnt, sich aber nichts anmerken lassen. Zwar billigte er die Nutzung durch den Wirt, der sich gründlich daran bereicherte, keinesfalls, aber er ließ ihn gewähren, solange er es nicht durch täglichen Einsatz übertrieb. Das Rad manchmal zum Zwecke der Zeugenbestimmung selbst zu drehen, diente mehr der Abschreckung und war die einfachste Methode der Zeugenauswahl. Außerdem machte es ihm selbst Spaß, zumal er mittlerweile sicher sein konnte, dass er Elisabeth dadurch nicht in Schwierigkeiten brachte. So betrachtete er das Drehen des Rads als eine Art persönliches Spiel. Würfel-, Brett- und Kartenspiele waren im Haxenhaus an der Tagesordnung, wurden aber von Florian Grimm als harmloser Zeitvertreib geflissentlich übersehen. Schließlich wollte er Bartholomäus Wille nicht die Konzession für sein Brauhaus entziehen müssen und damit auch die geliebte Frau um ihre Existenz bringen. Die Einzigen, die er schärfer im Auge behielt, waren die Spielerbanden vom Balkan, die es bei jeder sich bietenden Gelegenheit gezielt auf die Gäste abgesehen hatten, die der Stadt Cöln Geld einbrachten. Dazu zählten neben den durch das Stapelrecht reich gewordenen Cölner Bürgern vor allem die Schultheißen, die als Steuereintreiber mit fetten Geldsäckeln unterwegs waren, und die auswärtigen Pfarrer und Prediger, welche sich zum Reliquienerwerb in der Stadt einfanden. Wenn er hier nicht hart durchgriff und unterband, dass die Balkanspieler diese Leute abzockten, so würde einer der wichtigsten Geschäftszweige der Stadt am Rhein in Gefahr geraten sein.

An diesem 18. Juni konnte der Büttel jedoch keine Spielerbanden im Haxenhaus entdecken. So begnügte er sich mit seiner privaten Glücksradrunde. Das Rad blieb mit der Zahl VII nach oben stehen, und Florian Grimm beglückwünschte den Kranenmeister und seine Frau, den Holzmesser und den Salzmüdder nach einer kurzen Pro-forma-Befragung zum gewonnenen Freyzech. Auf die Aufnahme der Personalien konnte er verzichten, da alle vier Personen ihm gut bekannt waren.

In regelmäßigen Abständen einem Tisch den Freyzech zu erteilen, bereitete dem Ordnungshüter eine diebische Freude, konnte er doch auf diese Art dem Wirt wenigstens einen kleinen Schaden zufügen als Strafe für seine Unehrlichkeit.

Bartholomäus Wille quittierte die erneute Geschäftseinbuße mit einem resignierten Achselzucken. Seine Gedanken kreisten zurzeit um eine ganz andere Quelle des Reichtums. Tagaus, tagein überlegte er fieberhaft, wie er den goldenen Ring des Grafen aus seinem Brunnen herausholen könnte. Die Möglichkeit, dass das wertvolle Stück längst im Fließwasser des Duffesbaches, der seinen Brunnen speiste, in den Rhein gespült worden sein konnte, verwarf er sofort. So fest saß die Überzeugung, dass der peinliche Verlust des Grafensohns für ihn, den Wirt des Haxenhauses, eine einmalige Chance bot, eines richtigen Vermögens habhaft zu werden.

TISCH XXXIV

7. Juli 1271

Die Sommermonate waren die beste, für viele die einzig mögliche Reisezeit. Längere Fahrten im Winter erforderten eine zum Überleben unabdingbare Grundausstattung, die sich nicht jeder leisten konnte. In der warmen Jahreszeit waren tage- und wochenlange Märsche über Land ohne aufwendige Hilfsmittel möglich; übernachtet wurde im Freien, und man lebte von der Hand in den Mund. Die Gründe für das Reisen waren recht unterschiedlich. Natürlich gab es Kaufleute und Händler, Wanderprediger und fahrendes Volk, die ganzjährig unterwegs waren. Im Sommer jedoch waren die Landstraßen vor allem von Pilgern bevölkert: Bußwillige und Kranke auf der Suche nach Erlösung und Heilung, Menschen, die ein Gelübde zu erfüllen hatten, Wallfahrer und solche, die sich um der Reise selbst willen auf den Weg machten. Oftmals fanden sich Fremde zu einer Reisegruppe zusammen. Die Wochen und Monate, die sie unterwegs waren, dienten so auch dem internationalen Informationsaustausch. Nichts war so lehrreich und unterhaltsam wie eine Pilgerreise.

Eines der beliebtesten Reiseziele war das »hillije Cöln«. Hunderte und Tausende strömten alljährlich aus allen Richtungen in die Metropole am Rhein. Manche legten nur ein paar Dutzend Meilen zurück, andere viele Hundert. Vor allem das Wissen um die riesige Anzahl der in Cöln verwahrten Reliquien und deren wundersame Heilkraft war es, welches zwischen dem Osterfest und dem Spätherbst die Menschen in Scharen an den Rhein zog. Manch einer konnte dann geheilt, geläutert oder seiner Sünden freigesprochen die Rückreise in die Heimat antreten, nicht jedoch ohne zuvor den Reichtum der Stadt je nach seinen Möglichkeiten vermehrt zu haben. In Cöln verstand man sich darauf, die individuellen Mittel der Pilger auszuloten und bis an die Grenzen zu strapazieren. Die »Heiltumsschau« war also nicht nur von religiöser, sondern in höchstem Maße auch von großer wirtschaftlicher Bedeutung für die Stadt. Mehrere Hundert Kirchen, Klöster und Kapellen warben mit ihren kostbaren Kleinoden, mit den Wunder wirkenden Resten der Heiligen. Für jedes spezielle Leiden fand sich in Cöln die passende, zuständige Reliquie, die es aufzusuchen galt und der man bei Heilung oder Aussicht auf solche Dank schuldig war. Diesen Dank entrichteten die Pilger in Form von barer Münze an die Hüter der heiligen Stätten. Wer nicht von irgendeiner Krankheit befreit zu werden hoffte, kam meist zum Zweck des Sündenerlasses nach Cöln. Keine andere Stadt bot auch hierzu so vielfältige Möglichkeiten. Als Reisender konnte man sich genauestens informieren, in welcher Kirche, an welchem Tag und in welcher Anzahl das Erwerben des Ablasses möglich war. Das »hillije Cöln« war in dieser Hinsicht perfekt organisiert.

Angebot und Nachfrage waren die regulativen Faktoren des Pilgerwesens am Rhein. Um Letzterer zu genügen, mussten die lokalen Reliquien durch Importe aufgestockt werden, wie es zum Beispiel auf die Gebeine der Heiligen Drei Könige zutrifft, oder aber – und das kam die Stadt wesentlich billiger zu stehen – durch Vermehrung. Diese ließ sich, vor allem durch Vereinnahmung der römisch-fränkischen Gräberfelder, verhältnismäßig einfach bewerkstelligen. Auch wurde zerstückelt und verdoppelt, was das Zeug hielt. So ergaben die Splitter vom Kreuze Christi zusammen ein Kreuz in der Höhe mehrerer aufeinandergesetzter Kirchtürme; die Stoffreste aus den Gewändern der Heiligen hätten ausgereicht, alle Bettler und Armen der Stadt neu einzukleiden.

Neben Tausenden von Knöchelchen – welche durchaus auch von Hühnern, Kaninchen oder Pferden stammen konnten – und anderen Reliquien waren es zwei Hauptattraktionen, die Cöln zu bieten hatte. Zum einen den Schrein der Heiligen Drei Könige und zum anderen die Gebeine der heiligen Ursula, der Stadtpatronin von Cöln, sowie ihrer elftausend Gefährtinnen. Der Legende nach sollte Ursula, die schöne

Tochter des Königs von Britannien, mit einem heidnischen Königssohn vermählt werden. Sie erbat sich, zuvor noch auf eine dreijährige Pilgerreise gehen zu dürfen. Mit ihrer großen Schar von Gefährtinnen verschlug es die Schiffe der Wallfahrerin auf dem Rückweg nach Cöln, das gerade von den Hunnen belagert wurde. Die Barbaren metzelten alle nieder; Ursula selbst wurde vom Hunnenkönig, den sie verschmähte, als er sie zum Weibe nehmen wollte, eigenhändig mit einem Pfeil getötet.

»Mir reicht es für heute, Totnan. Lass uns irgendwo einkehren. Der Hunger zerfrisst mir die Gedärme«, jammerte Balthasar Winterhausen. Er trat mit seinem Begleiter aus dem Portal der Kirche St. Ursula. Auf dem Platz davor flimmerte die Hitze des Tages noch, obwohl die Sonne schon sehr tief stand.

»Hast du diese Berge von Knochen gesehen? Allein über hundert Schädel habe ich gezählt!« Totnan Heidingsfelder war noch ganz überwältigt von der gigantischen Reliquienansammlung, die sie soeben in der Pfarrkirche der Stadtpatronin bewundert hatten. »Aber du hast natürlich recht. Auch ich habe Hunger und vor allem Durst.«

Die Steinmetze aus Herbipolis waren am Vortag in Cöln eingetroffen und hatten bereits rund ein Dutzend der heiligen Stätten abgeklappert. Besonders beeindruckt hatte sie der im Entstehen begriffene gotische Dom. Eine derartig revolutionäre Architektur kannten die beiden Handwerker aus ihrer Heimatstadt nicht. Wie viel schlichter, glatt und gerade hochgezogen war doch ihre Würzburger Domkirche. Lange hatten sie den rheinischen Steinmetzen beim Behauen der Tuffsteinblöcke aus der Eifel zugesehen, bevor sie die Schätze im Inneren aufsuchten. Auch hier waren die Bauarbeiter fleißig am Werk gewesen. Totnan und Balthasar hatten staunend den Bildhauern auf die Finger geschaut, welche einen prachtvollen Skulpturenreigen an den Pfeilern gestalteten: Christus und Maria im Chorhaupt, die zwölf Apostel an den übrigen Säulen.

»Elftausend Jungfrauen, man stelle sich das einmal vor«, nahm Totnan den Faden wieder auf. »Da muss ja der ganze Rhein rot gewesen sein.«

»Pfui, mal doch nicht immer alles so farbig aus«, beschwerte sich der weniger robuste Balthasar. Zwar kräftig gebaut, war er doch von einem zarten, schöngeistigen Gemüt. Kurze, blonde Locken kräuselten sich über dunklen Augen und einem feingeschnittenen Gesicht. Totnan hatte ein Kreuz wie einen Reliquienschrein. Seine dunklen Haare standen borstig in alle Richtungen vom Kopf ab. Beide trugen halbhohe feste Schuhe mit Schnürverschluss an den Knöcheln, bis an die Knie reichende Hemdröcke über nackten Beinen und lederne Westen. Das Abzeichen ihrer Zunftzugehörigkeit war in Brusthöhe auf dem Wams befestigt; als Gesellen kenntlich machten sie die großen Ohrringe, die sie trugen. Nun schulterten sie ihre Tornister, die außer ein paar privaten Habseligkeiten auch ihre Werkzeuge enthielten und daher ein gutes Gewicht aufwiesen.

»Das mit der Tunika des Jesuskindes kam mir etwas seltsam vor«, meinte Balthasar skeptisch.

»Wo haben wir die noch mal gesehen?«, fragte Totnan.

»Im Kloster der Weißen Frauen, am Blaubach – blaue Tunika am Blaubach – ha –, entweder sie wird regelmäßig nachgefärbt, oder sie ist gar nicht echt. Was meinst du?«

»Oder beides! Ist doch egal. Wir sollten uns vielleicht hier links halten, da müssten wir zum Rhein hinunterkommen, wo es einige gute, preiswerte Wirtshäuser geben soll.«

Durch die Straße Unter Messermacher hielten die beiden Burschen schräg auf das Rheinufer zu.

»Morgen müssen wir unbedingt noch St. Pantaleon besichtigen und natürlich St. Severinus. Wenigstens einen unserer Zunftheiligen verehren sie hier nach Gebühr!«

Die Steinmetze hatten gleich mehrere Schutzheilige: Severus, Severianus, Carpaphorius und Victorinus. Bei den Gefahren, denen sie durch ihre Tätigkeit ausgesetzt waren, konnte der Segen dieser Vierheit nicht schaden. Lokal kamen noch andere Patrone hinzu wie in Cöln der heilige Clemens.

»Unbedingt«, stimmte Balthasar zu. »Wir wollen doch dem goldenen Schrein, den Erzbischof Hermann III. unserem Severinus spendiert hat, unsere Ehre erweisen.«

Über den Fischmarkt, dessen leere Stände durch ihren Duft noch reges Zeugnis von der am Tage angebotenen Ware ablegten, gelangten die Steinmetze ans Flussufer.

»Irgendwo hier in Cöln müsste es auch noch Teile der Weinkrüge aus Kanaan geben.« Die Faszination der Reliquienflut hielt Totnan immer noch in ihrem Bann.

»Jetzt gibt's erst einmal andere Krüge«, bremste Balthasar den Eifer des Freundes. »Da vorne, das rote Wirtshaus sieht doch freundlich aus, gell?«

Auf der Suche nach einem freien Platz blieben die jungen Würzburger in der Tür des Haxenhauses stehen. »Da hinten, neben diesem schwarzen Kasten, ist noch etwas frei; da sitzen nur zwei Personen!« Beim Näherkommen entdeckten sie die nur leicht variierten Steinmetzabzeichen an der Kleidung der beiden jungen Männer, die an Tisch XXXIV saßen. Herzlich wurden die Neuankömmlinge mit dem den Steinmetzen eigenen Gruß aufgefordert, Platz zu nehmen.

»Totnan Heidingsfelder und Balthasar Winterhausen aus der Bischofsstadt Herbipolis am Main«, stellten sich die Franken vor und erfuhren sogleich: »Ich bin Notker Kohlscheid, und dies hier ist Carl Krugenofen, auch genannt ›der Hinkerich‹. Wir kommen aus Aquisgranum.« Fragenden Blicken vonseiten der beiden Süddeutschen folgte die Verdeutlichung: »Öcher sind wir, echte Öcher!«, und nachdem auch das nicht zur Klärung beitrug: »Aus Aachen, Krönungsstadt der deutschen Kaiser und Könige!«

»Ach so, sagt das doch gleich«, rief Totnan, froh, die beiden Zunftbrüder endlich zuordnen zu können.

»Wieso ›Hinkerich‹?«, fragte Balthasar mit einem Blick auf Carl.

»Carl hatte im Winter einen Unfall«, erzählte Notker. »Wir waren auf Burg Wilhelmstein beschäftigt, der Grenzfeste, die der Graf von Jülich sich gerade in Würselen erbauen lässt. Einem ungeschickten Meister fiel ein Steinblock von der Mauer und genau auf Carls rechten Fuß. Alle Knochen waren zersplittert, und er hat viele Wochen im Domus San Spiritus* zugebracht. Aber irgendwie ist nicht alles richtig zusammengewachsen. Zeig doch mal deinen Klumpfuß«, ermunterte er den Freund. Demonstrativ hob dieser sein rechtes Bein. Er trug Riemensandalen aus grobem Rinderleder. An seinem Mittelfuß und an den Zehen waren die Spuren der Verkrüppelung deutlich zu erkennen.

»Das sieht ja übel aus«, meinte Totnan. »Aber laufen kannst du wieder?«

»Einigermaßen, aber es schmerzt.«

»Deshalb sind wir nach Cöln gekommen«, berichtete Notker. »In Aquisgranum haben wir es schon beim Kleid Mariens und beim Enthauptungstuch des heiligen Johannes versucht, aber die Heilkraft unserer lokalen Reliquien ist nicht sonderlich groß. Ein Meister vom Grashaus, wo wir zuletzt gearbeitet haben, gab uns den Rat, nach Cöln zu pilgern und es hier mit dem Wasser aus dem heiligen Brunnen in St. Kunibert zu probieren. Die Kirche war nämlich früher dem Märtyrerpapst Clemens gewidmet, und dieser ist, zumindest hier im Rheinland, neben unseren vier Schutzheiligen für unseren Berufsstand zuständig.«

Nach dieser langen Erklärung benötigte Notker Kohlscheid ein frisches Bier. Die Steinmetze machten der Schankmagd ein Zeichen und bestellten zu den vier Krügen Gruit auch gleich eine große Platte Blut- und Leberwurst mit einem Laib dunklem Brot.

»Bier und Flönz an Tisch XXXIV, kommt sofort«, rief Elisabeth freundlich.

»Die ist vielleicht appetitlich«, grinste Notker hinter ihr her. Sein starkes Kinn zierte ein spärlicher Kranzbart, der die schlechte Haut seines Trägers kaum verdecken konnte; darüber lagen wässrig blaue Augen.

**Heiliggeisthaus; ältestes Spital der Stadt Aachen; seit 1215*

»Die würd ich auch nicht von der Bettkante schubsen«, bestätigte der Hinkerich, ein stämmiger Kerl mit halblangem, kohlrabenschwarzem Haar.

»Ihr seid ja munter drauf, hier im Rheinland«, staunte Balthasar, der als Franke so viel Direktheit nicht gewohnt war.

»Rheinländer sind wir Öcher zwar nicht, aber auch keine Trübsalbläser.« Notker griff nach dem frischen, soeben servierten Bier. »Prost«, rief er, »oder ›Allaaf‹, wie man hier in Cöln, glaub ich, sagt!«

Das muntere Gespräch der Steinmetzrunde wurde unterbrochen, als Bartholomäus Wille an ihrem Tisch auftauchte und den jungen Männern einen an einem langen Stab befestigten Beutel unter die Nase hielt. Die Ausdünstungen, die der korpulente Leib des Wirts an diesem heißen Tag verströmte, waren eine Zumutung für den Geruchssinn seiner Gäste. »Na, wollt Ihr nicht auch ein Spielchen wagen?«, fragte er und zwinkerte den Burschen aufmunternd zu. »Nur einen Heller Einsatz!«

Die vier ließen sich nicht lange bitten, und der Wirt zog weiter an die übrigen Tische. »Neues Spiel – neues Glück!«, hörten sie ihn dabei ausrufen und: »Wer nicht wagt, der nicht gewinnt!«

Nur wenig später stand er wieder neben den vier Handwerkern und machte sich an dem schwarzen Kasten zu schaffen, der gleich bei ihrem Tisch stand. Er öffnete ihn, und zum Vorschein kam ein großes, buntes Glücksrad.

»Das Spiel beginnt – wer wagt, gewinnt! Rota tu volubilis!«, schrie Bartholomäus Wille nun aus voller Kehle und stieß das Rad an.

»Die XVI – ›die Welt‹! Egal, was du tust, die Erde ist für dich gemacht. Du kannst nicht von dieser Welt fallen«, brabbelte der Wirt und suchte mit den Augen den Gewinnertisch.

»Was faselt der da?« Verwundert schauten die Aachener und Würzburger auf den enthusiastischen Spielleiter.

»Auweia, jetzt gibt's Ärger«, meinte Totnan, der einen stattlichen Mann in rot-weißer Kleidung hereinkommen sah.

»Der Büttel zu Cöln! Na, jetzt wird's heiter für den Wirt«, mutmaßte auch Carl.

Florian Grimm warf dem vor dem geöffneten Glücksrad stehenden Wille einen verärgerten Blick zu, doch dann schaute er zu Elisabeth, welche fast unmerklich den Kopf schüttelte, und entschied sich dazu, den Wirt freundschaftlich zu begrüßen und sich seine neueste Ausrede anzuhören. Die Gäste bekamen mit, wie Bartholomäus Wille dem Büttel pro forma etwas von Erntesegen und dem Gedenktag des Heiligen Kilian auftischte.

»Moment mal!« Balthasar sprang auf. »Herr Wirt, ich glaube, Ihr täuscht Euch! Der Festtag des heiligen Kilian ist erst morgen, nicht heute! Wir müssen es wissen, wir sind aus Herbipolis, der Stadt des heiligen Kilian!«

Kilian, ein frommer Kirchenmann irischer Abstammung, war der erste Missionar Bayerns. Seine Wirkungsstätte war vor allem das Frankenland und dort die Stadt Würzburg, zu deren erstem Bischof er ernannt wurde. Nachdem er viele Heiden bekehrt, Kranke geheilt und Wunder gewirkt hatte, starb er den Märtyrertod durch das Schwert.

»Kilian ist unser Stadtpatron«, fügte Balthasar Winterhausen deshalb noch hinzu. »Gerade in diesen Tagen wird bei uns zu Hause Kiliani gefeiert.«

Der Wirt wischte die Belehrung mit einer ärgerlichen Handbewegung fort und schloss den Kasten um das Rad der Fortuna wieder zu. Der Büttel jedoch schien Willes Erklärung geschluckt zu haben, denn er unternahm nichts weiter, sondern strebte geradewegs auf die adrette Schankmagd zu.

Elisabeth wehrte die stürmische Begrüßung ihres Liebhabers ab.

»Was ist denn los mit dir?«, wollte Florian wissen.

»Nichts. Es ist nichts! Nur –«, mühsam suchte sie nach den richtigen Worten, »es ist aus mit uns! Wir dürfen uns nicht mehr treffen!« Den Blick hatte sie dabei auf den Boden geheftet.

Verblüfft und ein wenig gekränkt hob der Büttel ihr Kinn

an und sah ihr tief in die Augen: »Was ist geschehen? Du bist ja ganz verstört.«

»Ich, eh ... ich werde mich wieder vermählen.« Elisabeth versuchte, ihrer Stimme einen festen Klang zu geben. »Albinus, der Bruder meines verstorbenen Mannes, war heute Mittag hier und hat mir fristgerecht einen Antrag gemacht. Drei Monate vor Ablauf des Trauerjahres darf er um mich anhalten, und genau zwölf Monate nach Tobias' Tod kann er mich zu seiner Frau nehmen. Er hat das Vorrecht, so ist das nun einmal.«

»Und du? Möchtest du denn diesen – wie heißt er noch? – Albinus auch heiraten? Das kann ich mir nicht vorstellen.«

»Darauf kommt es nicht an.«

»Ach so? Auf Gefühle kommt es also nicht an? Nicht auf deine und auch nicht auf meine? Ich liebe dich, Elisabeth. Ich möchte, dass du irgendwann die Meine wirst. Ich werde dich hier herausholen.«

»Für dich wird der Bärschi mich nicht so leicht freigeben. Das weißt du so gut wie ich. Für meinen Schwager jedoch muss er mich freilassen. So sind nun einmal die Regeln. Und jetzt: Lass mich in Ruhe!« Ohne eine weitere Erwiderung abzuwarten, drehte sie sich um und lenkte ihre Schritte in Richtung Küche.

Totnan und Balthasar hatten die kurze Szene, die sich in ihrer Blickrichtung abgespielt hatte, verfolgt und wandten sich nun wieder ihren Tisch- und Zunftbrüdern zu.

»Wie lange weilt ihr denn schon in Cöln?«, fragte Carl die Würzburger.

»Seit gestern«, antwortete Totnan. »Zuvor haben wir uns einige Tage im Oppidum bonnense aufgehalten. Liegt ganz hübsch am Rhein. Eine kleine Stadt, rundum von einem Palisadenzaun umgeben, aber die Stadttore sind aus Stein und nicht schlecht gemacht.« Die fachmännischen Steinmetzaugen prüften an fremden Orten gern die handwerkliche Geschicklichkeit ihrer Kollegen.

»Wirklich gut hinbekommen haben die Bonner auch ihr Münster. Helle, gut behauene Steinblöcke –«

»Hör auf!«, fiel Balthasar dem Freund ins Wort. »An die Stunde vor dem Münster in Bonn möchte ich gar nicht zurückdenken.«

Auf die fragenden Blicke der Aachener hin erzählte Totnan: »Auf dem Münsterplatz in Bonn befindet sich die erzbischöfliche Gerichtsstätte. Als Zeichen steht dort ein Löwenmonument, welches die Einwohner ihr ›steinernes Wölfchen‹ nennen. Gerade als wir beide uns in Ruhe mit der Mauertechnik auseinandersetzen wollten, fand eine Hinrichtung statt. Ein Kerl, der wegen mehrfacher Vergewaltigung seine gerechte Strafe bekam. Balthasar ist in solchen Dingen immer etwas empfindlich.« Totnan nahm einen kräftigen Schluck aus seinem Krug. »Wohnen konnten wir in Bonn übrigens in einem Kloster der Schwarzkreuze. Die Ordensritter von Ramersdorf haben uns Quartier gegeben und sehr freundlich behandelt. Dafür haben wir ihnen bei ihrem Neubau in ... Wie hieß der Ort noch gleich, wo die Baustelle war?«

»Muffeldorf, glaub ich, oder Muffesdorf«, sagte Balthasar. »Nein warte, Muffendorf! Da wird zurzeit ein weiteres Haus des Deutschen Ordens gebaut.«

»Genau, Muffendorf. Komische Namen führen die Ortschaften hier in der Gegend. Bei uns im Fränkischen aber auch. Im Umland von Herbipolis sind zum Beispiel Tiere sehr beliebt für Ortsbezeichnungen.«

»Tiere als Städte?«, fragte Notker.

»Ja, am häufigsten in Verbindung mit -furt: Ochsenfurt, Schweinfurt, Hasfurt.«

»Das gefällt mir. Vielleicht sollten wir nächsten Sommer mal ins Frankenland wandern, was, Carl?«

»Wenn mein Fuß mich bis dorthin trägt ...«

»Wart ihr denn jetzt eigentlich schon beim Clemensbrunnen?«, wollte Balthasar wissen.

»Nein, wir sind erst vor wenigen Stunden in Cöln eingetroffen«, sagte Notker. »Nach St. Kunibert gehen wir morgen und übermorgen und ... so lange halt, bis eine Besserung eintritt. Das Wasser soll aber sehr schnell seine Wirkung tun, hat man uns erzählt. Wäre auch gut, denn unser Hinweg war recht beschwerlich für Carl.«

»Diese Krönungsstraße ist aber auch verflucht lang! Und wir konnten nur zweimal für eine kurze Strecke auf einem Karren mitfahren. Den Rest sind wir gelaufen«, erinnerte sich Carl mit Unbehagen.

»Krönungsstraße, das klingt aber hochtrabend«, wunderte sich Totnan.

»Man merkt wirklich, dass ihr nicht aus dieser Gegend seid. Die Straße von Aachen nach Cöln heißt nicht aus eitlen Gründen Krönungsstraße, sondern aus faktischen«, sagte Carl. »Wisst ihr denn nicht, dass alle deutschen Kaiser und Könige im Aachener Dom gekrönt werden und direkt von der Zeremonie aus nach Cöln zu den Reliquien der Heiligen Drei Könige pilgern? Das hat schon ziemlich lange Tradition.«

»Stimmt, das habe ich schon einmal gehört«, fiel es Balthasar ein. »Und welcher unserer derzeitigen Könige wurde bei euch gekrönt? Richard oder Alfons?«

»Richard, aber danach ward er nie mehr gesehen. Schöne Zeiten, in denen wir leben. Da gibt es gleich zwei deutsche Könige, und beide glänzen durch ständige Abwesenheit.«

Mit dem Erlöschen des staufischen Herrscherhauses und dem Tod Wilhelms von Holland trat das Deutsche Reich in die Phase des sogenannten Interregnums ein, eine Zeit ohne Könige mit effektiver Macht, eine Zeit des Wahlkönigtums. Das Wahlgremium stellten die sieben Kurfürsten. 1257 kam es zur Königsdoppelwahl in Deutschland. Während die rheinischen Fürsten Richard von Cornwall, den Bruder des englischen Monarchen Heinrich III., zum König ernannten, entschieden sich die Großen der ehemaligen Stauferpartei für Alfons X. von Kastilien. Letzterer beehrte das Heilige Römische Reich kein einziges Mal, und auch Richard von Cornwall beschränkte die

Ausübung seiner königlichen Autorität auf wenige kurze Aufenthalte.

Die vier Steinmetzgesellen überlegten gerade, ob sie sich noch eine weitere Runde Bier würden leisten können, als ein sympathischer junger Mann ohne Begleitung an ihren Tisch trat.

»Wäre es eventuell gestattet, mich hier zu Euch zu setzen?«, erkundigte er sich höflich und sah die Burschen der Tischgemeinschaft mit klaren grünen Augen an. Das freundliche Lächeln, welches er dabei zeigte, zauberte tiefe Grübchen in die von einem hellen Flaum bedeckten Wangen. Er war mittelgroß und von schlanker Gestalt. Keinerlei Zunftabzeichen machte seine Zuordnung möglich, die feingliedrigen Hände sprachen jedoch gegen eine derbe handwerkliche Tätigkeit. Die vier bestärkten ihr Einverständnis durch kräftiges Kopfnicken, und der Neue zog sich einen Hocker heran. »Dann also fünf Gruit«, schloss Notker den jungen Mann mit ein und gab die Bestellung auf.

»Gobelinus ist mein Name, aus dem Haus Gernegrois«, stellte der flachsblonde Jüngling sich vor und ergänzte: »Ich studiere bei Magister Albertus dem Großen hier in Cöln. Und Ihr seid Steinmetze, wie ich sehe. Sicherlich trieb Euch die Neugier nach den Fortschritten unseres Dombaus nach Cöln.«

Totnan, Balthasar, Notker und Carl stellten sich ebenfalls vor.

»Das ist interessant«, staunte Gobelinus, »mein Lehrer, welcher viele Jahre seines Lebens auf Wanderschaft verbracht hat, unterrichtete auch eine Zeitlang an der Würzburger Priesterschule der Dominikaner. Das war vor einigen Jahren; er berichtete von einem blutigen Konflikt, dessen Zeuge er wurde.«

»Oh«, sagte Balthasar, »das muss die Cyriakusschlacht, die Schlacht bei Kitzingen vor fünf Jahren, gewesen sein, die er meinte. Nach dem Tod unseres Bischofs Iring hat der Graf von Henneberg die Stadt jahrelang massiv bedrängt. Die Bewohner von Herbipolis schlossen sich daraufhin mit denen von

Hohenlohe und dem Domkapitel zusammen und zogen mit wehendem Kiliansbanner und diversen Reliquien dem Feind entgegen. Auf dem Schlachtfeld bei Kitzingen konnten die Henneberger besiegt werden.«

»Wie schön! Eintracht zwischen Bischof und Bürgern«, freute sich Gobelinus. »Wie anders als hier in Cöln. Doch hoffen wir, dass auch bei uns nun endlich Ruhe einkehrt, nachdem es meinem Lehrer Albertus vor einigen Monaten gelungen ist, einen Frieden zwischen Engelbert und den Cölnern zu stiften.«

»So glänzend verstehen sich die Stadtbürger und Bischof Poppo III. in Herbipolis wahrlich auch nicht«, korrigierte Balthasar. »Es brodelt bei uns ebenfalls schon seit Langem. Der Bund im Jahre 1266 war eine rein zweckdienliche Ausnahme. Davor und auch nun wieder bekämpfen sich die Bürger und der Bischof ohne Unterlass.«

»In den Bistümern scheint es doch überall das Gleiche zu sein«, mischte Carl sich ein. »Die hohen Herren Kleriker sind ganz schön machtgierig. Dagegen ist es bei uns zu Hause ja geradezu friedlich. Aachen wächst zwar beständig, wir haben mittlerweile sogar unser eigenes Markt- und Münzrecht, doch die weltlichen und geistlichen Herrscher weilen immer nur zu kurzen Besuchen in unserer Stadt. Sie kommen, um sich am goldenen Schrein Karls des Großen zu verbeugen, heilende Bäder in den heißen Quellen zu nehmen oder sich krönen zu lassen – ha, ha! Aber das kommt ja nicht allzu häufig vor. Ansonsten geht es bei uns recht beschaulich zu, nicht wahr, Notker?«

Notker nickte zustimmend. »Wenn nicht gerade der Bahkauv* aus dem Brunnen springt!«

»Der was?« Gleich dreifach wurde diese Frage ausgesprochen.

»Der Bahkauv, unser Stadtungeheuer«, erläuterte Carl. »Er ist ein gar seltsames Wesen, halb Mensch, halb Tier – so sagt man. Aber niemand kann ihn genauer beschreiben, denn man

**Bachkalb*

bekommt ihn nicht zu Gesicht. Des Nachts, wenn man mit müden und vom Bier schweren Beinen durch Aachens Gassen schwankt, springt er zuweilen aus einem der vielen Brunnen und den Vorübergehenden direkt in den Nacken. Ich persönlich denke, er ist ein Teufel – deshalb kann man ihn nicht sehen, nur spüren.«

»Das mag wohl sein, denn um ein Naturding handelt es sich wohl nicht.« Gobelinus versuchte, die Sache vom rationalen Standpunkt aus zu betrachten. »Ich bin freilich in meinen Studien noch nicht sehr weit fortgeschritten. Albertus ist erst vor einem Jahr nach Cöln zurückgekehrt. Doch weiß ich von ihm schon einiges über die Tierwelt, und ganz gewiss gibt es keine Mischwesen aus Mensch und Tier.«

»Erzähle uns von deinem Lehrer«, forderte Balthasar ihn auf.

»Er wurde mir im vergangenen Jahr von meinem Freund Ulrich von Straßburg vorgestellt als ›gottbegnadet in allen gelehrten Fächern‹, als ›staunenerregendes Wunder unserer Zeit‹. Und wahrlich, davon konnte ich mich inzwischen selbst überzeugen. Er ist nicht nur ein großer Theologe und Philosoph, sondern ebenso bewandert auf den Gebieten der Astronomie sowie der Länder- und Naturlehre. Ich komme bei ihm in den Genuss eines umfassenden Studium generale. Albertus ist eine grandiose Persönlichkeit, mit einer Art zu reden, die einen sofort in ihren Bann zieht. Er steht auch in enger Verbindung zu den großen Universitäten von Padua und Civitas Parisiorum, wo man ihn in hohem Maße verehrt und respektiert. Seine Lehren beruhen jedoch nicht nur auf aus Büchern erworbenem Wissen, sondern auf Erfahrung. Die steht für ihn ganz im Vordergrund. Naturerkenntnis im Sinne des Aristoteles …« Gobelinus unterbrach seine gelehrte Schwärmerei, als er der fragenden Mienen seiner Tischgenossen gewahr wurde. »Verzeiht! Natürlich kann Euch der Name Aristoteles nichts sagen. Seine Schriften stehen ja auch auf dem ›Index librorum prohibitorum‹*.

**Index der verbotenen Bücher*

Er war der größte Denker und Philosoph der griechischen Antike. Albertus setzt sich mit seiner Gedankenwelt auseinander, obwohl es verboten ist. Er steht auf dem Standpunkt, dass man alles, was an Aristoteles' Lehre wahr ist, als Bereicherung annehmen solle und alles, was daran falsch ist, in gutem Gottesglauben widerlegen müsse. Aber ich denke, das wird zu kompliziert. Jedenfalls ist Albertus kein Bücherwurm, sondern ein bedeutender Universalgelehrter, dessen Wissen auf Erfahrungswerten beruht, die er sich in seinen Reise- und Wanderjahren erworben hat. Er wird deshalb auch ›Bischof Bundschuh‹ genannt.«

»Bischof? Ich dachte, er sei ein Dominikanerpriester«, hakte Carl nach.

»Er war einmal Bischof von Reganesburg, ließ sich aber später entpflichten, um andere Aufgaben wahrnehmen zu können. Ein faszinierender Mann. Die Lehren, sagt er immer, sind die Augen, mit denen man Gott sehen kann.«

»Hat Euer Albertus Magnus nicht einen ganz bedeutenden Schüler? Irgendetwas habe ich gehört über einen Italiener, der seinen Meister wohl noch übertreffen soll«, fragte Carl weiter.

»Klar, Gobelinus Italicus!«, flachste Notker.

»Blödsinn«, wies sein Freund ihn zurecht.

»Sicherlich meint Ihr Thomas von Aquin«, setzte der Cölner wieder an. »Ein Adliger aus Süditalien, welchen Albertus schon als Knaben in seine klösterliche Obhut nahm. Ich kenne ihn leider nicht persönlich, obwohl er erst vor zwei Jahren an die Universität von Paris berufen wurde und zuvor lange Zeit in Cöln gelebt hat. Er hat eine beachtliche Quaestio* zur Auferstehung des Leibes geschrieben, in welcher er die fünf entscheidenden Fragen stellt: Werden alle menschlichen Glieder des Leibes auferstehen? Werden Haare und Nägel im Menschen auferstehen? Werden die Säfte im Leibe auferstehen? Wird alles, was im menschlichen Leibe zur Wahrheit der menschlichen Natur gehörte, in ihm auferstehen? Wird das,

**Untersuchung*

was stofflich zu den Gliedern des Menschen gehörte, ganz auferstehen? Doch, Thomas kann seinem Lesemeister fast das Wasser reichen und wird sicherlich noch Großes in seinem Leben vollbringen.« Gobelinus spülte seinen vom vielen Reden trockenen Mund mit einem Schluck Bier und fügte hinzu: »Hier am Cölner Studienhaus gibt es Studenten aus allen Ländern Europas. In den Unterrichtsstunden sitze ich stets zusammen mit jungen Leuten aus Böhmen und Ungarn, aus England und Frankreich und sogar aus dem fernen Spanien. Albertus ist ein Lehrmeister von internationalem Ruf.«

»Wie kommt Ihr denn eigentlich dazu, Eure Tage mit Wissensanhäufung zu verbringen?«, wollte Balthasar nun wissen. »Geht Ihr keinem anderen Gewerbe nach?«

Gobelinus' Äußeres verriet nichts von seiner reichen Herkunft; bewusst kleidete er sich in weit schlichterem Stil, als es dem Sohn der Patrizierin Petrissa Gernegrois zugekommen wäre. »Mein Vater, der mir erst vor einem guten Jahr von meiner Mutter vorgestellt wurde …« Vier ungläubige Augenpaare waren nun auf den Studenten gerichtet. »Kurz und gut – es geht Euch zwar nichts an, aber Ihr seid ja nicht aus Cöln –, ich wurde als uneheliches Kind geboren. Die Familie meiner Mutter hat sie und mich jedoch nicht verstoßen, sondern stets zu uns gehalten. Mein Vater ist Gottfried Hagen, ein Patrizier aus der Urbe Xanctensi und ebenfalls ein sehr gebildeter Mann. Er hat bis vor Kurzem als Schulmeister von St. Maria im Capitol gewirkt und nebenbei alle wichtigen Verträge und Urkunden für die Cölner Patrizier, für den Erzbischof und für die Grafen den Rheinlands verfasst. Voriges Jahr hat er sich mit der Veröffentlichung eines historischen Werkes zur Cölner Stadtgeschichte einen Namen und auch Ruhm erworben. Jetzt ist er Stadtschreiber und ein recht angesehener Bürger. Gleich bei unserer ersten Begegnung überzeugte er meine Mutter und mich davon, dass es das Beste für mich sei, bei Albertus zu studieren. Mein Vater meinte, die Gelegenheit, einen so glorreichen und frommen Lesemeister in der eigenen Stadt konsultieren zu können, sei so außergewöhnlich, dass ich sie nicht ungenutzt lassen dürfe.«

Gobelinus' Redestrom wurde beendet, als der Wirt und der Büttel wieder gemeinsam Aufstellung an dem schwarzen Kasten gleich neben dem Tisch der fünf jungen Männer nahmen.

»Jetzt kommt etwas Lustiges. Passt auf«, erläuterte der Cölner, welcher nicht zum ersten Mal im Haxenhaus zu Gast war. »Vielleicht sind wir die Glücklichen, die den Freyzech bekommen. Dafür müssen wir nur ein paar Fragen beantworten, und dann ist unser gesamter bisheriger Abendkonsum umsonst!«

Zur Freude der jungen Männer, die, angeregt durch die nette Bekanntschaft, ihr Reisebudget an diesem Abend deutlich überstrapaziert hatten, kam es tatsächlich so. Florian Grimm bestimmte mit Hilfe des Rads der Fortuna die Gäste des Tisches XXXIV zu seinen Zeugen. Er machte sich sogar die Mühe, Namen und Herkunft der Gewählten zu notieren und einige oberflächliche Fragen zum Thema Glücksspiel zu stellen. Die Tischgemeinschaft war ihm sympathisch, und so sprach er ihnen nicht nur gern den Freyzech zu, sondern bat ferner darum, ihnen eine Weile Gesellschaft leisten zu dürfen. Jegliche Ablenkung war ihm an diesem Abend willkommen.

»Da habt Ihr ja zum Teil weite Reisen auf Euch genommen, um nach Cöln zu gelangen«, begann Florian das Gespräch. »Sagt, ist es nicht zuweilen recht schwierig, den richtigen Weg in fremden Gegenden zu finden?«

»Wir haben uns an die Anweisungen unseres Meisters gehalten, der als junger Bursche lange auf Wanderschaft war«, erklärte Totnan. »Er riet uns, zur Orientierung nicht nur die Sonne heranzuziehen, sondern vor allem auch die Wasserläufe. Als Fixpunkte für unsere Tagesetappen dienten uns Burgen und Ortschaften.«

»Wie lange wart Ihr unterwegs von Herbipolis bis Cöln?«

»Nach dem Osterfest sind wir aufgebrochen. Allerdings sind wir nicht jeden Tag gewandert. Die Lust am Schauen und die Notwendigkeit, zwischendurch zu arbeiten, um ein paar

Heller für die Weiterreise zu sammeln, hat uns an manchen Orten einige Tage verweilen lassen. Das war aber auch gut so, denn zuweilen braucht der Mensch eine Nachtruhe ohne Furcht.« Totnan dachte zurück an die vielen Nächte, die er mit seinem Freund im Freien verbracht hatte. Ständig bedroht von räuberischen Überfällen, Wölfen, Dämonen der Nacht oder auch nur plötzlich hereinbrechenden Unwettern, waren die Ruhephasen bei den über Land zurückgelegten Strecken nicht sehr erholsam gewesen.

»In den Städten, durch die wir kamen«, fuhr der Würzburger fort, »konnten wir glücklicherweise eine Unterkunft in Klöstern oder Häusern unserer Zunft finden. Das ist weit besser als Übernachtungen in Herbergen, wo man sich Bett und Flöhe mit anderen Reisenden teilen muss. Wir hatten in unseren Quartieren glücklicherweise nicht nur die Gelegenheit, unsere müden Glieder auf einer Bettstatt auszustrecken, sondern konnten auch Schweiß und Wegedreck gründlich abspülen. Ich sage Euch, auf manchen Straßen war der Staub so arg – vor allem, wenn es länger nicht geregnet hatte –, dass wir glaubten, ersticken zu müssen. Und verschwitzt, wie wir waren, haftete hernach der halbe Erdbelag der Wege an unseren Körpern.«

»Das stimmt«, pflichtete Notker ihm bei. »Auch die Straße von Aachen – Königsstraße hin oder her – ist fürchterlich staubig gewesen. Besonders das letzte Stück durch den Wald ist schlimm. Wir waren froh, als wir das Hahnentor erreichten, zumal wir kurz davor auch noch die Leproserie Melaten passieren mussten. Irgendwie hat man immer Angst, der Aussatz könne einen schon von Weitem erwischen. Geht mir zu Hause in Aachen nicht anders, jedes Mal, wenn ich an unserer Leprastation Melaten vorbeigehen muss. Melaten – wenn ich das schon höre! Bei uns dürfen die Aussätzigen an bestimmten Feiertagen zum Betteln aus ihrer Quarantänestation heraus. Hier etwa auch?«

»Hier auch, aber sie müssen sich durch ständige Geräusche mit ihren Klappern bemerkbar machen«, antwortete der Büttel. »Ich bewundere den Mut der Brüder des Hospitals vom heiligen Johannes, die sich aufopfernd um die Pflege der Leprakranken kümmern. Auch ich habe übrigens ständig in Melaten zu tun, und es ist wahrhaftig jedes Mal ein ungutes Gefühl, wenn ich dort hinaus muss. Aber auf demselben Gelände, auf dem die Kranken hausen, befindet sich auch eine der öffentlichen Hinrichtungsstätten. Schon seit fast hundert Jahren.«

»Vielleicht ist man ja irgendwann gefeit gegen Ansteckung«, mutmaßte Carl Krugenofen.

»Das glaube ich nicht.« Totnan schüttelte bedächtig den Kopf. »Nicht umsonst liegen die Leprosenheime immer weit außerhalb der Städte, und viele nehmen sogar weite Umwege auf sich, um den Kontakt zu vermeiden. Das haben wir mehrfach auf unserer Reise beobachtet.«

»Ja, das Reisen ist recht anstrengend und wohl auch nicht ungefährlich«, meinte Florian Grimm abschließend. »Doch selbst wenn man sich andauernd mit Krankheiten und den Mächten der Natur auseinandersetzen muss, so sind doch die Erfahrungen, die man an fernen Orten sammelt, unbezahlbar.«

Die sechs jungen Männer tauschten noch bis tief in die Nacht ihre Erfahrungen und Erlebnisse aus und verstanden sich dabei immer besser.

TISCH II

22. August 1271

»Gar vieles haben wir heute vom Meister aus der Cäcilienstraße gelernt, nicht wahr, mein Junge?« Zufrieden knabberte der Apotheker Lothar Bürvenich an seiner Gänsekeule. Er war klein, und der stark gewölbte obere Teil seines Rückens verstärkte diesen Eindruck noch. Die gelbliche Haut seines Gesichts war von zahlreichen Runzeln überzogen, in deren Mitte zwei gescheite, dunkle Augen blitzten. Damian, sein junger Gehilfe, der zugleich sein Neffe war, nickte eifrig und warf einen abgenagten Knochen hinter sich auf den Gaststättenboden. Sofort sprangen zwei große Hunde herbei. Fletschend und knurrend zankten sie sich um die Beute. Damian war ein hübscher Junge von siebzehn Jahren. Braune Locken umrahmten sein rundliches Gesicht mit den strahlenden, stets wissbegierigen Augen.

Die beiden hatten einen langen, anstrengenden Tag hinter sich und ließen sich nun die wohlverdiente Mahlzeit im Haxenhaus schmecken. Im Morgengrauen waren sie in Medamana aufgebrochen und über die Strata Coloniensis* in Richtung Süden gewandert. Um die Terz herum waren sie in Cöln eingetroffen. Obwohl sich der Junge, berauscht vom lebhaften Treiben der Großstadt, gern hie und da aufgehalten hätte, waren sie schnurstracks in die Cäcilienstraße geeilt. Hier, in einem unter Straßenniveau liegenden, düsteren Raum, lag die Wirkungsstätte des berühmtesten Apothekers des Rheinlandes. Von nah und fern kamen Patienten und Zunftkollegen, um Ratschläge einzuholen, sich Rezepturen mischen zu lassen oder einen Teil seiner Kunst zu erlernen.

»Ja, Oheim, es war ein spannender Besuch. Nur eines hat

**Cölner Straße; große Handelsstraße, die an Medamana vorbeiführte* mich stutzen lassen. Erinnerst du dich an die Geschichte, die er uns erzählt hat; die von dem jungen Patrizier, dem er ein starkes Schlafmittel zubereitet hat, das schon bei geringer Überdosierung tödliche Wirkung haben kann?«

»Ich habe das Rezept sogar notiert. Höchst interessante Mixtur, die er dem jungen Mann da empfohlen hat.«

»Wie aber passt die Abgabe eines so gefährlichen Mittels in die Hände eines Laien mit den Worten zusammen, die er in seinem Laboratorium hängen hat? Du weißt schon, da stand: ›Auch werde ich niemandem auf seine Bitte hin ein tödlich wirkendes Mittel geben, noch werde ich einen derartigen Rat erteilen; in gleicher Weise werde ich auch keiner Frau ein fruchtabtreibendes Zäpfchen geben. Rein und heilig werde ich mein Leben und meine Kunst bewahren.‹«

»Gut haben sich dir die Worte eingeprägt! Ich staune immer wieder über die Leistungen deines Gedächtnisses. Doch scheinst du mir gar nicht zu wissen, was du soeben zitiert hast.« Neugierig schaute der Junge seinen Verwandten an. »Es handelt sich um eine Passage aus dem Eid des Hippokrates, des großen griechischen Arztes, dessen Stammbaum sich in direkter Linie auf den Heilgott Asklepios zurückführen lässt. In dem von ihm begonnenen Corpus Hippocraticum finden sich viele nützliche Schriften. Darauf aufbauend hat Galen die Lehre von der richtigen Mischung der vier Körpersäfte entwickelt: Blut, Schleim, schwarze und gelbe Galle. Fast alle Krankheiten lassen sich auf eine Störung in der Mischung der Körpersäfte zurückführen.«

»Ich bin recht glücklich, bei dir in die Lehre gehen zu dürfen«, freute sich Damian, der begierig den Erklärungen des Älteren gelauscht hatte. »Es muss ein erhabenes Gefühl sein, Menschen kraft seines Wissens heilen zu können. Auch danke ich dir, dass du mich heute mit hierher nach Cöln genommen hast.«

»Ich bilde dich aus, mein Junge, in der Hoffnung auf einen würdigen Nachfolger. In Medamana bin ich der Einzige meiner Zunft; der nächste Apotheker sitzt in Kaiserswerth; aber er ist ein Pfuscher, ein Quacksalber, und viele kamen schon von ihm zu mir, weil er ihre Leiden nur zu verschlimmern vermochte.« Er begleitete seine Worte mit lebhaften Handbewegungen.

»Aber in Dusseldorp lebt doch auch noch Meister Velbert, der Wundarzt. Versteht er sich nicht ziemlich gut auf die Kunst die Heilens?«

»Das wohl, doch lässt er sich seine Hilfe einiges kosten, und so ist sein Rat nicht jedermann zugänglich. Eigentlich fungiert Velbert mehr als Leibarzt der Grafen von Berg. Nun lass uns aber lieber die Erkenntnisse vergleichen, die uns zu unserem Nutzen und dem unserer Patienten heute zuteilwurden. Ich habe die meinen –«, umständlich kramte Lothar Bürvenich sein Schreibzeug aus dem mitgeführten Tornister, »warte – hier notiert, und du hast die deinigen im Kopf gespeichert. Da war zunächst das Mittel gegen Hüftschmerzen und Gelenkentzündung: Man sammelt hierfür Steinbockmist am siebzehnten Tag nach Neumond, obgleich er auch, bei abnehmendem Mond gesammelt, eine ähnliche Wirkung hat, wenn nur das Heilmittel am siebzehnten Tag nach Neumond zusammengestellt wird. Von dem Mist tut man so viel, wie man mit der vollen Faust packen kann – die Zahl der Kügelchen muss jedoch ungerade sein –, in einen Mörser. Dann füge man drei sorgfältig zerriebene Pfefferkörner hinzu, eine Hemina sehr guten Honigs und vier Hemina alten, vortrefflichen Weines. Alle Ingredienzien vermische man gründlich im Mörser und bewahre sie dann in einem Glasgefäß. Damit die Wirksamkeit des Heilmittels noch größer wird, verabreiche man es dem Leidenden vom Vollmond an sieben Nächte in Folge, und zwar derart, dass derjenige, der geheilt werden soll, es auf einem Schemel stehend nach Osten gewandt trinkt. Hast du dir das auch so gemerkt, mein Junge?«

»In ebendieser Weise«, bestätigte Damian seinem Lehrmeister und Onkel, der sogleich weiterrezitierte:

»Dann verriet er uns noch das Rezept für ein Mittel gegen alle Krankheiten der Augen, sei es, dass sie von Krätze befallen sind, tränen oder kleine Würmer haben. Also vergleiche, ob du im Gedächtnis behalten hast, was ich notiert habe: In einen gewöhnlichen Topf gebe man sechs Hemina scharfen Essig und Eisen – das heißt alte Nägel oder andere kleine Eisenteilchen – sowie anderthalb Unzen getrocknete Rosen; sodann verschließe man den Topf sorgfältig. Den Deckel aber durchstoße man, sodass ein Loch entsteht, und stecke in jenes entweder ein Rohr oder besser einen durchbohrten Holunderstängel, damit das Gefäß ein Luftloch habe. Nun bedecke man den Topf selbst mit frischem Pferdemist auf eine Weise, dass nur das Rohr mit dem Luftloch herausragt. So lasse man den Topf fünfzehn Tage lang stehen, stets darauf bedacht, dass er niemals aufgedeckt wird. Am sechzehnten Tag nehme man ihn aus dem Mist und reinige ihn. Man füge dem Inhalt noch so viel Saft vom grünen Fenchel hinzu, als beim Wein das Maß eines guten Trunkes ausmacht, und rühre alles dann gut durch. Die Masse seihe man hernach durch ein feines Leinentuch und bringe sie in einem anderen Topf auf schwachem Feuer zum Kochen. Zum Schluss gebe man noch drei Löffel gut abgeschäumten Honig hinzu und verwahre das Mittel wiederum in einer Glasflasche oder in einer Kupferbüchse. Zur Anwendung habe ich mir nichts aufgeschrieben, und ich erinnere mich auch nicht genau; so hilf du mir«, bat der alte Bürvenich seinen Neffen.

»Ich entsinne mich sehr gut: Zur Beseitigung von Trübung und weißen Flecken reibe man das Mittel rund um die Augen ein. Bei einem akuten Fluss oder Schmerz bestreicht man die Augen obenauf. Wenn die Hitze in den Augen groß ist, gibt man das Mittel zusätzlich auf Stirn und Schläfen, und zwar mindestens viermal täglich. Dabei wäscht man die getrocknete Einreibung vor dem Auftragen einer frischen niemals ab, sondern fügt immer eine neue Schicht hinzu. Bei Befall der Augen von Krätze oder Würmern reibt man die oberen und die unteren Lider von innen ein. Die Wirkung wird jeweils noch verstärkt, wenn ein unbefleckter und reiner Mensch die Anwendung des Heilmittels vornimmt.«

»Du bist ein wirklich tüchtiger Schüler. Nun wiederhole noch kurz die Rezeptzusammenstellung für das Mittel gegen –«

»Guten Abend, die Herren«, eine schmeichlerische Frauenstimme hatte die Fachsimpelei der Apotheker zum Verstummen gebracht. »Nur zwei Personen am Tisch mit der Nummer II; da ist doch sicherlich noch ein Plätzchen frei für uns.« Sie neigte dem Jüngeren ihren Kopf entgegen, der zur Hälfte von einem roten Tuch bedeckt war.

»Für so hübsche Mädchen findet sich immer ein Plätzchen.« Aufgeregt deutete Lothar Bürvenich auf die beiden freien Schemel und stellte sich und seinen Neffen, dessen blasses Gesicht sich dunkel verfärbt hatte, vor.

»Ich bin das Doorche«, präsentierte sich die Brünette, deren Kleid so eng geschnürt war, dass es ihr die Luft zum Atmen zu nehmen schien. »Und meine Freundin hier, das ist die Ooschel!« Die zweite hatte weizenblonde Haare, welche ebenfalls von einem roten Stück Stoff bedeckt waren. Ihrer beider Gewänder hatten geraffte Röcke und wiesen ebenso tiefe Ausschnitte auf, wie sie Einblicke gewährten.

»Wir haben Euch noch nie hier im Haxenhaus gesehen«, fuhr Doorche an die beiden Männer gewandt fort. »Sicherlich seid Ihr von auswärts angereist?«

»Ja, ja, aus Medamana, einem unbedeutenden Weiler einige Meilen von Cöln den Rhein hinunter. Und Ihr beide seid …«, Lothar Bürvenich suchte nach einer diskreten Formulierung, die er aber nicht fand. »Ihr seid also gebürtige Cölnerinnen?«, fragte er schließlich, seine Verlegenheit schlecht verbergend.

»Wir sind echt cölsche Mädsche, das stimmt. Wir wohnen in einem Haus auf dem Berlich. Das ist zwar nicht allzu weit von hier entfernt, aber Durst haben wir dennoch.«

»Ja, fürchterlichen Durst«, bestätigte auch Ooschel, »bei dieser Hitze!«

»Oh natürlich, Verzeihung. Darf ich den Damen einen Trunk anbieten?«, reagierte der alte Apotheker sogleich.

»Sehr freundlich, gern. Ich glaube, mit Männern aus Eurer

Gegend haben wir noch nie zusammengesessen, was, Doorche?«

»Nee, wirklich nicht. Die Leute aus Eurer Ecke – Medamana, Nuys, Dusseldorp und so – kommen wohl auch nicht allzu gern nach Cöln. Woran mag das nur liegen?«

»Ist das so?«, wunderte sich der Apotheker.

»Vielleicht mundet Euch unser Bier nicht«, mutmaßte Ooschel. »Ich habe gehört, das Eurige soll viel dunkler sein und gar scheußlich schmecken.«

»Es ist recht unterschiedlich im Geschmack, aber Bier ist doch Bier«, fand Lothar Bürvenich.

»Und dir, mein Kleiner, dir schmeckt der cölsche Gerstensaft? Euer Neffe, sagtet Ihr, ist dieser hübsche Bengel?« Doorche ließ ihre Augen unverwandt auf Damian ruhen, dem die Nähe der leicht bekleideten Frauen sichtliches Unbehagen bereitete. »Darfst du denn überhaupt schon Bier trinken?«

»In Maßen genossen, ist Bier sehr gesund. Es hebt –«, fing der Junge an.

»Lass mal die gelehrten Erklärungen beiseite«, fuhr Onkel Lothar dazwischen. »Ich denke nicht, dass sich die Damen sonderlich für die positiven und negativen Wirkungseigenschaften des Bieres interessieren. Lieber trinken sie es, stimmt's?« Er ergriff seinen Krug und stieß kräftig mit den Frauenzimmern an. Damian betrachtete die beiden und wunderte sich über ihre künstlich wirkende Gesichtsfarbe. Schließlich getraute er sich, danach zu fragen.

»Chrâmer gip die varwe mir, lalala«, begannen Doorche und Ooschel im Chor zu trällern, »diu mîn wengel roete, lalala.« »Krämer, gebt mir die Farbe, die meine Wangen rötet.«*

»Ihr meint also«, staunte Damian, »die Tönung Eurer Wangen ist tatsächlich nicht natürlich? Ihr habt Farbe darauf gegeben?«

»So ist es, mein Süßer. Bei uns ist einiges anders als bei den ehrbaren Frauen. Dafür aber vermögen wir Euch Männern all

*(*Liedzitat aus den Carmina Burana*)

die Freuden zu schenken, von denen Ihr bei Euren biederen Hausweibern nur träumen könnt. Wir sind Meisterinnen in den Dingen der Fleischeslust.«

Damians Teint verdunkelte sich so stark, dass er mit dem künstlichen der beiden Damen konkurrieren konnte.

»Aber, aber, meine Lieben«, griff Lothar Bürvenich gestikulierend ein. »Wenn ich um etwas mehr Zurückhaltung bitten dürfte. Mein Neffe hier ist doch noch recht unschuldig und unerfahren.«

»Ganz so direkt müsst Ihr wahrlich nicht auftreten; das will ich aber auch meinen«, erklang eine neu hinzugekommene Stimme. Der Mann, der an den Tisch der munteren Gesellschaft getreten war, gab sich den beiden Ortsfremden zu erkennen: »Ich bin Florian Grimm, Büttel zu Cöln. Die beiden Frauenzimmer hier sind aus meinem Revier; ich führe unter vielen anderen Aufgaben auch die Aufsicht über die Dirnen in der Stadt. Doorche, Ooschel«, sprach er nun die beiden weiblichen Tischgäste an, »schert euch hier weg und sucht euch geeignetere Kundschaft.«

»Och, Florian«, bettelte Doorche, »lass uns doch noch ein Weilchen hier bei den freigebigen Herren sitzen. Wir plaudern gerade so nett!« Sie schenkte dem Knaben Damian ihr süßestes Lächeln.

»Nun gut, ich gebe euch so lange, wie ich benötige, um das Rad zu drehen, aber dann verschwindet ihr von diesem Tisch.«

»Wenn du schon heute das Rad drehen möchtest, dann lass uns zuvor noch eine Runde bestellen und stopp die Reise der Fortuna am rechten Platz«, schlug Ooschel vor und zwinkerte dem Büttel zu.

»Ich sehe zu, was sich da machen lässt«, versprach Florian Grimm und waltete seines Amtes. Nach all den Monaten, die er nun schon in Cöln seiner neuen Arbeit nachging, war er nicht nur mit allen Lastern und Sünden der Stadt vertraut, sondern kannte außerdem die Kniffe und Tricks aller Glücksspiele. Die Manipulierbarkeit des Rads der Fortuna war ihm hinlänglich bekannt, ebenso wie einige Stammgäste des Haxenhauses um diese wussten. Er ließ also die gewünschte Nummer II nach oben zeigen. Anschließend sprach er noch kurz mit den beiden Apothekern aus Medamana, erläuterte und bescheinigte ihnen den Freyzech und freute sich an dem Jubel der beiden, die sofort überlegten, welche nützlichen Zutaten für ihre Rezepte sie von dem eingesparten Geld würden erstehen können. Endlich entfernte der Büttel sich mit den Worten: »Ihr entschuldigt mich, aber eine dringende private Angelegenheit erfordert meine Aufmerksamkeit.« Aus den Augenwinkeln hatte er beobachtet, wie Elisabeth, mit Küchenabfällen beladen, vor die Tür des Haxenhauses getreten war, doch als er sich ihr nun näherte, schlug sie nur die Augen nieder und eilte an ihm vorbei.

Auch Doorche und Ooschel verabschiedeten sich bald darauf, wie mit dem Büttel vereinbart, und hielten eifrig Ausschau nach anderen potenziellen Freiern.

Vorgemerkt hatten sie sich einen gut gekleideten Herrn, der allein ein paar Tische weiter saß. Der pralle Beutel an seinem Gürtel war den beiden Professionellen sofort bei seinem Eintreten ins Auge gesprungen. Doch als sie sich ihm nun nähern wollten, wurden sie Zeuginnen einer Szene, die sie lieber Abstand halten ließ.

»Graf Heinrich von Kessel und Broich, mein Brotherr, ist äußerst erbost, dass Ihr nichts weiter unternommen habt, um seinen kostbaren Siegelring aus dem Brunnen zu bergen«, fuhr der Fremde den Wirt an, welcher nervös von einem Fuß auf den anderen tippelte.

»Aber, Herr Schultheiß, schaut mich doch an! Sollte ich vielleicht selbst in den Pütz hinabsteigen? Ich würde doch stecken bleiben in dem schmalen Rund!« Mit beiden Händen packte Bartholomäus Wille bedeutsam in die Speckfalten seines Bauches.

»Es wird doch wohl noch andere Möglichkeiten geben. Lasst Netze hinunter und tastet die Brunnenwände ab oder was auch immer. Wenn der Graf nicht binnen kürzester Zeit seinen Besitz zurückerhält, wird er sich mit dem Stadtvogt über Eure Konzession unterhalten.«

»Ihr wollt mich ruinieren«, jammerte der Wirt. »Was habe ich denn verbrochen? Der junge Herr Graf war betrunken und hat den Ring verloren! Und ich soll es wieder einmal ausbaden. Die Welt ist so ungerecht!«

Unbeeindruckt vom Gezeter des rundlichen Mannes, erhob sich der Schultheiß zu voller, imposanter Körpergröße und blickte kalt auf den Wirt hinab. »Ich bin, wie gesagt, nur der Überbringer dieser Nachricht. Doch ich rate Euch gut: Handelt, bevor es zu spät ist!«

Bartholomäus Wille wandte sich den beiden Hübschlerinnen zu und stöhnte: »Dass ihr mir ja ein Stündchen reserviert heute Abend! Ich benötige dringend ein wenig Zuwendung und Wärme.« Er leckte sich über die vom Schweiß salzigen Lippen.

»Von den Weisheiten aus dem Arzneimittelbuch des Marcellus hatte ich, ehrlich gesagt, noch nie gehört«, nahm Lothar Bürvenich die sachkundige Unterhaltung an Tisch II wieder auf. »Dies hier«, er blätterte in seinen Notizen, »soll ein nützlicher Zauberspruch gegen das Bauchkneifen sein: Man drückt den Daumen der linken Hand auf den Bauch und sagt: ›Adam Bedam Alam Betur Alam Botum‹ und, wenn man dieses neunmal wiederholt hat, berührt man mit demselben Daumen die Erde, spuckt aus und fängt von vorn an; insgesamt dreimal muss man die Worte und Gesten hintereinander anwenden. Was hältst du davon, mein Junge?«

»Es kommt mir etwas seltsam vor, dass eine Rezeptur, welche nur aus bestimmten Handgriffen und einem Spruch besteht, ihre Wirkung tun soll«, meinte der Neffe nachdenklich. »Viel brauchbarer erscheinen mir die Kräuter der Natur. In deinem Buch des Odo Magdunensis, dem ›Macer floridus‹, könnte ich stundenlang lesen und würde des Lehrstoffes nicht müde.«

»Habe ich richtig gehört?«, erkundigte sich auf einmal eine fremde Stimme bei den Apothekern. »Ihr spracht vom ›Macer floridus‹?« Der Mann, der diese Fragen stellte, war mittelgroß, von schwerem Knochenbau und mit einem leichten Bauchansatz versehen; in seinem vollen Gesicht blinkten freundliche, intelligente Äuglein; sein Haupthaar war bis auf einen schmalen Kranz am Hinterkopf ausgefallen. Er war nicht allein am Tisch mit der Nummer II stehen geblieben, sondern in Begleitung eines schlanken jüngeren Mannes, der sich etwas im Hintergrund hielt.

»Ganz recht«, erwiderte der Apotheker. »Ich bin Lothar Bürvenich, Apotheker vom Niederrhein, und dieser hier ist mein Neffe. Wollt Ihr Euch nicht zu uns setzen, da Ihr Euch offensichtlich für unsere Gesprächsthemen interessiert?«

»Das nehmen wir gerne an«, freute sich der Glatzköpfige. »Martinus Steiner aus Magenza«, fügte er hinzu und ließ sich auf einem der freien Hocker nieder. Ein wenig zögerlich folgte sein Begleiter: »Und ich heiße Wilhelmus Kelsterbach, ebenfalls aus dem kurfürstlichen Magenza«, sagte er und entblößte dabei ein Gebiss mit stark vorstehendem Oberkiefer, welches spontan an ein Nagetier denken ließ.

»Ja, ja«, plapperte der Ältere der beiden, »alle Krankheiten sind von Gott gesandt, aber in weiser Voraussicht hat der Herr auch gegen jedes Leiden das richtige Kraut gesät. Der Mensch muss es nur zu finden und anzuwenden wissen. Zweifellos ist die Rezeptsammlung des Mönches Odo eine der besten Quellen hierfür. Lange habe ich mich mit den heilkundigen Erkenntnissen der Klöster beschäftigt –«, er unterbrach sich, um die Schankmagd herbeizuwinken und Bier und Bratwurst für alle zu bestellen. Als Lothar Bürvenich abwinken wollte, zog der Mainzer eine prall gefüllte Stoffrolle aus den Falten seiner Reisekleidung hervor und legte sie auf die Tischplatte. Er öffnete die zweckdienliche Verpackung an einem Ende und ließ die Eingeladenen einen Blick auf deren Inhalt werfen: eine große Anzahl von Pfennigen, Quäntchen, Schwurhandhellern und anderen Münzen kam zum Vorschein; sogar einige schwere Silberstücke, Denare mit dem Bildnis Werner von Eppensteins, des Erzbischofs von Magenza, befanden sich darunter. Zufrieden raffte Martinus Steiner alles wieder zusammen und deponierte es vor sich auf dem Tisch.

»Seht Ihr, ich habe reichlich Geld gesammelt für diese Reise. Meine Pfarrkinder haben gar fleißig gespendet. Oh, ich habe, glaube ich, noch nicht erwähnt, dass ich Pfarrer an St. Stephanus bin, der altehrwürdigen Pfarrei unserer Stadt, welche von Bischof Willigis vor dreihundert Jahren gegründet wurde. Man hat mich nach Cöln geschickt, um einige wundertätige Reliquien für unsere Parochie zu erwerben. Gleich morgen werde ich mich auf die Suche nach den geeigneten heiligen Schätzen begeben. Doch heute müssen wir uns erst einmal von der Reise erholen.«

»Seid Ihr von Magenza hierher gewandert?«, erkundigte sich Damian höflich.

»Gott bewahre! Nein, wir wählten die Rheinroute. Ein Handelsschiff nahm uns in unserer Heimatstadt auf, und gerade eben sind wir in Cöln angekommen. Da es schon recht spät ist, führten uns unsere Schritte in die nächstgelegene Gastlichkeit, eben hierher ins Haxenhaus.«

Ein Schemel scharrte über die Holzdielen des Fußbodens. Unaufgefordert ließ sich ein weiterer Mann mit slawischem Aussehen bei den vier auswärtigen Gästen nieder. Angelockt von der fetten Geldrolle, die immer noch offen auf dem Tisch lag, zückte er Würfel und Hütchen.

»Wollen die Herren nicht ein kleines Spielchen wagen?«, ermunterte er sie mit einem Seitenblick auf die mögliche Beute.

»Ich liebe Spiele«, begeisterte sich der Mainzer Pfarrer sogleich.

Der Slawe baute also drei Hütchen vor ihm auf, versteckte unter einem von ihnen einen abgegriffenen, aus Tierknochen geschnitzten Würfel und schob die hohlen, spitzkegeligen Spielsteine eine Weile auf der Tischplatte hin und her und kreuz und quer.

»Mein Einsatz«, damit knallte er eine Münze neben die

Spielutensilien, »und Euer Einsatz«, es folgte eine auffordernde Handbewegung, »sind Euer Gewinn, wenn Ihr mir sagen könnt, unter welchem Hütchen der Würfel jetzt steckt.«

Martinus Steiner warf eine Münze dazu und hob spontan die mittlere Abdeckung an. Verdutzt schaute er auf die leere Fläche darunter. »Aber«, stammelte er, »ich habe doch das Richtige genau im Auge behalten.«

»Versucht es doch ein weiteres Mal«, forderte der gewitzte Spieler ihn auf.

Doch dazu kam es nicht mehr. Florian Grimm trat hinzu und verscheuchte den dreisten Spieler, der zu einer der ihm bekannten Balkanbanden gehörte, mit groben Beschimpfungen.

»Nur ungern verderbe ich Euch den Spaß«, entschuldigte er sich bei dem spielfreudigen Pfarrer. »Doch diese Leute sind gefährlich. Er hätte Euch binnen Kurzem den gesamten Inhalt dieser Rolle – die Ihr im Übrigen besser wieder in Eurem Gepäck verstaut – abgenommen. Ich wünsche noch einen guten Abend.«

»Das war der Büttel zu Cöln«, raunte Lothar Bürvenich dem Pfarrer zu.

»Ich habe es bemerkt. Aber warum hat er nicht noch härter durchgegriffen? Er hätte auch mich bestrafen können. Oder ist das Glücksspiel in Cöln etwa nicht verboten?«

»Karmeliter, was ist das?«, fragte Damian, welcher inzwischen ein Gespräch mit Wilhelminus Kelsterbach begonnen hatte.

»Die Karmeliter waren ursprünglich eine Gemeinschaft von Einsiedlern, die am Berge Karmel lebten. Vor einiger Zeit haben sie der Askese entsagt, um den christlichen Glauben als Wanderprediger zu verbreiten.«

»Ein Bettelorden also?«

»So in der Art. Doch die Karmeliter leben ganz in der Nachfolge Jesu Christi; sie suchen den verborgenen Gott der Liebe im Gebet und stellen sich als brüderliche Lebensgemeinschaft ganz in den Dienst am Menschen. Mancherorten gründen sie auch Klöster. Bei uns in Magenza tauchten die ersten Karmeliter im vergangenen Jahr auf, und ihre Predigten faszinieren mich derart, dass ich mich mit dem Gedanken trage, diesem Orden beizutreten. Im Moment bin ich nur ein kleiner Diakon, der seinem Freund und Glaubensbruder, unserem Martinus hier, auf der Reise Gesellschaft leistet.«

»Ist Magenza auch solch eine große Stadt wie Cöln?«, wollte Damian wissen.

»Nicht ganz«, setzte Martinus Steiner anstelle des Diakons zu einer Erklärung an. »Magenza hat seit 1236 wieder volle Bürgerrechte und ist eine freie Stadt. Unsere Privilegien sind sogar in die bronzenen Türen des Doms eingemeißelt. Unserem Stadtrat gehören viele wichtige Patrizier an, doch die größte Macht liegt beim Domkapitel, beim Erzbischof also, der zugleich einer der sieben Kurfürsten ist. Allerdings wurde der Gefolgszwang aufgehoben.«

»Was meint das Wort ›Gefolgszwang‹?«, fragte der Apothekerlehrling.

»Das bedeutet, dass die Bürger von Magenza dem Erzbischof außer zur Stadtverteidigung keinen Kriegsdienst mehr leisten und ihm auch keine Kriege finanzieren müssen. Magenza ist eine stolze Stadt, obwohl bei Weitem nicht so groß und bedeutend wie Cöln. In einer wichtigen Sache jedoch sind die Cölner den Magenzern gefolgt, nicht umgekehrt.«

»Aha?«, machte Lothar Bürvenich. »Von welcher Sache sprecht Ihr?«

»Vom Rheinischen Städtebund. Die Idee dazu hatten die Bürger von Magenza und die der Stadt Wormatia vor siebzehn Jahren. Im Februar 1254 gründeten sie das Schutzbündnis, welchem sich bald auch Bingen und Oppenheim anschlossen. Nach und nach kamen viele Städte und Regionen des Mittel- und Oberrheins hinzu, unter anderem die mächtige Stadt Cöln. Der Rheinische Bund«, belehrte er den Knaben am Tisch weiter, »ist ein politischer, wirtschaftlicher und militärischer Zusammenschluss zur Erhaltung des Landfriedens und zum

Schutz des Warenverkehrs. Wo, sagtet Ihr noch, kommt Ihr her?«, wandte er sich wieder an den Älteren. »Gehört Eure Stadt nicht auch zu diesem Bündnis?«

»Aus Medamana, einer Ortschaft am Niederrhein, zu unbedeutend für eine derart wichtige Allianz. Wohl einige Hundert Seelen gehören zu unserer Pfarrei St. Lambertus, doch sind wir weit davon entfernt, uns Stadt nennen zu dürfen. Das Land um Medamana fällt unter die Herrschaft des Grafen Adolf V. von Berg.« Der alte Bürvenich benetzte seine trockenen Lippen mit einem Schluck aus seinem Krug. »Doch liegt unser Heimatort an der Strata Coloniensis, an der auch Cöln liegt und die bei der Stadt Nuys den Rhein überquert. Nuys ist Euch aber ein Begriff, oder? Ihr wisst schon, das ehemalige römische Legionslager ›Castrum Novaesium‹*, heutzutage eine Stadt mittlerer Größe, die vollständig von einer Mauer mit fünf Toren umgeben ist. Das Quirinusmünster in Nuys, eine gewaltige zweigeschossige Anlage, ist ein wirklich wunderbarer Bau, und in seinem Inneren ruhen die Gebeine des heiligen Namenspatrons in einem goldenen Schrein.«

»Novaesium? Ja, das kommt mir bekannt vor«, meinte Pfarrer Steiner. »Doch bin ich den Rhein noch nie weiter als bis Cöln hinuntergefahren.«

Die Gäste aus Medamana und Magenza widmeten sich den verführerisch duftenden Bratwürsten, die Elisabeth gerade vor sie hingestellt hatte. Nach einigen Minuten gefräßigen Schweigens kehrten sie zum Beginn ihres Gesprächs zurück.

»Wie schon gesagt«, hob der Pfarrer vom Mittelrhein an, »die Klostermedizin ist ein weites und höchst spannendes Gebiet. Gerade in unserer Gegend haben einige außergewöhnliche Vertreter gelebt und gewirkt, mit deren Werken ich mich ausgiebig auseinandergesetzt habe. Gewiss ist Euch der Name der Hildegard von Bingen, der Benediktinerin, die der Herr mit seinem Geist erfüllt hatte, schon einmal begegnet. Ihre göttlichen Eingebungen zur Heilkunde und zu vielen anderen

**römisches Legionslager von 43 bis 105*

Themen sind weit über die Grenzen ihrer Wirkungsstätte hinaus gedrungen.«

»Oh, sicherlich«, pflichtete der Apotheker Bürvenich ihm bei. »Ich finde, ihre Canonisatio könnte endlich abgeschlossen und nicht immerfort nur diskutiert werden. Die beiden Bücher aus ihrer ›Physica‹, die unter anderem den Kräutern gewidmet sind, habe ich erst kürzlich in einer fein bebilderten Ausgabe erstehen können. Sehr nützlich und überaus lehrreich.«

»Wahrlich, Hildegard, die Tochter des Grafen Hildebert von Bermersheim, war eine großartige Frau«, schwärmte Martinus Steiner. »Nicht umsonst wird sie auch die ›Seherin vom Rhein‹ genannt und wurde schon zu ihren Lebzeiten wie eine Heilige verehrt. Groß war ihr Wirken auf dem Rupertsberg, wo sie als Äbtissin viele Jahre einem Kloster ihres Ordens vorstand. War sie nicht einzigartig begnadet und von Gott gesegnet in ihrem Wissen über Theologie, Astrologie, Alchemie, Musik und Medizin?«

»Ich stimme Euch in allem zu«, sagte Lothar Bürvenich. »Hildegards Eingebungen zu Fragen der Medizin sind wirklich ganz erstaunlich. Was sie zum Beispiel über das Schröpfen sagt, erscheint mir äußerst vernünftig. Sie erläutert die Wirkung des Aderlasses so, dass jeweils direkt an der schmerzenden Körperstelle Blut entnommen werden soll, denn zugleich mit dem roten Körpersaft können auch Eiter und andere giftige, krankheitsbringende Flüssigkeiten abfließen. Wahrlich, der Ruhm der Hildegard von Bingen wird ewiglich währen.« Bürvenich verschränkte seine faltigen Hände ineinander. »Doch spracht Ihr nicht von mehreren wichtigen Heilkundigen im Magenzer Land?«

»Richtig! Ich dachte zudem noch an das berühmte Lorscher Arzneibuch. Auch dieses dürftet Ihr kennen?«

»Durchaus, durchaus! Aber was hat es mit Magenza zu tun?«

»Was es mit unserer Stadt zu tun hat? Das Kloster Lorsch liegt ganz in unserer Nähe, das heißt, eigentlich näher noch an

Wormatia. Doch werden die Rezeptsammlungen des fast fünfhundert Jahre alten Lorscher Heilbuches vor allem in unseren Mainzer Klöstern transkribiert. Erst neulich las ich einen vortrefflichen Abschnitt über die erwärmende und kühlende Wirkung einfacher Naturpflanzen. Denn es ist nicht nur wesentlich, um die jeweilige Wirkung selbst zu wissen, sondern darüber hinaus zu erkennen, bis zu welchem Grade Nachtschatten, Venuskamm und Lattich kühlen und bis zu welchem Grad Zimt oder Majoran erwärmen.«

»Das ist in der Tat sehr interessant«, nickte der Apotheker. »Steht in diesem Lorscher Buch auch etwas über die Verbindung der Tierkreiszeichen mit bestimmten Organen? Denn darüber Informationen zu beziehen, ist mir noch nicht gelungen.«

»Das kann ich Euch leider nicht sagen«, bedauerte der Pfarrer. »Doch gibt es wohl einen Abschnitt über die Heilkraft von Steinen.«

»Heil- und Wunderkraft von Steinen«, korrigierte ihn sein Weggefährte. »Ich zum Beispiel erfuhr aus diesem anregenden Buch von einem Stein, dem in vielen Gegenden der Welt eine gewaltige Wunderkraft zugesprochen wird. Er soll denjenigen, der ihn bei sich trägt, für andere Menschen unsichtbar machen und wird Heliotrop genannt.«

»Unsichtbar! Toll! Das wäre bisweilen gar nicht so unpraktisch.« Verwundert und mit vor Staunen aufgerissenen Augen schüttelte Damian den Kopf.

»Diesen Stein hätte ich auch gern. Er würde mir gar manchen guten Dienst erweisen.« Bartholomäus Wille hatte im Vorübergehen etwas von der Unterhaltung an Tisch II aufgeschnappt und gedachte mit Unbehagen der vorausgegangenen Begegnung mit dem Schultheißen des Grafen von Kessel und Broich. »Ein unangenehmer Bursche«, murmelte er noch, »dem ich nur zu gern mit Hilfe eines solchen Zaubersteins entronnen wäre.«

»Heliotrop kommt aus dem Griechischen und bedeutet ›Sonnenwender‹«, führte Wilhelminus Kelsterbach weiter aus.

»Der Stein ist von grüner Farbe mit roten Einsprenkelungen. Man sagt, diese seien aus den Blutstropfen Christi entstanden.«

»Das würde allerdings seine enorme Wunderkraft erklären«, sagte Lothar Bürvenich.

Die vier an Tisch II erzählten sich gegenseitig noch viele weitere Merkwürdigkeiten, bevor sie sich in bester Freundschaft trennten und ihre Nachtlager aufsuchten.

TISCH XI

29. September 1271

»Jetzt müssen wir uns aber sputen, sonst wird der Wille gar zu seckisch.« Elisabeth zupfte ihren Begleiter am Ärmel seines rot-weißen Gewandes. Sie hatte sich von dem Schock, den der Antrag ihres Schwagers im Juli verursacht hatte, erholt und sich mit Florian wieder ausgesöhnt. Gar zu abstrus war ihr die Idee erschienen, den missratenen Bruder ihres verstorbenen Gatten zu heiraten, und sie hatte alle weiteren Gedanken daran beiseitegeschoben.

»Immer mit der Ruhe. Es ist noch mindestens eine Stunde bis zur Vesper.« Florian hielt inne, anstatt seine Schritte zu beschleunigen, und drückte seine Geliebte mit dem Rücken an die nächste Hauswand. Nicht sehr überzeugend setzte sie sich gegen seine stürmische Umarmung und die Flut von Küssen zur Wehr.

»Vielleicht habe ich das Richtige für uns gefunden«, unterbrach der kräftige Mann seine Liebkosungen. »Am Filzengraben, in der zweiten Etage, sauber und recht hell. Wollen wir uns die Wohnung gleich anschauen?«

»Nicht heute, ich war schon zu lange unterwegs, und außerdem sind wir noch weit vom Zusammenleben entfernt. … Florian, lass das!«, kicherte sie, als er seinen dunklen Schopf zwischen ihre Brüste senkte. »Nun komm schon!« Sie gab ihm einen zärtlichen Klaps auf den Hinterkopf und stieß sich von der Wand ab. »Wie nannte der Schausteller noch gleich sein seltsames, exotisches Tier?«, versuchte sie, Florian gleichzeitig abzulenken.

»Du meinst das riesengroße mit den zwei komischen Buckeln? Kamel, sagte er, Kamel aus dem Heiligen Land. Hat es dir gefallen?«

»Ich weiß nicht recht. Eigentlich schon; nur schaute es so

hochmütig drein. Sicherlich fühlt es sich nicht sonderlich wohl hier, wo es doch eine ganz andere Umgebung gewohnt sein muss.«

»So wohl wie unsere Kreuzritter sich dort unten im Süden gefühlt haben, denke ich. Nein, ich stimme dir zu: Es passt nicht hierher. Genauso wenig wie der wilde, schwarze Mann, der auch zur Schau gestellt wurde.«

»Den fand ich zum Fürchten!« Noch in der Erinnerung zuckte Elisabeth leicht zusammen. »Diese schwarze Haut überall am Körper – wie ein Teufel!«

»Ein armer Teufel, würde ich meinen«, urteilte Florian. »Hast du nicht seinen verstörten Blick beobachtet – wie ein gehetztes Wild!«

»Warum werden solche Kreaturen überhaupt aus ihrer Heimat hierher geschleppt? Sie haben bei uns in Cöln doch gar nichts zu suchen. Nur angegafft werden sie und verbreiten Angst und Schrecken.«

Hand in Hand bogen Elisabeth und Florian in die Mühlengasse ab. Die Attraktionen des diesjährigen Michaelis-Jahrmarktes waren damit ausreichend besprochen.

»Was mich viel mehr mit Furcht erfüllt«, wechselte der Büttel das Thema, »ist die Masse der Bettler. Manchmal habe ich den Eindruck, es werden immer mehr. Besonders an den Feier- und Jahrmarktstagen kommen sie aus ihren Löchern und Mauernischen gekrochen und verstopfen die Gassen und Plätze mit ihren jämmerlichen Gestalten.«

»Sei nicht so hart, Schatz. Sie kämpfen Tag für Tag um ihr Überleben. Wenn sie am Rhein hinter dem Haxenhaus lauern, versuche ich stets, ihnen ein paar Reste aus der Küche oder ein Stück Brot zuzuschieben.«

»Du bist halt zu gut für diese Welt! Aber ich liebe dich so, wie du bist.«

Florian legte ihr seinen starken Arm um die Schultern, und schon bald standen sie vor dem Wirtshaus, in dem Elisabeths Ankunft mit Ungeduld erwartet wurde.

Noch war es ruhig im Haxenhaus, doch an Feiertagen wie diesem würde sich das rasch ändern, denn viele gönnten sich ein frisches Bier, um das begangene Fest abzurunden. Die Tage wurden schon deutlich kürzer, und mit der Dämmerung kamen für gewöhnlich auch die Gäste. An einigen Tischen saßen bereits welche, und Bartholomäus Wille machte Elisabeth gleich beim Eintreten aufgeregte Zeichen, sie solle sich um diese kümmern. Von einem der mittig gelegenen Tische der Wirtsstube winkte ihr Ulrich Weyden, der Schopper aus der Nachbarschaft, zu.

»En Bockwoosch met Ähzemus un e Bützje!«, rief er ihr heiter zu.

»Ich sag dem Koch Bescheid«, lachte die Schankmagd und verschwand in der Küche. Etwas später lieferte sie die drei gewünschten Dinge bei Ulrich Weyden ab und wurde gleich noch drei weitere Bützje los, denn zu ihm hatten sich sein Freund Heinrich Deutz sowie die Schneider Otto Gailenkirchen und Jakob Zwirner gesellt.

»Die Wette geht ja wohl an mich«, hörte Elisabeth den gut gelaunten Ulrich Weyden sagen.

»Das will ich meinen«, bestätigte der Zimmerer Deutz. »Zur Sicherheit sollten wir vielleicht noch jemanden fragen, ob der Ring nicht in jüngster Zeit doch gefunden wurde.«

»Dat wüss isch ävver«, gab Ulrich zurück. »Aber von mir aus. He, Lisbeth! Hat jemand den Ring – du weißt schon, der von dem Januargrafen, dem schlecht geworden ist – aus dem Pütz gezogen?«

»Nee, das hätte ich bestimmt nicht verpasst«, erwiderte sie. »Erst kürzlich hat der Bärschi eine große Angelaktion gestartet: Vier Leute mit Netzen an langen Stäben waren vorn in der Brauerei und haben im Pütz herumgefischt. Er selbst hüpfte ganz aufgeregt um die Anglerbande herum und stachelte sie mit der Aussicht auf einen reichen Finderlohn an. Hat aber nichts gebracht. Kannst ja 'ne Runde tauchen gehen und ihn selbst hochholen.«

»Bärschi, komm doch mal gerade rüber«, forderte nun Heinrich den Wirt auf und fragte, als dieser an ihrem Tisch erschien: »Die Schneidermeister wollen zuverlässig und aus erster Hand wissen, ob der Ring des Grafen noch immer in deinem Brunnen liegt.«

»Ja, das kann ich bestätigen«, nickte Bartholomäus Wille. »Noch bin ich der Hüter des Schatzes. Gott sei's geklagt!«

»Na also«, schloss Ulrich Weyden. »Sach isch et doch! Wette gewonnen!«

In offiziellem Tonfall verkündete alsdann sein Freund Heinrich: »Die Wette bezüglich der Bergung des Ringes aus dem Brunnen der Haxenhausbrauerei wird hiermit zu Gunsten des Anwesenden Ulrich Weyden entschieden. Herr Schneidermeister Otto Gailenkirchen übergibt ihm den Einsatz von zwei Pfennigen«; was dieser auch unverzüglich tat. Die vier Männer ließen sich von Elisabeth frisches Bier und Würfel bringen und setzten den Abend in fröhlicher Runde fort.

Inzwischen hatte sich das Lokal weitestgehend gefüllt. Michaelis war eines der großen Feste im Jahresablauf, welches Ströme von Auswärtigen nach Cöln zog. Schon bald würden die Herbststürme und dann der unbarmherzige Winter einsetzen und das Reisen erschweren.

Am Tisch mit der Nummer XI hatten zwei kräftige Männer mittleren Alters Platz genommen. Ihre Geschäfte hatten sie zum Michaelismarkt nach Cöln gezogen, und diese waren gut verlaufen, denn sie zeigten sehr zufriedene Gesichter. Walram Merten und Hermann Much waren Viehhändler aus der Civitas Sibergensis. In ihrer Heimatstadt wurde das heutige Fest besonders prunkvoll begangen, lag sie doch am Fuß des markanten Michaelsberges. Auf diesem steilen, vulkanischen Felsen hatte der Cölner Erzbischof Anno II. vor Jahr und Tag eine Benediktinerabtei errichten lassen und zu einem seiner wichtigsten militärischen Stützpunkte im Rheinland ausgebaut. Von hier aus waren jahrhundertelang die kriegerischen Auseinandersetzungen der Cölner Kirchenfürsten gegen die

Grafen von Sayn, die den Westerwald besaßen, und die Grafen von Berg, welche starke Burgen in Bensberg und an der Sieg hielten, gesteuert worden. Die Stadt Siegburg war aus einer kleinen Marktsiedlung unterhalb der mächtigen Festung auf dem Michaelsberg gewachsen. Stolz waren die Siegburger namentlich auf ihre Pfarrkirche St. Servatius, eine dreischiffige Emporenbasilika, in welcher einige kostbare Reliquien verwahrt wurden, so die Schreine der heiligen Mauritius, Innozentius, Benignus und Honoratius und der Reliquienkasten des heiligen Andreas.

Walram Merten und Hermann Much waren in den letzten Wochen kreuz und quer durch das Umland ihrer Heimatstadt gewandert, um Vieh, vor allem Rinder, zu kaufen. Die Sieg entlang, durch die Täler des Siebengebirges und bis hin ins Bergische Land waren sie gezogen, hatten von den Bauern die besten Tiere erworben und diese zum Verkauf nach Cöln getrieben. Nun, nachdem sie ihre Ware an den Mann gebracht hatten, saßen sie entspannt vor ihren Bierkrügen. Beide waren breitschultrig und von starkem Knochenbau; der dunkelblonde Walram war in Körperlänge und Bauchumfang etwas größer als Hermann, welcher sich durch einen ausgeprägten Stiernacken und ein herzförmiges Muttermal auf der glatt rasierten linken Wange auszeichnete.

»Gut, dass wir die Viecher alle so schnell losgeworden sind, was, Hermann?«

»Schnell und zu einem guten Preis«, freute sich dieser. »Sie sind halt verdammt nützlich, in vielerlei Hinsicht.«

»Das stimmt! Rinder sind tatsächlich die wichtigsten vierbeinigen Rohstofflieferanten«, sagte Walram. »Nicht nur ihr Fleisch wird gerne gegessen, sondern auch andere Teile, zum Beispiel alle Innereien von der Zunge über Leber, Nieren und Herz bis zum Euter und zu den Füßen. Aus Hirn und Darm wird mein Leibgericht hergestellt: Wurst. Kuhmilch und Produkte daraus wie Butter, Käse und Molke sind sogar Hauptnahrungsmittel.«

»Und aus den Sehnen können Geräte zum Dreschen des Getreides und natürlich Bogensehnen hergestellt werden«, fügte Hermann Much hinzu. »Die Knochen sind prima für Würfel, Perlen und Beschläge zu gebrauchen. Rinderhorn eignet sich hervorragend als Ausgangsmaterial für Kämme, Messergriffe, Tintenfässer und Ähnliches und wird – wie ich kürzlich hörte – in gemahlener Form auch gerne zum Einreiben des Rückens benutzt, wenn dieser schmerzt.«

»Ja, sie sind schon sehr brauchbar, unsere Rindviecher«, sagte Walram Merten. »Selbst der Schwanz ist noch nutzbringend: Peitschenwedel werden aus ihm fabriziert, oder man nagelt ihn an die Tür, wo er einen guten Zweck zum Auf- und Zuziehen derselben erfüllt. Ich glaube, man kann die Einzelteile von Rindern auf tausenderlei Art und Weise verwenden: Aus Rinderblut entsteht Farbe, aus dem Talg macht man Seife, Kerzen oder allgemeine Schmiermittel. Und am allervielseitigsten ist ja die Haut: Das Fell benötigt man zur Herstellung von Seilen, Filz oder zum Stopfen von Polstern. Die Haut selbst wird gegerbt und dient dann als Rohstoff für unzählige wichtige Dinge des Alltags: Schuhe und Stiefel, Gürtel, Beutel und Taschen, Schwertscheiden, Weinschläuche, Futtersäcke, Zaumzeug, Sättel und Jochriemen, Blasebalge, Trommeln und Einbände für Bücher; all dies besteht aus Rinderhaut. Ganz dünn gegerbt wird die Haut in Rahmen gespannt und dient solcherart gar als Fenster.«

»Selbst die niedersten Teile dieser Tiere sind nützlich«, beendete Hermann die Aufzählung. »Ihr Mist dient als Dung, ihr Urin zum Anmischen von Mörtel, und mit den Hufen und einem Paternoster kann man noch dem Teufel einen Schrecken einjagen.«

»Wahrlich phantastische Rohstofflieferanten, diese Rinder, aber manchmal auch verdammt störrisch. Mein Hinterteil schmerzt noch immer«, klagte Walram Merten, der auf dem Viehtrieb eine unliebsame Begegnung mit dem Horn eines ihrer Rinder gemacht hatte. »Doch die Salbe, die der Bader mir empfohlen hat, beginnt, ihre Wirkung zu tun.«

»Da kommt wohl nicht nur die Salbe zum Tragen, sondern auch die zarte Hand, die sie auf deinem Hintern verteilt hat, oder?«, grinste Hermann.

»Ha, zarte Hände hatte ich nicht nur da«, erinnerte sich Walram mit Wohlbehagen.

Zwischen ihren gelungenen Marktgeschäften und ihrer Ankunft im Haxenhaus hatten die beiden Viehhändler eine Badestube in der Casiusgasse aufgesucht, um sich vom Gestank ihrer Ware zu befreien.

Gleich beim Eintreten waren sie von den Badwibeln* empfangen und in einen Vorraum geführt worden, wo sie ihre Kleider ablegten. Weiter ging es in den eigentlichen Badesaal, ein mit Bänken ausgestattetes, wohl beheiztes und vor Nässe triefendes Gemach. Dort waren sie mit lauem Wasser benetzt worden. Sodann hatten sich die jungen, nur mit dünnen Trägerkleidchen bedeckten Mädchen darangemacht, ihnen den Rücken, die Arme und Beine zu kneten. Als Nächstes war das Swaißbad* an die Reihe gekommen: In einem gesonderten, rundum geschlossenen Raum, aus dem der Dampf nicht entweichen konnte, waren die beiden auf eine mit Kissen ausgelegte Bank gebettet worden. Ein Bader hatte den Ofen durch wiederholtes Begießen mit nach Kräuteressenzen duftendem Wasser zum Dampfen gebracht. Auf ihren Wunsch hin waren ihnen Reisigruten ausgehändigt worden, mit denen sie sich schlagen konnten, um solcherart auch eine Reinigung von innen heraus vorzunehmen. Die nächste Prozedur hatte zu den angenehmsten Teilen des Badehausbesuches gehört: Die Badwibeln hatten ihnen mit Seife den Schweiß abgerieben, bis die Haut ganz geschmeidig war, und sie anschließend mit Wasser begossen. Die Körperpflege war mit Entlausung und Scheren des Haupthaares fortgesetzt worden, dann mit Rasur und Nagelpflege. Darauf hatten sie sich in den zentralen Raum zurückbegeben, wo sie gemeinsam in einen der Badezuber

**Badeweiber, Bademägde*

**Schwitzbad*

geglitten waren. In den größeren Badehäusern pflegten Besucher und Zuschauer den Badegästen von einer umlaufenden Galerie in Höhe des ersten Stocks aus zuzuschauen. Die Rinderhändler hatten beobachten können, wie jemand von dort oben einer schönen Badenden eine kleine Aufmerksamkeit zuwarf. In der Wanne hatten sie ausgiebig geplaudert, und auf einem über den Rand gelegten Brett waren ihnen Getränke und eine kleine Mahlzeit serviert worden. Nebenbei hatten sie reichlich Gelegenheit gehabt, Blicke in die übrigen Zuber zu werfen, in denen man je nach Neigung das eigene oder das andere Geschlecht beim Plantschen betrachten konnte. In manchen Zubern wurde gleich paarweise gebadet, wobei man ungeniert Hände und Finger spielen lassen konnte. Irgendwann hatte der Bademeister die Runde gemacht, alle wichtigen Gäste persönlich begrüßt, die letzten Neuigkeiten des Stadtgeschehens erzählt und die Badenden durch das Vorzeigen obszöner Bildchen erheitert. Als krönenden Abschluss des Badevergnügens hatten die Viehhändler die Möglichkeit genutzt, sich in Begleitung eines der Bademädchen in eine zeltartig durch schwere Stoffbahnen abgetrennte Räumlichkeit zurückzuziehen.

Walram Merten und Hermann Much hatten alle Wonnen der Cölner Badekultur im Überfluss genossen und gaben sich nun im Haxenhaus weiteren leiblichen Genüssen hin. Nach einem Mous von Vischen* und einer köstlichen Salvandorttem* standen jetzt Rebhuhn in Sülze und saftige Schweinshaxen mit Gurken vor ihnen. Alsbald waren auch diese Platten leergeputzt, und Walram Merten stieß einen herzhaften Rülpser aus. Sein Blick fiel auf die Eingangstür, und er machte sich mit Gebärden und Rufen bemerkbar: »He, Manfred, hierher«, schrie er laut durch die Wirtsstube und etwas leiser zu seinem Freund gewandt: »Das ist mein Bruder Manfred, der Leder-

**Fischbrei*
**Salbeikuchen*

schneider aus dem ›Haus zum Fuchspelz‹ im Albansviertel, von dem ich dir erzählt habe.« Herzlich umarmte er seinen Bruder, der in Begleitung eines Freundes an Tisch XI getreten war. Die Familienähnlichkeit war unverkennbar. Der zweite Neuankömmling war ein schmächtiges Kerlchen mit einem stark vorspringenden Adamsapfel und spärlichem Haupthaar. Manfred Merten machte ihn den Viehhändlern als Valentin Hinnebusch, Schuster und zugleich Freund und Kunde, bekannt.

»Übrigens stellt Valentin die besten Schuhe von Cöln her und somit die besten nördlich der Alpen«, vervollständigte er die Präsentation.

Automatisch glitten die Blicke der beiden Siegburger an dem dunkelblauen, aus feinem Tuch fabrizierten Surkot des Schusters hinab zu seinen Füßen. Die halbhohen Schuhe waren aus einem einzigen Stück weichen Leders gefertigt, mit seitlichen Schnallen und einem am Knöchel umlaufenden Stanzmuster.

»Wirklich, Ihr versteht Euer Handwerk«, sagte Hermann Much beeindruckt. »Ich denke, wir werden morgen früh vor unserer Abreise in Eurem Laden vorbeischauen und Maß nehmen lassen. Was meinst du, Walram?« Dieser nickte zustimmend. »Dann könnt Ihr«, fuhr Much fort, »bis zu unserem nächsten Besuch in Cöln vier bis fünf Paar Schuhe für jeden von uns produzieren. Damit sollten wir über die Wintermonate kommen.«

»Ja, vier Paar werdet Ihr wohl brauchen«, meinte Hinnebusch. »Das Schuhwerk an und für sich ist gar nicht so kurzlebig. Aber die von Abfällen und Fäkalien verunreinigten Straßen ruinieren auch die robustesten Modelle in kürzester Zeit. Es ist ein Jammer!«

»Die hohe Nachfrage kommt Euch doch zugute«, sagte Walram.

»Im Prinzip schon, doch ist mein Kundenstamm nicht so groß, wie Ihr vielleicht annehmt. Obwohl viel Geld in Cöln im Umlauf ist, können sich doch die meisten Leute keine ordentliche Fußbekleidung leisten. Für viele sind Schuhe ein Luxusartikel, den man sich nur selten erlauben kann und der bei Verschleiß erst noch einige Male zum Flickschuster getragen wird, bevor man ihn endgültig entsorgt. Aber all denen, deren Geldbeutel es gestattet, kann ich eine wahrlich bunte Vielfalt an individueller Schuhmode zur Auswahl bieten: von halboffenen Modellen bis zu kniehoch geschlossenen, seitlich oder auf dem Rist von Bändern, Riemchen, Schnallen oder Knöpfchen zusammengehalten, mit eingeschnittenen Schlitzen und ausgestanzten oder eingebrannten Ornamenten.«

»Ich sehe, Ihr werdet uns gut ausstatten«, freute sich der Viehhändler.

Die Tischgemeinschaft bestellte frische Getränke, und schon bald prosteten sich die vier Männer fröhlich zu; drei hielten Bierkrüge in der Hand, Valentin Hinnebusch hatte Apfelmost vorgezogen und stieß mit einem Becher dieser trüben, schnell berauschenden Flüssigkeit an. Eine Gruppe Musikanten unterhielt die Gäste des Haxenhauses mit einem populären Liedchen, dem »Gesang des gebratenen Schwanes« aus den Carmina Burana:

Olim lacus colueram,	*Einst schwamm ich auf den Seen umher,*
olim pulcher exiteram	*Einst lebte ich und war schön,*
dum cignus ego fueram.	*Als ich ein Schwan noch war.*
Miser, miser! Modo niger et ustus fortiter!	*Armer, armer! Nun so schwarz und so arg verbrannt.*
Girat, regirat garcifer;	*Es dreht und wendet mich der Koch,*
Me rogus urit fortiter:	*Das Feuer brennt mich sehr.*
Propinat me nunc dapifer.	*Nun setzt mich vor der Speisemeister.*
Miser, miser! Modo niger et ustus fortiter!	*Armer, armer! Nun so schwarz und so arg verbrannt.*

Nunc in scutella iaceo,	*Jetzt liege ich auf der Schüssel*
et volitare nequeo,	*Und kann nicht mehr fliegen,*
dentes frendentes video:	*Sehe bleckende Zähne um mich her!*
Miser, miser! Modo niger et ustus fortiter!	*Armer, armer! Nun so schwarz und so arg verbrannt.*

Über die Tische schepperten Würfel und Knöchelchen, Elisabeth kam mit dem Bedienen der Hungrigen und Durstigen kaum nach.

Unvermittelt durchbrach eine laute, strenge Stimme die heitere Geräuschkulisse. »Hier geht es ja zu wie beim Satan persönlich! Eine ruchlose Lasterhöhle! Und der Büttel schaut zu! Eine Schande für die Stadt Cöln!«

Der Mann, der diese Worte in den Schankraum brüllte, war eine stattliche Erscheinung. Es handelte sich um den angesehenen Patrizier und Ratsherrn Gottlieb Kleingedank, der als besonders unnachgiebig bekannt war. Florian Grimm hatte seine Anwesenheit bislang nicht registriert. Nun erhob er sich und ging zu dem aufgebrachten Patrizier hinüber. Bartholomäus Wille folgte ihm keuchend und schwitzend und verrenkte sich in einer albernen Verbeugung vor dem hohen Herrn.

»Hoher Herr«, meldete sich der Büttel. »Hier bin ich. Was kann ich für Euch tun?«

»Du sollst deines Amtes walten«, schrie Kleingedank ihn an. »Seit einer Stunde schon beobachte ich in diesem Wirtshaus jegliche Art der Sündhaftigkeit, und niemand schreitet ein. Es ist deine Aufgabe, für Recht und Ordnung zu sorgen. Du bist der Vollstrecker des Marktrechts, du beaufsichtigst die Dirnen und Spieler in der Stadt!«

»Nun gut, ich werde eine Kontrolle durchführen und nötigenfalls ein Urteil vollstrecken.« Florian Grimm war ganz ruhig geblieben. »Doch sei es mir gestattet, es auf meine eigene Art zu tun. Ich möchte hierzu einige Zeugen unter den Anwesenden auswählen und befragen.«

»Deine Methoden sind mir egal«, schnauzte der Patrizier.

»Nur setze dieser Zügellosigkeit und Verführung durch das Böse ein Ende. Die reinste Lasterhöhle ist das hier!«

Ratsherr Kleingedank ließ sich auf seinen Hocker zurückfallen und sah zu, wie der Wirt und der Büttel sich gemeinsam zu einem schwarzen Kasten im hinteren Teil der Schankstube begaben. Bartholomäus Wille öffnete ihn, das Rad der Fortuna wurde sichtbar und entriegelt. Der andere tat mit autoritärer Stimme kund: »Ich, Florian Grimm, Büttel zu Cöln, werde unter Zuhilfenahme dieses Glücksrades einen Tisch auswählen, dessen Gemeinschaft mir zur gottgefälligen Zeugenaussage verpflichtet ist!«

Er ließ die bunte Konstruktion rotieren und nannte dann laut und deutlich die Zahl XI. Unverzüglich begab er sich an diesen Tisch, und der erboste Ratsherr konnte sehen, wie der Büttel sorgsam die Namen aller vier dort sitzenden Gäste niederschrieb. Dann formulierte Florian Grimm einige geschickte Fragen und erklärte abschließend: »Die Herren Walram Merten und Hermann Much sind auswärtige Rinderhändler; sie weilen heute Abend zum ersten Mal im Haxenhaus am Rhein und haben sich ausschließlich ihrer Mahlzeit und den Gesprächen über ihre Geschäfte gewidmet. Auch die beiden anderen Zeugen, der Schuster Valentin Hinnebusch und der Lederschneider Manfred Merten, beide ansässig im Albansviertel, konnten keinerlei Anzeichen für verbotenes Glücksspiel oder sonstige Anstößigkeiten wahrnehmen; sie sind überdies erst vor Kurzem hier eingetroffen. Ich spreche hiermit die Zeugen von jeder Mitschuld frei und erkenne ihnen als Dank für ihre bereitwillige Zeugenaussage den Freyzech zu.« Der Büttel erhob sich und sagte in Richtung des Stadtrats: »Der Gerechtigkeit ist Genüge getan!«

Der hohe Herr, der die Zeugenbefragung mit großer Aufmerksamkeit verfolgt hatte, konnte dem nichts mehr entgegensetzen. So nickte er Florian Grimm zu und sagte: »Regelmäßige Kontrollen tun not! Nehmt das Glücksspiel nicht auf die leichte Schulter. Es grassiert in dieser Stadt wie eine Seuche.« Damit wandte er sich wieder seiner Tischgesellschaft zu.

»Däm krabitzije Kääl hät et dä Büttel ävver jejevve«, frohlockte ein Stammgast und leidenschaftlicher Spieler. »Et es noch emmer joot jejange«, kommentierte ein anderer.

Am Tisch der Brüder Merten und ihrer Kumpane war die Freude groß. Nicht, dass das Bezahlen der Zeche ihre gut gefüllten Geldtaschen allzu sehr strapaziert hätte, aber umsonst ist umsonst!

»Habt ihr eigentlich schon die Neuigkeit des Monats vernommen?« Fragend schaute Walram Merten seine Tischgenossen an. »Habemus papam!«*, verkündete er. »Einen Italiener haben sie letztendlich gewählt. Tebaldo Visconti, der sich Pontifex Gregor X. nennen will.«

»Das wurde aber auch Zeit«, meinte sein Bruder. »Nach fast drei Jahren!«

»Man hat den achtzehn Kardinälen aber auch ordentlich einheizen müssen«, berichtete der Schuster Hinnebusch. »Im zweiten Jahr hat man das Gebäude, in dem sie sich beraten, hermetisch abgeschlossen, alle Türen wurden zugemauert. Dann hat man ihnen das Dach abgedeckt und sie auf Wasser und Brot gesetzt, um eine Entscheidung zu erzwingen. Aber das Konklave dauerte und dauerte. Elf Italiener, fünf Franzosen, ein Ungar und ein Engländer waren, glaube ich, in Viterbo versammelt. Sie konnten und konnten sich nicht einigen.« Vor Aufregung hüpfte der Adamsapfel des dünnen Mannes auf und ab. »Aber jetzt gibt es endlich einen neuen Papst!«

»Wir erfuhren es heute Morgen auf dem Michaelismarkt«, bestätigte der eine Siegburger. »Die Kardinäle haben schließlich auf einen Kandidaten aus den eigenen Reihen verzichtet. Am ersten September wählten sie den Neuen, der zwar Italiener, aber Archediakon von Lüttich ist. Wahrscheinlich weiß er noch gar nichts von seinem Glück, er soll sich nämlich derzeit auf einem Kreuzzug im Orient befinden.«

**Wir haben einen Papst!*

»Dann dauert es sicher noch einige Monate bis zu seiner Weihe«, meinte der andere Viehhändler und verließ die Tischrunde, um vor der Tür seine Notdurft zu verrichten. Er musste sich unter Einsatz seiner Ellebogen einen Weg zum Ausgang bahnen, so voll war das Haxenhaus an diesem Abend.

Doch nach und nach leerte sich die Gaststube. Der Feiertag hatte zwar die Ausgehfreude der Cölner erheblich gesteigert, aber er war auch anstrengend für jedermann gewesen. Ein Zecher, der seine Kräfte überschätzt hatte, fiel im Schlaf von seinem Schemel und blieb, ohne aufzuwachen, schnarchend auf dem harten Wirtshausboden liegen.

Zu später Stunde verließen auch die letzten Gäste, unter ihnen die Viehhändler von der Sieg, das Haxenhaus.

TISCH XXIX
12./13. Oktober 1271

Es regnete seit Tagesanbruch. Die Cölner Stadtresidenz des Grafen Wilhelm IV. von Jülich verbarg sich hinter einem grauen Wasserschleier. Dicke Tropfen schlugen ohne Unterlass an die Glasscheiben des herrschaftlichen Palastes.

Im Inneren versuchte Gustav von Lechenich, sich auf seine Arbeit zu konzentrieren, doch das gleichmäßige Geprassel des Regens machte ihn schläfrig. Als juristischer Berater des Grafen war er mit vielerlei Aufgaben betraut, die nicht immer leichtfielen. Allzu oft verlangte sein mächtiger Arbeitgeber Vertragsausarbeitungen, welche das neumodische Juristenrecht über das göttliche Recht setzten. Wilhelm IV. von Jülich gründete seine Autorität auf den Leitsatz »Necessitas non habet legem«*, der es ihm erlaubte, willkürlich auch gegen Treue, Menschlichkeit und Religion zu handeln. Damit tat Gustav von Lechenich sich schwer. Ihm genügte es oft nicht, ein zufälliges Zitat aus den Rechtsbüchern zu wählen und dessen Einschlägigkeit zu behaupten, wie es gängige Praxis war. Sein Sinn für Gerechtigkeit wollte mehr, war stets auf der Suche nach wahrhaft redlichen Lösungen.

Der junge Jurist sah die Urkunde, welche die Schenkung der Kirche von Siersdorf an den Deutschen Ritterorden rückgängig machte, noch einmal durch. Sorgfältig rollte er sie sodann zusammen, schmolz einige Tropfen dicken roten Wachses auf den Schließrand und drückte das Siegel des Grafen mit dem Löwenschild darauf. Nachdenklich widmete er sich dem nächsten Fall, einem komplizierten Vertragsentwurf, in dem Wilhelm von Jülich dem Erzbischof von Cöln diverse Zusatzbedingungen zum kürzlich geschlossenen Frieden diktiert ha-

**Not kennt kein Gesetz.*

ben wollte. Bei einem so jungen und zerbrechlichen Ding – der Cölner Frieden war gerade ein halbes Jahr alt – würde Gustav die Worte sehr diplomatisch setzen müssen. Der adlige Amtsträger zog einen Band des »Corpus Iuris Canonici«* heran und schlug ihn auf.

Kurz darauf klopfte es an der Tür zu seinem Amtsraum; er sah auf. Ein Hausdiener überreichte ihm eine versiegelte Schriftrolle. Gustav erkannte den Vogel auf dem Abdruck sofort. Die Nachricht kam aus dem »Haus zur Lerche«, vom Weinhändler Werner Gummersbach. Er hatte bereits einige Gespräche unter vier Augen mit dem überaus wohlhabenden Kaufmann geführt. Im Grunde stand seiner Verbindung mit dessen Tochter Helene nichts mehr im Weg. Geld gegen Titel, eine zweckmäßige Allianz. Gustav erbrach das grüne Wachssiegel. Wie erwartet, enthielt das Schreiben eine Einladung ins Haus des Weinhändlers am selbigen Abend. Bei dieser Gelegenheit würde ihm seine zukünftige Frau vorgestellt werden. Unwillkürlich bemächtigte sich eine leichte Aufregung des jungen Mannes. Er stützte seinen blondgelockten Kopf in die Hände. Das Oval seines Gesichts wies ebenmäßige Züge auf. Eigentlich fühlte er sich noch nicht reif genug für eine Ehe, aber es war an der Zeit. Sein Vater, der Herr von Burg Lechenich und treuer Vasall des Grafen von Jülich, hatte ihn mehrmals mit Nachdruck auf diesen Umstand hingewiesen. Die Tochter des Weinhändlers Gummersbach war sicherlich eine gute Partie. Gustav setzte ein paar Zeilen unter die empfangene Botschaft, verschloss sie wieder und läutete mit einem kleinen Bronzeglöckchen, das auf seinem Schreibtisch stand, nach dem Diener.

»Das muss zum ›Haus zur Lerche‹ in der Straße Obenmarspforten«, trug er dem Boten auf.

Am selben Tag, aber einige Stunden früher, saßen zwei junge Mädchen in einem großzügig geschnittenen Gemach des »Hau-

**mittelalterliches Rechts- und Gesetzesbuch*

ses zur Lerche« auf einer mit zahlreichen bestickten Kissen ausgelegten Bettstatt.

»Ich möchte alles ganz genau erfahren«, rief die sechzehnjährige Helene ungeduldig und schüttelte ihre dunklen Locken. »Du darfst kein Detail auslassen.«

»Ach, es war einfach himmlisch«, schwärmte ihre ein Jahr jüngere Schwester Luise, während sie das Band einer geknüpften Haube löste. Achtlos warf sie die spitzenbesetzte, pitschnasse Kopfbedeckung zu Boden. Eine Flut rotblonder, welliger Haare umrahmte ihr von unzähligen Sommersprossen übersätes Antlitz.

»Dein Gesicht ist über und über mit diesen braunen Punkten bedeckt. Du bist im Sommer wieder zu viele Stunden im Freien herumgelaufen«, tadelte die Ältere.

»Bei dir sind es auch nicht gerade wenige! Hier und hier …« Luises Zeigefinger tippte im Gesicht der Schwester herum.

»Aber nun erzähl endlich!«, bat Helene. »War er zärtlich zu dir, dein Cornelius?«

»Mehr als das!« Ein tiefer Seufzer entrang sich Luises Brust. Geschmeidig glitt sie der Länge nach auf die Matratze. Helene, noch mit ihrem baumwollenen Nachtgewand bekleidet, legte sich an ihre Seite und stützte ihr hübsches Haupt mit einer Hand auf. Die Stunde der Prim war noch nicht gekommen; gleichmäßig klopfte der Regen seinen Rhythmus ans Fenster der Schlafstube.

»Da es dunkel war und pausenlos geregnet hat, konnte ich unbemerkt bis zu seinem Haus gelangen«, begann Luise ihren Bericht. »Das Haus Staufenfels hat einen Hintereingang für das Personal. Dort wartete Cornelius auf mich. Noch in der Tür küssten und umarmten wir uns. Dann führte er mich in ein Schlafgemach im zweiten Stockwerk, wo ein Feuer im Kachelofen angenehme Wärme verbreitete. Er liebkoste mich lange und sagte mir die schönsten Verse Vergils auf. Cornelius ist sehr romantisch, musst du wissen. Irgendwann hat er mein Mieder aufgeknüpft und ganz behutsam meine Brüste gestreichelt.« Verträumt hielt sie inne und dachte zurück an das Anschwellen ihrer Brustknospen, an das wohlige Gefühl, welches sich unter den Berührungen des Geliebten in ihrem ganzen Körper ausgebreitet hatte.

»Und dann«, fuhr sie fort, um die drängende Wissbegier der Schwester nicht zu sehr zu strapazieren, »dann zogen wir uns beide vollständig aus ...«

»Oh«, entfuhr es Helene, doch rasch hielt sie sich ihre freie Hand vor den Mund.

»... und er trug mich auf seinen starken Armen zur Bettstatt. Immer und immer wieder sprach er von meiner bezaubernden Schönheit und beteuerte, sein Leben hätte keinen Sinn mehr, wenn er nicht mich als sein wertvollstes Gut besitzen dürfe. Er umarmte mich, bedeckte meinen Leib mit heißen Küssen, bis hinunter zu den Spitzen meiner Zehen. Ich konnte seine Männlichkeit an meinem Schenkel spüren.« Wieder legte Luise eine Erzählpause ein, um sich den genossenen Wonnen ihrer ersten Liebesnacht erneut hinzugeben.

Die dunkelblauen Augen der Älteren waren kugelrund geworden, und vor ehrfürchtigem Staunen brachte sie keine Silbe hervor.

»Cornelius fragte, ob ich jetzt sofort, in diesem Augenblick bereit sei, seine Frau zu werden, und ich sagte ja. Es war wunderschön, und es hat auch kaum geschmerzt«, schloss die Fünfzehnjährige.

Endlich fand die Ältere ihre Sprache wieder. »Du meinst«, fragte sie ungläubig, »du hast dich ihm hingegeben?«

Luise nickte zaghaft, und ein überirdisches Lächeln breitete sich auf ihren Gesichtszügen aus. »Cornelius ist jetzt mein Mann, und ich bin seine Frau«, bestätigte sie.

»Aber dann hast du ja nach dem ›speculum virginum‹ deinen hundertfachen Wert aufgegeben!«, stöhnte Helene entsetzt.

»Für Cornelius würde ich noch viel mehr aufgeben. Mein Leben würde ich ihm schenken, so sehr liebe ich ihn!«

Als Richmodis Gummersbach zwei Stunden später den Schlafraum ihrer Töchter betrat, fand sie die beiden eng umschlungen und tief schlafend unter ihrer Decke vor.

»Helene, Luise, ihr Schlafmützen! Ihr werdet noch den ganzen Tag verpassen!«, rief sie frohgemut. »Los, aufstehen! Ihr müsst mir helfen, die Birnen einzukochen.« Helene erhob sich und rieb sich schläfrig die Augen.

»Und außerdem«, ergänzte die Mutter, »hat euer Vater soeben beschlossen, für heute Abend einen wichtigen Gast zu Tisch zu laden. Er betrifft vor allem dich, meine Große.« Damit schloss sie die Tür, und Helene hörte ihre Holzschuhe über die Treppe nach unten klappern.

Wahrlich die Schönste im Wald ist die Esche, im Garten die Pinie,
längs dem Flusse die Pappel, im Hochgebirge die Tanne.
Aber wenn, schöne Luise, du mich öfter besuchtest,
bist du mir schöner als Esche im Wald, als Pinie im Garten!

Cornelius Staufenfels drückte einen Kuss auf das Pergament und faltete es zusammen. Dann bettete er das Vergilgedicht sorgsam in ein kleines, mit Seide ausgeschlagenes Kästchen aus schwerem Silber. Die Gravur im Deckel zeigte zwei aufeinander zufliegende Vöglein, deren Schnäbel sich sanft berührten. Die romantische Ader des jungen Mannes wollte so gar nicht zu seinem Äußeren passen. Er war groß und für einen an keinerlei körperliche Arbeit gewohnten Patrizier außergewöhnlich muskulös. Von klein auf hatte er bei allen sportlichen Spielen seine beiden Brüder und seine Freunde besiegt. Auch in den Schlachten, die sich die Cölner Bürger in den letzten Jahren mit dem Erzbischof geliefert hatten, war es ihm stets gelungen, sich als besonders starker und mutiger Kämpfer hervorzutun.

Doch Cornelius lag nichts am Kräftemessen. Er nahm es dankbar hin, dass Gott ihn mit gesunden, kraftvollen Gliedern ausgestattet hatte, doch in seinem Inneren pochte das Herz eines verträumten Poeten. Er hob den Kopf mit dem dichten, braunen Haar, das er schulterlang trug, von dem Präsent und läutete nach seinem Burschen. Er übergab diesem das edle Kästchen und wies ihn an, es zum »Haus zur Lerche« zu tragen und dort auf eine bestimmte Weise abzuliefern, damit es nicht in die falschen Hände geriete.

Pünktlich zur Vesper, der Stunde des Abendessens, betätigte Gustav von Lechenich den massiven Messingtürklopfer des Hauses in der Straße Obenmarspforten. Über hohen Stiefeln aus weichem Kalbsleder und einem Rock aus dunkelbraunem Samt trug er einen schweren Wollmantel als Schutz gegen die Widrigkeiten des Oktoberwetters. Unter dem Arm hielt er ein hübsch verpacktes Geschenk, wie man es üblicherweise zur Brautwerbung mitbrachte. Die Familie Gummersbach empfing ihren Gast in einer weitläufigen Kachelstube, die im Licht vieler Kerzen und Leuchter hell erstrahlte. Die Tafel war für fünf Personen eingedeckt. Formvollendet begrüßte der blonde Kavalier zunächst den Hausherrn und anschließend die drei anwesenden Damen. Als er Luises schlanke Finger zum Handkuss an den Mund führte, zog er jenen kaum merklich in die Länge.

»Dieser gute Tropfen kommt aus dem sonnigen Elsass«, informierte der Gastgeber den jungen Adligen, als der Wein zum zweiten Gang aufgetragen wurde. »Erst heute habe ich hundertfünfzig Fässer davon eingekauft. Ich hoffe, den größten Teil an einen Händler losschlagen zu können, der in den nächsten Tagen mit einer Schiffsladung voller Waren nach England aufbricht. Er nimmt alljährlich drei bis vier Ladungen Wein bei mir ab und macht in den Grafschaften des Königreichs England und dem Fürstentum Wales gute Geschäfte damit. Ich kaufe nur die besten Rebensäfte vom Mittelrhein, von der Mosella und, wie diesen hier, aus dem Elsass. Wie mundet er Euch?«

»Ausgezeichnet, ganz ausgezeichnet.« Gustavs Blick wanderte von Luise zurück zu Werner Gummersbach.

»Ja, ein liebliches Schlückchen.« Genießerisch roch der Weinhändler an seinem Glaspokal. »Für dieses Jahr wird es wohl mein letztes großes Geschäft sein. Im Winter fahren nur wenige Schiffe den Rhein hinunter, über die Nordsee und die Themse hinauf bis nach Londinium. Mein Käufer bringt übrigens auf dem Rückweg meist große Mengen höchst qualitätsvoller Wolle aus England mit. Ich gebe Euch, falls Ihr es wünscht, gerne Bescheid, wenn er wieder in Cöln eintrifft.«

»Sehr aufmerksam, herzlichen Dank«, erwiderte Gustav von Lechenich, dem es sichtlich schwerfiel, sich für die höfliche Unterhaltung zu interessieren. Unverwandt ruhten seine Augen auf dem in klarer Schönheit strahlenden Gesicht der jüngeren Tochter des Hauses, obwohl ihm Helene, die Ältere, zugedacht war. Diese war ebenfalls sehr reizvoll, hatte sich angemessen über den als Brautwerbung dargebrachten, perlenbesetzten Haarreif gefreut und benahm sich insgesamt sittsam und dem Gast gegenüber äußerst zuvorkommend. Doch wer den jungen Mann wahrhaft faszinierte, war die andere, mit dem helleren Haar und den lustigen Sprenkeln auf der Nase, der Stirn, ja sogar auf dem Kinn und den Wangen. Luise beteiligte sich kaum an den Tischgesprächen, schien vielmehr mit ihren Gedanken sehr weit weg zu sein; nur von Zeit zu Zeit huschte ein betörendes Lächeln über ihre sinnlichen Lippen.

»Ja, meine Eltern leben auf der Grenzfeste Lechenich am Erftübergang.« Der Jüngling musste sich notgedrungen von dem hinreißenden Anblick lösen und der Konversation mit seinem Gastgeber zuwenden. »Doch gaben sie mich schon im Kindesalter in die Obhut eines Verwandten in Villa Duria. Sie wollten wohl verhindern, dass ich wie ein Bauernlümmel aufwachse. In Villa Duria, der Stadt, die mein Brotherr Wilhelm IV. vom Kaiser gegen Zahlung von zehntausend Silbermark zum Pfand übernahm, boten sich mir ganz andere Möglichkeiten. Ich genoss nicht nur eine erstklassige städtische Erziehung, sondern hatte überdies das Glück, einige phantastische Lehrer für meine geistige Bildung zugeteilt zu bekommen –«

»Doch seid Ihr erbberechtigt, den Titel Eures Vaters zu tragen, wenn es an der Zeit ist?«, unterbrach Werner Gummersbach.

»Selbstverständlich, da ich keine Geschwister habe.« Gustav von Lechenich war wesentlich stolzer auf seinen Wissensstand denn auf seinen Titel, doch wusste er wohl, worauf es seinem Schwiegervater in spe ankam. Dennoch führte er weiter aus: »Der großartigste meiner Lehrmeister war Petrus von Dacien, ein hochbegabter Dominikanerpriester aus Gotland, welcher in engem geistigem Austausch mit den großen Lehrmeistern Thomas von Aquin und Albertus Magnus steht. Er ist auch gut befreundet mit der wundersamen Christina von Stommeln. Vielleicht habt Ihr von jener schon gehört?«

Als offenbar keiner aus der Familie Gummersbach etwas mit dem Namen anfangen konnte, fuhr er fort: »Christina wird im Jülicher Raum wie eine Heilige verehrt. Sie stammt von einem landwirtschaftlichen Hof und folgte als Mädchen von nur zehn Jahren dem Ruf einer inneren Stimme. Gegen den Willen ihrer Eltern verließ sie die Heimat und trat in die Schwesterngemeinschaft der Beginen hier in Cöln in der Parochie St. Kolumba ein. Fünf Jahre später zeigten sich zum ersten Mal an ihrem Leib die Wundmale des Herrn.«

»Oh ja, jetzt, wo Ihr diese Geschichte erzählt, fällt es mir auch wieder ein«, entsann sich Richmodis Gummersbach, eine für die Reife ihres Alters ausgesprochen attraktive Frau. »Von der Stigmatisierung habe ich gehört, nur war mir der Name Christina von Stommeln entfallen.«

»Leidet sie auch zugleich dieselben Schmerzen wie Christus?«, fragte Helene schaudernd.

»Das vermag ich nicht zu sagen«, antwortete ihre Mutter. »Sicherlich aber betrachtet sie die Wundmale unseres Herrn auf ihrem Leib als große Gnade Gottes.« Richmodis ergriff den mit Wasser gefüllten Krug, um dem Gast und ihren Töchtern die Becher nachzufüllen. Die weiten Ärmel ihres taubenblauen Samtkleides umspielten ihre schlanken Handgelenke.

Zum Dessert wurden Ingwergebäck und frische Nüsse gereicht. Dazu kredenzte Werner Gummersbach einen Wein, welchen er als »Auslese« bezeichnete. Die Themen der Unterhaltung waren inzwischen in andere Bahnen gelenkt worden. Eben gab der Gast eine lustige, juristische Spitzfinderei zum Besten, wobei er sich ausschließlich an Luise zu richten schien: »Ein Mann hatte einen Beutel mit fünfzig Quäntchen verloren. Er versprach dem ehrlichen Finder, der ihn zurückbringen würde, eine Belohung von zwei Quäntchen. In der Tat kam bald darauf ein anderer und überbrachte ihm den Beutel. ›Nun gib mir meine Belohnung‹, forderte er. Der Erste zählte den Inhalt des Beutels nach und fand, dass nur achtundvierzig Quäntchen darin waren. ›Du hast dir doch deinen Finderlohn schon genommen!‹, sagte er. ›Nein‹, erwiderte der Finder, ›denn in dem Beutel, den ich fand, waren nur achtundvierzig Quäntchen. Dennoch aber musst du mich entlohnen!‹ Darüber gerieten die beiden in Streit und brachten die Sache vor den Richter. Dieser hörte sich ihr Anliegen an. ›Wie viel‹, so fragte er den Besitzer des Beutels, ›waren in dem Behältnis, als du es verlorst?‹ – ›Fünfzig Quäntchen‹, erwiderte dieser. ›Ich habe Zeugen dafür.‹ – ›Und wie viel‹, wandte sich der Richter nun an den Finder, ›war in dem Beutel, den du gefunden hast?‹ – ›Achtundvierzig Quäntchen, Euer Gnaden!‹, antwortete der Befragte. ›Dann ist es offenbar‹, so urteilte der Richter, ›dass der hier vor mir liegende Beutel nicht der des Verlierers sein kann. Er wird hiermit als herrenloses Fundgut beschlagnahmt!‹«

Die Anekdote fand allgemeinen Anklang, und bald darauf zogen sich die Frauen in ihre Gemächer zurück.

Der Weinhändler und sein Gast rückten ihre Stühle dichter an den Kamin. »Nun habe ich Euch also mit meiner Familie bekannt gemacht«, hob Werner Gummersbach an. »Sagt, wie gefällt Euch meine Tochter?«

»Helene ist ein hübsches, wohlanständiges Mädchen.« Die Antwort kam etwas zögerlich, war jedoch ehrlich gemeint, auch wenn sie nach einer Höflichkeitsbezeugung klang. Gleich darauf entschloss sich Gustav von Lechenich zur Offenheit und gestand dem Vater – unter weiteren Komplimenten für die ältere Tochter – seine starken Gefühle für die jüngere der beiden.

»Es tut mir leid, Eure und meine Pläne derart auf den Kopf stellen zu wollen, doch schlug mein Herz vom ersten Augenblick an für Luise. Lehnt mich ab und macht mich zum unglücklichsten Mann auf dieser Welt oder gebt sie mir zur Frau«, bat er inständig und fügte mit leichter Verunsicherung hinzu: »Sofern Ihr sie noch keinem anderen Mann versprochen habt.«

Der Vater ließ sich das Gehörte eine Weile durch den Kopf gehen und willigte schließlich ein. Der junge Adlige war eine ausgezeichnete Partie – ob für Helene oder für Luise.

»Pater noster, qui es in caelis,
sanctificetur nomen tuum,
adveniat regnum tuum,
fiat voluntas tua, sicut in caelo, et in terra.«

Helene kniete vor der Bettstatt auf dem Boden, und Tränen rannen ihr im Gebet die Wangen hinab.

»Panem nostrum cotidianum da nobis hodie
et dimitte nobis debita nostra,
sicut et nos dimittimus debitoribus nostris;
et ne nos inducas in temptationem,
sed libera nos a malo.«

*»Quia tuum est regnum, et potestas et gloria in saecula. Amen.«**

Der blonde Gustav von Lechenich hatte ihr gar zu gut gefallen, doch war es ihr den ganzen Abend über nicht gelungen, seine Aufmerksamkeit auch nur für einen Augenblick zu erregen. Immerfort hatte er nur Luise angestarrt.

**das Vaterunser*

*»Quia tuum est regnum, et potestas
et gloria in saecula. Amen.«*

Die jüngere Schwester hatte dies kaum mitbekommen, weilten doch deren Gedanken ohne Unterlass bei Cornelius. In ihrem gemeinsamen Schlafraum war sie aus allen Wolken gefallen, als Pein und Eifersucht der älteren Schwester über sie hereinbrachen. Sie hatte versucht, ihr Trost zu spenden – doch ohne Erfolg.

Ein leises Klopfen an der Tür ließ beide Mädchen hochschrecken. Die Mutter in bodenlangem Nachthemd und Schlafhaube trat ein. Auch ihr war die Situation bei Tisch nicht verborgen geblieben. Nun setzte sie sich auf die Bettkante, hob Helene aus ihrer immer noch knienden Position hoch und zog sie an ihre Seite. Luise kam auf die andere Seite und rief mit verzweifelter Stimme: »Mutter, hilf uns!«

Dann berichteten die Mädchen im Wechsel vom Chaos ihrer Gefühle, und beider Gesichter wollten im Strom der Tränen ertrinken. Luise beichtete auch, dass sie sich heimlich und vor der Zeit einem Mann – den sie aber mehr als ihr Leben liebe – hingegeben habe. Richmodis hörte geduldig zu, brachte Ordnung in die Fakten und drückte schließlich jeder ihrer beiden Töchter einen zärtlichen Kuss auf die Stirn. »Ich werde mit eurem Vater reden«, versprach sie und erhob sich von der Bettkante.

Trotz der sorgfältigen Wahl ihrer Worte war es Richmodis nicht gelungen, ihren Gatten dazu zu bringen, die Ruhe zu bewahren.

»So habe ich unsere Töchter nicht erzogen! So nicht!«, wetterte er. »Eine Metze ist sie, meine Tochter!«

»Sie hat es aus Liebe getan, gepaart mit jugendlichem Leichtsinn«, besänftigte ihn seine Frau.

»Imbecillitas sexus!«*, schimpfte der alte Gummersbach

**Sexueller Leichtsinn (seit Evas Sündenfall im Paradies)*

weiter. »Wie, sagtest du, war der Name des Frevlers, der es gewagt hat, meiner Luise die Unschuld zu rauben?«

»Cornelius Staufenfels.«

»Immerhin hat sie sich standesgemäß vernaschen lassen und nicht von irgendeinem dahergelaufenen Strolch.« Langsam bekam Werner Gummersbach seine überschäumende Wut in den Griff. »Doch wie kann ich dem edlen Herrn von Lechenich jetzt noch unter die Augen treten? Luise, die ich ihm soeben versprochen habe, kann ich ihm nicht geben, denn sie ist nicht mehr rein. Ich muss mein Wort brechen! Entsetzlich! Und Helene wird er nun erst recht nicht mehr haben wollen. Was soll ich bloß tun?«

»Vielleicht suchst du morgen in aller Frühe deinen Freund Kranenfuß auf. Er ist Schöffe und ein gerechter Mann mit einem gesunden Menschenverstand.«

»Das werde ich tun. Ja, er ist der rechte Ratgeber.«

Bruno Kranenfuß war Frühaufsteher. Schon lange vor dem ersten Hahnenschrei saß er in der Kaminstube seines Hauses in der Glockengasse. Seit dem Tod seiner Frau vor zwei Jahren hatte er sich ganz in das Studium der Rechtswissenschaften verbissen. So hockte er auch jetzt beim schwachen Dämmerschein einer einzelnen Kerze über den »Sachsenspiegel« des Eike von Repgow gebeugt und suchte sich zu informieren. Sein Amt als Schöffe der Stadt Cöln nahm er sehr ernst. Die Tür flog von einer heftigen Windbö getrieben auf. Sein Freund, der Weinhändler Gummersbach, riss sich das Barett vom Kopf und sah ihn mutlos an. Nach einem beruhigenden Becher warmer Milch mit Honig ließ Kranenfuß sich das Leid des Freundes berichten. Die Furcht vor Ausweglosigkeit stand dem Erzähler dabei deutlich ins Gesicht geschrieben.

»Wenn man Familie hat, bringt einem das Kummer und Sorgen«, kommentierte Kranenfuß schließlich. »Und wenn man keine hat, plagt einen die Einsamkeit«, wusste der kinderlose Schöffe. »Doch höre, wenn ich recht verstanden habe, geht es dir bei Gustav von Lechenich um seinen Titel, und ihm geht es in erster Linie darum, reich zu heiraten. Stimmt das?« Resigniert nickte der gramgebeugte Vater.

»Sicherlich hast du dich doch mit ihm schon detailliert über die materiellen Bedingungen geeinigt. Gib ihm den doppelten Brautschatz für Helene und stelle ihm zudem in Aussicht, dass er durch die Heirat mit deiner Älteren auch mit der anderen, die ihm so gut gefallen hat, verwandtschaftlich verbunden sein wird. Du wirst sehen, es wird sich alles fügen. Gustav von Lechenich ist überfällig, was sein Alter zum Heiraten betrifft, er braucht dein Geld, und er wird wohl kaum Lust verspüren, sich ganz von Neuem nach einer passenden Braut umzusehen.«

Gleich von der Glockengasse aus eilte der Weinhändler zum Stadtpalais des Grafen von Jülich, wo er den jungen Beamten schon bei seiner Arbeit anzutreffen hoffte. Er hatte Glück und wurde sofort in das Amtszimmer des Adligen gebeten. In knappen Worten setzte er ihm das eingetretene Dilemma auseinander. Nach einer kurzen Phase der Enttäuschung erklärte Gustav von Lechenich jedoch als Ehrenmann sein Einverständnis zu der ursprünglich geplanten Verbindung und verabschiedete Werner Gummersbach mit einer herzlichen Umarmung.

Sein nächster Gang führte den nunmehr beruhigten Vater zu einem anderen engen Freund, dem Kanonikus von St. Laurenz, den er als Traupfarrer für die anstehende Doppelhochzeit gewinnen wollte.

Pfarrer Johannes Keppel hatte Besuch von einem Pater aus dem Stift St. Pantaleon.

»Und dann zeigte er mir eine Schachtel, in etwa so groß wie dein linker Fuß – oder meinetwegen der rechte«, erzählte dieser, ein gewisser Bruder Anselm. Er steckte mitten in einer Geschichte, die er seinem Amtskollegen zum Besten gab. »Darin seien die Gebeine von zwölfhundert Märtyrern, wollte er mir weismachen. Die Schachtel, die der fromme Wanderprediger wie einen Schatz hütete, war – wie schon gesagt – eher klein.

Und als ich wagte, Einspruch zu erheben, erklärte er mir mit ernster Miene: ›Reliquien ex ossibus, aus Knochenstaub!‹« Die beiden Kleriker lachten gerade herzlich über diese Episode, als Werner Gummersbach eintrat. Rasch waren die nötigen Formalitäten besprochen und eine Einladung zum Abendessen ausgesprochen.

Nun musste der Weinhändler nur noch den Letzten der so plötzlich angewachsenen Familienrunde zum Treffen am Abend bitten. Die Befreiung von den nächtens durchstandenen Qualen beflügelte seine Schritte. Forsch und heiter betrat er sein Haus in den Obenmarspforten und formulierte sogleich eine entsprechende Ladung an den Patriziersohn Cornelius Staufenfels.

Acht gutgelaunte Personen drängten sich im Haxenhaus um den Tisch mit der Nummer XXIX. Da der Platz nicht für alle ausreichte, schob der Wirt einen weiteren Tisch hinzu, und Elisabeth nahm die Bestellung auf. Neidvoll lauschte Bartholomäus Wille dem Angebot seiner eigenen Küche. Er selbst hielt sich neuerdings zurück. Aus irgendeinem Grund hatte er beschlossen, seinen Bauchumfang zu verringern.

Werner und Richmodis Gummersbach waren vergnügt wie schon lange nicht mehr. Luise und Cornelius turtelten wie die Täubchen, und Gustav von Lechenich widmete sich heute ausschließlich seiner zukünftigen Frau Helene. Vervollständigt wurde die heitere Tischgemeinschaft durch Bruno Kranenfuß, den Freund der Familie, und durch den Traupfarrer Johannes Keppel.

Elisabeth trug an Speisen auf, was die Küche hergab. Most, Bier und Wein flossen in Strömen, und es wurde gescherzt, gelacht und die Zukunft geplant.

»Hier wird gefeiert! Das ist mir recht, denn auch ich habe etwas zu feiern.« Die Stimme, die diese Worte in den Schankraum rief, gehörte zu einer blassen Gestalt in einem dunklen, viel zu weiten Mantel, der fast über den Boden streifte.

»Albinus! Was willst du hier?«, stieß Elisabeth hervor. Seit vielen Wochen hatte sie nichts mehr von ihrem Schwager gehört und inzwischen geglaubt, sein Heiratsantrag im Juli sei nur der Formalität halber ausgesprochen worden. Vielleicht hatte sie auch nur nicht mehr an Albinus und sein Ansinnen denken wollen, weil sie so glücklich mit Florian war.

»Was ich hier will? Dich heimführen als meine – hicks – Braut, geliebte Elisabeth.« Der Sprecher schwankte beträchtlich, als er auf die Schankmagd zutrat.

»Du bist betrunken, Albinus. Geh nach Hause und schlaf dich aus«, versuchte Elisabeth ihn loszuwerden.

»Ein bisschen Mut habe ich mir wohl – hicks – angetrunken.« Der Speichel troff ihm beim Reden aus dem Mundwinkel. »Und nach Hause – hicks – gehe ich nur mit dir. Das Trauerjahr ist vorbei, wir haben den 13. Oktober 1271, und heute Abend mache ich dich zu – hicks – meiner Frau.«

»Nein, niemals«, entfuhr es Elisabeth.

»Das ist also Albinus Fragner, der Bruder deines verstorbenen Ehemanns Tobias, der dich nun heimführen will?« Florian Grimm war hinzugetreten und sprach mit sehr ruhiger Stimme.

»Ja, das ist Albinus. Er hat das Recht auf mich, aber ich will ihn nicht.« Schutzsuchend stellte Elisabeth sich dicht neben Florian.

»Oh, der Herr – hicks – Büttel«, lallte der farblose Neuankömmling und deutete eine Verbeugung an, die ihn fast aus dem Gleichgewicht brachte. »Dass ich so bald schon wieder die – hicks – Ehre haben würde …«

Ungläubig ließ Elisabeth ihren Blick vom einen zum anderen schweifen. »Ihr kennt euch?«

»Wir hatten bereits einige Male beruflich miteinander zu tun. Nicht wahr, Knagges, mein Freund?«

»Oh ja, quasi – hicks – beruflich«, stammelte Albinus und lächelte die Amtsperson schief an.

»Knagges?«, fragte Elisabeth. »Das ist der Dieb, von dem du mir erzählt hast? Der, den man hier in Cöln nur als Knagges kennt?«

»Ja, das ist mein alter Bekannter Knagges, über den ich zwar einiges weiß, dessen wirklicher Name mir jedoch bislang nicht zu Ohren gekommen war. Du bist ja völlig aus der Art geschlagen«, wandte er sich dem Jüngsten der Fragnerfamilie wieder zu. »Dein verstorbener Bruder war ein anständiger Mann«, fuhr er in strengem Tonfall fort. »Und auch deine anderen Brüder sind ordentliche Handwerksleute, soweit ich unterrichtet bin. Nur du, du bist ein Lump! Ein Dieb und Gauner, der sich mit dem schlimmsten Pack der Stadt herumtreibt. Zu faul zum Arbeiten und zu versoffen, um im Leben seinen Mann zu stehen! Pfui! Was habe ich dir neulich auf dem Novo Mercato gesagt, als ich dich so glimpflich davonkommen ließ?« Florian holte tief Luft und herrschte ihn dann an: »Du solltest mir nicht noch einmal in die Quere kommen!«

»Ja, aber ...«, stotterte Albinus, nun völlig aus der Fassung gebracht.

»Dieses Mal, mein Bester, bist du mir jedoch ganz gewaltig in die Quere gekommen. Nicht nur beruflich, indem du volltrunken Gäste und Personal eines anständigen Wirtshauses belästigst, sondern – und nun pass gut auf: privat!«

Albinus Fragners Gesicht nahm einen ratlosen Ausdruck an. Er taumelte leicht, als er unsicher nachhakte: »Wieso privat?«

»Elisabeth ist mit mir liiert. Ich bin derjenige, der sie zum Altar führen wird. Und du wirst mir dabei ganz bestimmt nicht in die Quere kommen.« Er hatte eine drohende Haltung angenommen und setzte noch hinzu: »Wage nicht, diese Frau, die deines Bruder Gemahlin war, aber derer du nicht würdig bist, noch einmal zu belästigen. Haben wir uns verstanden?«

Die bleiche Gestalt stöhnte gequält auf. »Aber sie steht doch – hicks – mir zu. Das Gesetz sagt –«

»Das Gesetz bin ich, Florian Grimm, Büttel zu Cöln! Und dich kann ich für alle Vergehen, bei denen ich dich bereits erwischt habe, sofort für viele Jahre hinter Gitter bringen, wenn es mir gefällt.«

»Jroßmuul«, murmelte der Zurechtgewiesene, musste aber

einsehen, dass es wohl besser war, sich nicht weiter mit der Amtsperson anzulegen.

»Dass du mir nie wieder in Elisabeths Nähe kommst!«

Kleinlaut nickte Knagges-Albinus und ließ sich geschlagen auf einen Hocker fallen.

Florian legte seinen Arm um Elisabeths Schultern und zog sie demonstrativ an sich. »Diese Frau«, betonte er, »steht unter meinem persönlichen Schutz!«

»Ha, ha, persönlicher Schutz! Der war gut«, ließ sich der Wirt kichernd aus dem Hintergrund vernehmen. »Mag er sie beschützen und besteigen, so viel er will, sie bleibt doch meine Magd!«

»Nun brauchst du nie wieder Angst vor dieser Zwangsehe zu haben und kannst mir endlich das Jawort geben«, flüsterte Florian seiner Geliebten ins Ohr.

Elisabeth sank erleichtert in seine Arme. »Oh, Liebster, ich hatte solch eine Angst, dass dieser schreckliche Mensch mich zur Frau nehmen würde. Wie gut, dass du etwas gegen ihn in der Hand hattest. Jetzt kann ich dir endlich das Jawort geben, ohne das Gefühl haben zu müssen, dass ich damit gegen das Gesetz handele.« Sie hob den Kopf von seiner Schulter und fragte schmunzelnd: »Was hältst du von Neujahr?«

»Neujahr? Was ist mit Neujahr?«

»Na, als Termin für unsere Hochzeit! Ich habe eben gehört, dass die beiden jungen Paare dort am Tisch XXIX sich zu Neujahr vermählen wollen. Das wäre doch auch für uns ein guter Tag, oder?«

»Wann immer du möchtest, mein Augenstern; heute, morgen oder zu Neujahr!«

Eigentlich stand dem Büttel an diesem Abend gar nicht der Sinn nach Ausübung seiner Amtsgewalt. Aber irgendwie wollte er seiner Braut Solidarität mit der freundlichen Verlöbnisrunde demonstrieren, und so ließ er Bartholomäus Wille das Rad der Fortuna zu später Stunde aus seiner Umhüllung befreien. Er drehte es so, dass die Zahl XXIX nach oben zeigte, und gratulierte der Familie gleich dreifach: zur Verlobung der älteren Tochter, zu der der jüngeren und zum gewonnenen Freyzech. Das Gemaule einiger Gäste an anderen Tischen, die selbst gerne den Freyzech gewonnen hätten und es für ungerecht hielten, dass dieser ausgerechnet einer so wohlhabenden Tischgemeinschaft zugesprochen wurde, überhörte Florian Grimm.

TISCH XXX

11. November 1271

Nicht alle Feiertage des Jahres waren mit fröhlichen Festen, Müßiggang und Jahrmärkten verbunden. Viele waren ganz bestimmten Zwecken vorbehalten. So kannte man Martini, den 11. November, allgemein als Tag der Steuerzahlung. Ausgerechnet zu St. Martin waren die jährlichen Abgaben fällig; am Tag des heiligen Bischofs von Tours, der seinen Mantel mit einem Bettler geteilt hatte! Man hatte den Martinstag in sein Gegenteil verkehrt: Nicht Reich gab Arm, sondern Arm musste das Wenige, das es besaß, mit Reich teilen!

In der Hundegasse hatte Florian Grimm den Verbrecher nach einer Jagd quer durch das morgendliche Cöln endlich gefasst. Jetzt führte er den Mann an einem Strick, den er ihm fest um die Handgelenke gewunden hatte, die Weyergasse hinunter. Es handelte sich um einen gefährlichen Mörder, der seit Wochen sein Unwesen in der Stadt trieb. Zwei junge Mädchen und drei gemeyne Frauwen waren ihm schon zum Opfer gefallen. Er hatte sie alle brutal zusammengeschlagen, missbraucht und ihnen dann mit einem Messer die Kehle durchgeschnitten. Nun, wehrlos in des Büttels Gewalt, wirkte er gar nicht mehr bedrohlich. Er war eher klein, die abgerissene Kleidung schlotterte um seinen Leib, und das braune, stark verfilzte Haar rahmte ein rundes Gesicht, in dem Mund, Nase und Augen ganz eng beieinander lagen. Nur die schwarzen Augen unter den buschigen Brauen funkelten böse.

Erhitzt vom schnellen Lauf, spürten die beiden Männer die feuchte Kälte dieses Novembermorgens kaum. Der Ordnungshüter hätte zufrieden sein können. Er würde den Täter direkt beim Scharfrichter abliefern und somit seinem gerechten Schicksal zuführen. Doch Florian Grimm blickte missmutig auf die Silhouette der Kirche St. Pantaleon, die sich rechter Hand aus dem Frühdunst erhob. Er dachte an ein Gespräch zurück, welches er am Vorabend mit dem Wirt des Haxenhauses geführt hatte. Eigentlich hatte er, was Elisabeths Freigabe anbetraf, mehr Verständnis von Bartholomäus Wille erwartet. Doch dieser wiederum hatte an sein Verständnis appelliert, ihm in deutlichen Worten zu verstehen gegeben, dass er unmöglich auf seine Schankmagd verzichten könne; nicht nur, weil er keine zweite beschäftigte und sich erst mühsam eine neue Arbeitskraft würde suchen müssen, sondern auch, weil die attraktive Frau sich allergrößter Beliebtheit bei der Kundschaft erfreute und seine Geschäftseinnahmen in dem guten Jahr, das sie nun bei ihm war, beträchtlich angestiegen waren. Diesen Argumenten hatte der Büttel nichts zu entgegnen gewusst. Natürlich standen ihm als Amtsperson auch andere Mittel zur Verfügung, um den Haxenhauswirt zur Freigabe seiner Braut zu zwingen. Doch würde er nur höchst ungern zu Drohungen und Repressalien gegen Wille greifen wollen. Eine friedliche Lösung wäre ihm weitaus lieber. Im Vorbeigehen warf der Büttel einen Blick auf den Platz vor St. Pantaleon.

Vor dem mächtigen Tor der Abtei im Südwesten von Cöln wartete eine riesige Menschenansammlung auf Einlass. Eisige Regenschauer und ein schneidend kalter Wind ließen die Stunden zur Qual werden. Einige waren gleich zur Prim gekommen und konnten nach zügiger Abfertigung bald wieder heimkehren; andere, mit weiten Wegen, trafen erst um die Mittagszeit ein. Diese mussten sehr lange Wartezeiten in Kauf nehmen. In regelmäßigen Abständen wurde die Pforte im Tor geöffnet und die nächsten Abgabepflichtigen vorgelassen. Die meisten waren paarweise erschienen; alle mit hochbeladenen Handkarren, Kiepen und Körben.

»Mir ist fürchterlich kalt«, klagte Aenne, und ihre blaugefrorenen Lippen zitterten. »Der Frost kriecht mir durch die Füße in die Knochen, und die Nässe gefriert auf meinem Leib.« Die junge Bäuerin versuchte, ihre grobe Schürze, die sie über dem weiten Unterkleid trug, enger um ihren Körper zu ziehen. Doch sie bot nur wenig Schutz. Um den Kopf hatte sie ein großes Tuch geschlungen, welches schwer vom Niederschlag an Haupt, Stirn und Wangen klebte. Am ärgsten jedoch war die Kälte von unten, aus dem halbgefrorenen Straßenbelag, von wo aus sie sich durch die nur mit Stroh und Leinen umwickelten Füße in die Beine und weiter in alle Körperteile schlich.

»Komm her, Liebes«, tröstete sie ihr Mann. »Stell dich hier auf meine Füße. Ich wärme dich ein bisschen.« Melchior Schmitz barg seine Frau in einer schützenden Umarmung. Auch er besaß kein Schuhwerk und war der abscheulichen Novemberwitterung ebenso stark ausgesetzt wie seine Frau. Wollene Beinlinge, ein kurzer Kittel aus hartem Leinen und ein zerschlissenes Wams machten seine Bekleidung aus. Für Mäntel hatte es auch in diesem Jahr nicht gereicht. Sein dunkles, über den Ohren abgeschnittenes Haar wirkte durch die Nässe wie eine eng anliegende Kappe.

Das Bauernpaar vom Eigelstein bebaute eine kleine Parzelle Land außerhalb der Stadtmauer, unmittelbar neben der »Porta Eigelis«, dem nördlichsten der Cölner Stadttore. Am Morgen, nach Verrichtung der nötigsten Arbeiten, hatten sie ihre einfache Ziegelhütte in der Weidengasse verlassen und waren eine gute Stunde quer durch die Rheinmetropole gelaufen. Nur ganz langsam waren sie vorangekommen, denn die Last der Produkte, die sie zum Kloster St. Pantaleon – dem Besitzer der Ländereien zwischen dem Eigelstein- und dem Gereonstor – schleppen mussten, behinderte ihre Schritte.

Klostereigentum zu bewirtschaften bot einen gewissen Schutz. Nur einige Jahre zuvor hatte der Abt von St. Pantaleon eine Verordnung erlassen, welche besagte: »Wir machen den Bauern folgendes Zugeständnis: Diejenigen, die dem Hörigenverband dieses Klosters angehören, dürfen, solange sie zum Anbau der Felder und zur Erfüllung ihrer schuldigen Dienste fähig und willens sind, unter keinem Vorwand von ihrem Land entfernt werden; vielmehr sollen auch ihre Söhne, wenn sie geeignet erscheinen, der väterlichen Arbeit nicht beraubt werden.«

Nun stand die Frucht ihres Ernteertrags vor dem Paar auf dem Boden: ein Sack Dinkel, ein Sack Linsen, ein hoher geschlossener Korb mit zwei fetten Gänsen, den Aenne auf dem Rücken getragen hatte, und ein in Tuch gewickelter Laib Käse. Die Leute um sie herum brachten größtenteils ähnliche Dinge; überall sah man Säcke voller Getreide und Hülsenfrüchte, gackerndes Geflügel, Schweine und Lämmer. Aber auch andere Arten von Naturalien waren als Zinsabgabe willkommen: Holz- und Lederartikel, Produkte aus Weberei, Schreinerei oder Schmiede und Ähnliches mehr.

Gleich neben Melchior und Aenne Schmitz hatte ein Töpfer seinen Karren abgestellt: ein Mann um die dreißig mit einem breiten, knochigen Gesicht, welches im Schatten eines tief über die Augen gezogenen Filzhutes lag. Er hatte einen freundlichen Blick, und ein offenes Lächeln spielte um seinen von Bartstoppeln gesäumten Mund, als er die Bauersleute nun ansprach: »Gott zum Gruße! Feines Wetterchen heute, nicht wahr? Jedes Jahr bricht gerade zu Martini der Winter herein. Da macht das Reisen Spaß!« Er ließ sich auf dem Rand seines Karrens nieder, auf welchem sich Kannen, Krüge, Grapen und hartgebrannte Kugeltöpfe stapelten. Überwiegend handelte es sich um Irdenware in unterschiedlichen Grautönen, aber auch einige Gefäße aus Faststeinzeug, dieser neuartigen Töpferware mit partieller Verglasung, waren darunter.

»Reise?«, fragte Melchior. »So kommst du also von weit her, um deinen Zins zu entrichten?«

»Zwei Tagesmärsche von Cöln – aus Brüggen. Ich heiße übrigens Remigius Riphahn.« Er deutete auf die noch freie Fläche am Rand seines Gefährts. »Setzt euch zu mir. Wir werden wohl noch ein Weilchen zu warten haben.«

»Sehr freundlich, gerne. Ich bin Melchior Schmitz, und das ist meine Frau Aenne.« Ganz vorsichtig, um die gestapelte Keramik nicht zu beschädigen, setzten sich die beiden. Aenne warf dem Töpfer einen dankbaren Blick aus ihren großen braunen Augen zu, die das ganze schmale, verfrorene Gesicht beherrschten.

»Wirklich, der Abgabetermin könnte auch in eine wärmere Jahreszeit fallen«, griff Melchior das Gespräch wieder auf. »Aus Brüggen, sagtest du? In welcher Himmelsrichtung liegt denn das?«

»Den Rhein hinunter und dann etwas westlich; in der Nähe der Stadt Gelren. Brüggen besteht nur aus einigen Häusern, der Töpferei und der Wasserburg, die dem Pantaleonsstift gehört. Als Vögte für das ganze Land rundum hat der Orden die Grafen von Kessel und von Gelren eingesetzt. Otto II. von Gelren, der ein guter Brotherr war, ist zu Beginn des Jahres gestorben, während sein Sohn, Rainald I., der die Nachfolge übernommen hat, ein wahrer Tunichtgut ist. Er kümmert sich um keinerlei Belange, und so gibt es in diesem Jahr niemanden, der meinen Zins in Empfang nehmen könnte. So musste ich bis hierher nach Cöln reisen. Sonst hatte ich immer nur den Weg von Brüggen nach Gelren, und von dort wurden unsere Abgaben in einem Sammeltransport nach St. Pantaleon gebracht. Was soll's? So sieht unsereins auch einmal etwas von der Welt.« Gut gelaunt ließ er die Beine baumeln und fragte kurz darauf: »Und wo kommt ihr her?«

»Vom Eigelstein, einem landwirtschaftlichen Gebiet am Rand der Stadt Cöln, gleich bei den großen Befestigungsanlagen. Unser Weg war zwar nicht so weit wie der deinige, aber für mein Weib und mit dieser Last«, er zeigte auf die Säcke und das Geflügel, »beschwerlich genug. Aenne trägt ein Kind unter dem Herzen und ist in letzter Zeit ständig müde.«

Remigius Riphahn warf einen verstohlenen Blick auf die Frau an seiner Seite und erkannte die leichte Wölbung unter ihrer Schürze. »Dann wollen wir sie mal noch besser wärmen«, meinte er lächelnd und rückte etwas näher an sie heran. Melchior tat es ihm von der anderen Seite her gleich. »Und wie war die Ernte dieses Jahr?«, erkundigte sich der Töpfer.

»Teils gut, teils schlecht. Wir bestellen unsere Äcker in Dreifelderwirtschaft. Ein Drittel unserer Nutzfläche liegt jeweils brach, damit sich der Boden erholen kann. Den zweiten Teil hatten wir dieses Jahr mit Gemüse, vor allem Kappes, angesät, der recht gut gedieh. Auf dem dritten Abschnitt war Dinkel angesetzt, aber ein Unwetter mitten im Sommer, kurz vor der Ernte, hat die Hälfte des Getreides zerschlagen. Was hier in diesem Sack steckt«, er trat mit dem Fuß gegen den größeren der beiden Behälter, »ist mehr als ein Viertel des Gesamtertrags.«

»Gut, dass ich mit meiner Arbeit nicht von Petrus' Launen abhängig bin«, meinte Remigius. »Das muss hart sein. Habt ihr Hunger?«

Verwirrt schauten die Eigelsteinbauern den Handwerker an. Solche Freundlichkeit waren sie nicht gewohnt.

»Viel ist es allerdings nicht, was ich euch anbieten kann.« Er kramte einen Beutel zwischen seinen Krügen hervor und entnahm ihm ein verschnürtes Bündel. »Hier: Brot und ein wenig Hartwurst sind von meinem Proviant noch übrig geblieben.«

Damit forderte er die beiden, welche die Großzügigkeit des Fremden kaum fassen konnten, zum Zugreifen auf.

»Gestern habe ich einen kleinen Abstecher nach Pingsdorf gemacht«, erzählte der Töpfer munter kauend. »Lag zwar nicht direkt auf meinem Weg, aber das dortige Keramikzentrum galt lange als das beste weit und breit, und da ich nun schon einmal unterwegs war, habe ich es mir angesehen. In den letzten Jahren freilich produzieren die Pingsdorfer nicht mehr allzu viel, aber man kann immer noch einiges über ihre besondere, ausgefeilte Technik der Keramikherstellung erfahren. Sie fabrizieren ganz dünnwandige, helle Ware – auch dickwandige natürlich, je nach Gefäßtyp – und bemalen sie mit hübschen roten und braunen Ornamenten: Kreise, Spiralen, geschwungene Linien und Ähnliches. Meine Zunftgenossen berichteten, dass sie ihre Produkte bis nach Trondheim ins Reich des Magnus VI. exportieren. Das liegt am nördlichsten Ende der Welt. Eine enorme Strecke!« Er biss ein herzhaftes Stück von der dunklen Wurst ab und reichte sie an Aenne weiter.

Kurz darauf sprang er vom Karren, um diesen ein Stück

vorwärts zu bewegen. Die vor ihnen Wartenden hatten sich inzwischen auf ein rundes Dutzend reduziert. Melchior stieg ebenfalls ab und half erst beim Schieben des Töpfergefährts, bevor er auch seine Agrarprodukte einige Meter weiterrückte. Remigius Riphahn, eine Frohnatur, dem weder die bittere Kälte noch der Anlass ihrer Warterei vor dem Kloster die Laune verderben konnte, nahm den letzten Wurstzipfel aus der Hand der Bauersfrau entgegen. Er hielt ihn hoch über seinen Kopf und rief im Scherz: »Wer ihn schnappt, der hat ihn!« Dabei ließ er das getrocknete Fleischstück hin und her baumeln.

»Nicht doch«, kicherte Aenne, versuchte aber dennoch, nach der Beute zu haschen. »Wir sind doch hier nicht im Weckschnapp!«

Remigius warf ihr das Wurstende in den Schoß. »Da, du musst schließlich für zwei futtern«, sagte er wohlwollend. »Was denn für ein Weckschnapp?«, fragte er dann.

»Richtig, du bist ja nicht aus Cöln«, setzte Melchior zu einer Erklärung an. »Als Weckschnapp bezeichnen wir unseren Gefängnisturm am Rhein. Dort kommen die hin, die man zum Hungertod verurteilt hat. Um ihre Qualen noch zu vergrößern, hängt von der Decke herab ein Weck, das ist ein kleines Brot. Aber wenn der Hunger die Delinquenten dazu treibt, nach diesem zu springen, so stürzen sie unweigerlich auf eine Falltür und durch diese in einen Schacht, der mit Schwertklingen gespickt ist und in den Rhein mündet.«

»Puh.« Remigius schüttelte sich. »Ist aber vielleicht besser, zumindest schneller und daher gnädiger als das Verhungern.«

Wieder rückte die Warteschlange ein paar Schritte vor. Als etwa zur Stunde der Non die Reihe an die Bauersleute Schmitz kam, bedankten sich diese herzlich bei Remigius Riphahn für seine Gesellschaft sowie die dargebotene Sitzgelegenheit und Verköstigung. Jener winkte ihnen fröhlich hinterher und rief: »Glück und Segen für die Niederkunft!«

»Danke«, erwiderte Melchior. »Und dir eine sichere Heimreise. Hoffentlich wird das Wetter nicht noch ärger.«

Es wurde noch ärger, noch viel ärger! Beim Verlassen des Klosters St. Pantaleon warf Melchior Schmitz einen besorgten Blick gen Himmel. Dieser hing in bleierner Schwere und mit unheilverkündenden grauen Wolken bedeckt über der Stadt.

Durch die Waisenhausgasse lenkten die Bauern ihre Schritte in Richtung Nordosten. Ohne die drückende Last der Naturalien, die sie bei den Benediktinern abgeliefert hatten, kamen sie zügiger voran, doch der Weg war beschwerlich. Der anhaltende Niederschlag hatte die Straßen in schlammige Bäche verwandelt, denen die primitive Fußbekleidung des Ehepaares Schmitz nicht standhielt. Schon nach kürzester Zeit hing das Stroh aus den aufgeweichten Leinenfetzen heraus und verflüchtigte sich nach und nach vollständig. Hagel mischte sich in den eisigen Regen; die gefrorenen Körner wurden immer größer, und in Höhe des Alter Markts prasselten sie in Haselnussgröße auf die ungeschützten Köpfe und Leiber der beiden hinab. Melchior versuchte, seine schwangere Frau so gut es ging mit seinem Körper zu decken, doch zu gewaltig war die Kraft der eisigen Geschosse vom Himmel.

Im Halbdunkel der Vesperzeit zeichnete sich der mächtige Vierungsturm der Kirche Groß St. Martin ab. Keuchend und stolpernd rannten Aenne und Melchior auf die Steinmasse zu. Im Schutz des breiten Vordaches über dem Portal kamen sie langsam wieder zu Atem.

»Lass uns hineingehen und ein Weilchen ausruhen«, schlug der Mann vor. »Wir haben erst etwa die Hälfte unseres Heimwegs geschafft.« Aenne nickte stumm, und sie traten ein.

Geblendet vom Lichtermeer der Kerzen, die den Innenraum am Festtag des Kirchenpatrons erhellten, stockten sie. So viel Licht! Fest montierte Leuchter aus Metall in den Nischen und an den Säulen der Basilika sowie Unmengen von Kerzen in allen nur erdenklichen Größen und Formen, aus Talg oder aus Wachs. Ehrfürchtig schlug Aenne den Blick nieder und machte drei hastige Kreuzzeichen. Gemeinsam fielen sie nur wenige Meter vom Eingangsportal entfernt auf die Knie und verrichteten ein stilles Gebet. Tiefer in den gewaltigen Raum einzudringen, getrauten sie sich nicht.

»Gottes Stern, halte Wacht über Land und Leute,
der du in Cöln am Hohen Dom
strahlst golden über Stadt und Strom«,

wisperte Aenne die Zeilen aus dem einzigen ihr bekannten Cölner Pilgerlied.

»Gottes Stern, weiche nicht aus dem All der Welten.
Der gold'ne Schrein, der gold'ne Stern,
sie führen uns zu Gott, dem Herrn.«

Beim Verlassen der Kirche war das Toben der Naturgewalten noch heftiger geworden. Die Hagelkörner hatten die Größe von Walnüssen angenommen, der Wind pfiff mit beharrlicher Stärke durch die Gassen. »Bei diesem Sturm kommen wir nicht weiter«, beschloss Melchior. »Wir müssen irgendwo einkehren. Ein Stück Brot und ein Teller heiße Suppe wären auch nicht schlecht.« Suchend schaute er die Umgebung ab.

»Aber wir haben doch kein Geld!« Aennes Tonfall drückte Verzweiflung aus.

»Ein paar As und Richtpfennige haben wir schon. Das muss reichen. Komm!« Er zog sie dicht an sich, und sie eilten von der Salzgasse aus auf den Buttermarkt zu. In geringer Entfernung entdeckte der Mann ein im Inneren gut beleuchtetes Haus mit roter Fassade. Über der Tür baumelte ein Schild mit der Aufschrift »Haxenhaus«, welches die beiden zwar nicht lesen konnten, das aber nichts anderes als ein Wirtshausschild sein konnte. Auch die Geräusche und die Essensdüfte, die aus dem Gebäude drangen, sprachen dafür. Melchior drückte die Tür auf und schob seine Frau in die Gaststube. Die meisten der Tische waren unbesetzt; nur an einigen saßen Gäste, die eine Mahlzeit zu sich nahmen, würfelten oder in kleinen Gesprächsgruppen ihr Bier tranken.

Bartholomäus Wille betrachtete die neuen Gäste argwöhnisch. Sie machten auf ihn nicht den Eindruck zahlungskräftiger

Kundschaft, und die Geschäfte liefen an diesem stürmischen Abend sowieso nicht allzu gut. Außerdem hatte man ihm zugetragen, dass der Graf von Kessel und Brolch in Kürze einen Suchtrupp loszuschicken gedachte, der den goldenen Ring mit dem Familienwappen endlich bergen sollte. Er musste dem unbedingt zuvorkommen und sich den Finderlohn sichern. Skeptisch strich er sich über den Bauch, den er seit einigen Wochen zum Fasten verdammt hatte.

»Das ist hier ein Wirtshaus, keine Armenspeisung!«, rief er schlechtgelaunt in Richtung Tür. Doch bevor er die beiden kläglichen Gestalten vor dieselbe setzen konnte, schritt eine füllige Schankmagd energisch auf die Bauern zu.

»Hier«, bedeutete Elisabeth den beiden, »setzt euch hierher.« Sie nahm die junge Frau bei der Hand und zog sie hinter sich her zum Tisch mit der Nummer XXX. Ihr mitleidiges Herz hätte es nie und nimmer zugelassen, die völlig durchnässten Bauern bei diesem Hagelschlag wieder auf die Straße zu schicken. Außerdem hatte sie mit weiblichem Kennerblick die Wölbung von Aennes Leib registriert.

Ein einzelner Mann saß an Tisch XXX: klein von Wuchs, mit einem geröteten Gesicht, welches ein heller Backenbart rahmte.

»Das ist Demetrius«, stellte die Schankmagd vor. »Demetrius Bliesheim. Er ist Fassbinder und fast täglich hier zu Gast.«

»'n Abend«, grüßte dieser und strahlte die beiden an. Dabei entblößte er ein kräftiges Gebiss mit langen, gelblichen Zähnen.

»Melchior Schmitz und Aenne, meine Frau«, sagte der Bauer. »Ganz schön kalt draußen«, bemerkte er noch und ließ sich auf einem Schemel nieder. Auch Aenne nahm zaghaft Platz.

»Kalt iss et eesch, wann de Buure Ieszappe drieße«, feixte der Fassbinder.

»Nur wenig länger da draußen in dem Hagel, und wir hätten dir genau das bieten können«, meinte Melchior und musste grinsen.

»Seid ihr Bauern?«, fragte Demetrius.

»Ja, vom Eigelstein. Das Unwetter hat uns auf dem Rückweg von St. Pantaleon überrascht.«

»Habt euren Zins dort entrichtet, oder was?«

»Ja, genau.«

»Das habe ich heute in der Früh auch schon erledigt. Zwanzig Fässer musste ich abliefern! Einen ganzen Monat Arbeit!« Der Rotgesichtige leerte den vor ihm stehenden Krug und wollte Elisabeth gerade das Zeichen für Nachschub geben, als diese auch schon mit einem voll beladenen Holzbrett an ihrem Tisch erschien. Unaufgefordert brachte sie zwei Krüge Gruit und eine Schale warmen Met für die Frau. Dazu stellte sie zwei Schüsseln mit dampfender Kohlsuppe, in der dicke Speckstücke schwammen, und einen Korb mit Röggelchen.

»Aber –«, setzte Melchior an.

»Hier gibt's kein Aber«, mahnte Elisabeth. »›Aber‹ führt das Haxenhaus nicht, nur Speis und Trank«, und sie fügte hinzu: »Ein Schlafplatz im Stroh wird sich bestimmt später auch für euch finden.«

»Elisabeth ist unser Goldschatz«, kommentierte der Fassbinder.

Bartholomäus Wille zuckte nervös zusammen. Was faselte der da von »unserem Goldschatz«. Es ist *mein* Gold, *mein* Schatz, dachte er und schaute sehnsüchtig zu der Tür gleich neben dem Wirtshauseingang, welche zur Brauerei mit dem schatzbergenden Brunnen führte.

Die ausgehungerten Bauersleute fielen dankbar über die wohltuende Labe her.

»Melchior also?«, nahm Demetrius das Tischgespräch wieder auf. »Schöner heiliger Name!«

»Es kommt noch besser«, erläuterte der Bauer, dessen Lebensgeister wieder erwachten. »Meine beiden Brüder heißen Caspar und Balthasar! Unsere Eltern meinten wohl, diese Namen seien sie der Geburtsstadt ihrer Söhne schuldig.« Er nahm einen ordentlichen Schluck Bier und erkundigte sich dann: »Aber deinen Namen habe ich noch nie gehört.«

»Demetrius ist ein griechischer Name. Mein Großvater, den ich nie kennengelernt habe, hat vor langer Zeit an einem Kreuzzug teilgenommen. Ein Grieche namens Demetrius rettete ihm in einer brenzligen Situation das Leben, so erzählte mein Vater immer. Da unten im Land der Sonne ist Demetrius wohl ein recht häufiger Name, der Patron ist einer der wichtigsten Heiligen des byzantinischen Reiches. Mein Vater hat mich also nach dem Lebensretter seines Vaters benannt.«

»Ein gottgefälliger Entschluss. So war dein Vater ein recht frommer Mann?«

»Das sind wir doch alle! Ich selbst zum Beispiel«, der Fassbinder genoss die Aufmerksamkeit seiner Zuhörer, »ich bin in den wenigen Stunden, die meine Arbeit mir lässt, ein Laienbruder. Hättet ihr nicht gedacht, was?«

»Nein, wirklich nicht«, staunte Melchior. »Und welcher Bruderschaft gehörst du an?«

»Der Georgsbruderschaft meiner Zunft. Einige von uns Fassbindern hier in Cöln haben sich zusammengeschlossen, um die geistlichen Aufgaben, die hie und da anfallen, zu übernehmen.«

»Was denn für geistliche Aufgaben?«, wollte Aenne wissen.

»Wir halten unter anderem die Totenwache, wenn einer aus der Zunft verstorben ist, kümmern uns um Fürbitten und Gottesdienste und natürlich um die angemessene Verehrung der Schutzpatrone unseres Berufsstandes.«

»Das ist eine schöne Aufgabe«, sagte die Bäuerin.

»Und sie sichert einem das Seelenheil, ohne dass man andauernd Ablassbriefchen kaufen muss«, versicherte der Fassbinder. »Wir sammeln auch Geld und legen es im Erwerb von Reliquien an. Erst neulich konnte ich für unser Zunfthaus ein hübsches, aus Bein gefertigtes Kästchen erstehen, welches den Dreikönigsschrein im Kleinformat wiedergibt. Wir besitzen auch ein wundersames Armreliquiar: Mittels einer aufklappbaren Schmuckplatte kann man durch eine kreisrund in den Holzkern geschnittene Öffnung das Heiltum schauen. Mein Traum wäre die Anschaffung einer Reliquienbüste, wie sie in letzter Zeit in Mode kommen!«

»Gebeine in einer Büste?«, fragte Melchior verblüfft.

»Ja, die Holzschnitzer hier in Cöln stellen solche hohlen Gebilde in Menschengestalt neuerdings in großer Zahl her. Es sind Schulterbüsten. Ins Innere des Kopfes wird die Schädelreliquie eingebettet, welche sichtbar wird, wenn man eine mittels Scharnier befestigte Kalotte aufklappt.«

»Toll!«, staunten die Bauersleute.

Die freundliche Schankmagd, die an diesem ruhigen Abend nicht allzu viel zu tun hatte, saß nun zwei Tische weiter mit dem Büttel zusammen. Dieser machte gar keinen strengen Eindruck, sondern sprach in liebevollem Ton auf die Frau ein, wobei er ihre Hände in den seinen hielt.

»Das hast du gut gemacht! Du bist wirklich eine Seele von Mensch! Dafür und für alles andere an dir liebe ich dich!«

»Ich konnte die beiden doch nicht halbverhungert und durchnässt bis auf die Knochen hinauswerfen. Und schon gar nicht zu St. Martin! Hat uns nicht gerade dieser Heilige die Barmherzigkeit gelehrt, indem er seinen Mantel mit einem Bettler teilte?«

»Der heilige Martin, ja, und die heilige Elisabeth, diese beiden sind die Patrone der Armen und Bettler. Und hier vor meinen Augen schließen sie sich heute Abend wieder zu einem Bund der Hilfsbereitschaft zusammen!«

»Spotte nicht, Florian!«

»Das tue ich nicht. Ich meinte es ganz ernst. Deine Namenspatronin, deren Gedenktag wir in acht Tagen feiern, wurde von Papst Gregor IX. doch auch aufgrund ihrer Wohltaten und ihrer lebenslangen Aufopferung in Krankenpflege und Armenspeisung heiliggesprochen.«

»Ja, ich weiß, und ich bin stolz, ihren Namen tragen zu dürfen. Aber nun geh und drehe das Rad. Die armen Eigelsteinbauern dort an Tisch XXX haben sicherlich kein Geld, und ich möchte Ärger mit dem Bärschi wegen der Zeche vermeiden. Ich werde inzwischen noch etwas Honigkuchen an ihren Tisch bringen.«

Florian Grimm erhob sich und bedeutete dem Wirt, dass er die Entriegelung des Glücksrades wünsche.

»Heute?«, fragte Bartholomäus ungläubig.

»Es wird dich kaum ruinieren«, erwiderte der Büttel gelassen. Dann tat er, worum ihn seine Braut gebeten hatte.

Er drehte die Zahl XXX am Rad nach oben und sprach Demetrius Bliesheim und den Schmitzens den Freyzech zu.

TISCH X

14. Dezember 1271

Die Tage waren nun sehr kurz und die Nächte sehr lang. Somit verringerte sich die allgemeine Arbeitszeit, und den Menschen blieben mehr Stunden zum Schlafen und für ihre Vergnügungen. Wenn nicht gerade Schneestürme, Hagelschlag oder eisglatte Straßen die Fortbewegung behinderten, nutzten viele die Zeit unmittelbar nach Einbruch der Dunkelheit zum Ausgehen. Die Wirtshäuser und Schankstuben hatten an solchen Wintertagen Hochkonjunktur.

Elisabeth machte sich in der Küche beim Gemüseputzen nützlich, denn in Kürze würde das Haxenhaus vor Geschäftigkeit brummen. Anna, die Spülmagd, reinigte Töpfe, langstielige Pfannen, Bratschlitten, Schüsseln und Teller. Die sauberen Gegenstände stapelte sie in einem Holzgestell an der hinteren Wand oder hängte sie an die dafür vorgesehenen Holzzapfen über der Herdstelle. Der Koch, dessen fettige Haarsträhnen von einem breiten Band zusammengehalten wurden, war damit beschäftigt, allerlei Wildbret auszunehmen, wie es die Jahreszeit bot.

In großen Körben, die überall auf den schmierigen Holzdielen standen, türmten sich Feldfrüchte, Brot und Fische. Getrocknete Kräuter in dicken Bündeln und Zwiebelzöpfe hingen von der Decke. Andere Nahrungsmittel, die zur Konservierung eingepökelt oder in Salz eingelegt waren, füllten Fässer und Bottiche.

Scheppernd fiel ein Grapen zu Boden. »Frkeskopp«, schimpfte der Koch in Richtung der Spülmagd und murmelte noch: »Di ahl Schruuv kann sisch alt ens nach enem Kloster ömluure!«

Anna hob den dreibeinigen Topf auf; die Spitze des einen Fußes war abgebrochen. Elisabeth schob die fertig geschabten

Mohrrüben auf Seite und machte sich an das Füllen von diversem Backwerk. Der Koch ging zum Auslösen der Fische über. Die alte Anna zerkleinerte Gewürze in einem rundlichen Mörser. Das Licht, welches durch das einzige, mit Rinderhaut bespannte Fenster der Küche hereinfiel, wurde immer schwächer. Bartholomäus Wille steckte seinen Kopf durch die Tür: »Steckt de Kääz aan«, rief er dem Küchenpersonal zu. »Und du«, fügte er an Elisabeth gerichtet hinzu, »ab in die Schankstube!«

Fast alle Tische waren schon blank gescheuert, als der Büttel den Raum betrat.

»Florian!« Elisabeth flog in seine Arme. »So früh heute?«

»Du hast mir gefehlt.« Er drückte ihr einen dicken Kuss auf die Lippen. »Warte, ich helfe dir.«

»Bin gleich fertig mit den Tischen«, winkte die fleißige Frau ab. »Du kannst das Ausstreuen übernehmen, wenn du magst; gefegt ist schon.«

Der Büttel griff nach dem zu diesem Zweck bereitstehenden Eimer und streute den hellen Sand gleichmäßig über den Bodenbelag des Schankraums. So würde nicht binnen kürzester Zeit der ganze Fußboden von übergeschwapptem Bier und heruntergefallenen Essensresten kleben.

»Noch siebzehn Tage, dann kommandierst du mich nicht mehr herum«, rief Florian Grimm seiner Braut lachend zu. »Wenn du erst einmal mein Weib bist, dann herrschen Zucht und Ordnung!« Er warf eine Handvoll Sand direkt zwischen Elisabeths Füße.

»Du darfst doch jetzt schon mit mir tun, was immer dir beliebt. Ich bin ganz die Deine!« Sie drehte sich um, schlang ihre Arme um den Hals ihres zukünftigen Gemahls und lehnte ihre Wange an seine Brust.

»Was bekomme ich eigentlich als Morgengabe?«, fragte Elisabeth und wandte ihren Kopf mit neugierigem Blick zu ihm empor.

»Das verrate ich dir nicht«, meinte er lachend. »Die Morgengabe pflegt eine Überraschung zu sein! Aber heute ...«, er nestelte einen zierlichen Gegenstand aus den Falten seines Gewandes, »... heute bekommst du dieses hier von mir.« Er nahm ihre Hand und steckte vorsichtig einen schmalen Silberring an den dafür bevorzugten Finger.

»Oh«, hauchte die Schankmagd. »Ist der aber schön! Bestimmt tausendmal schöner als der ahle Ring im Brunnen.«

»Vielleicht nicht ganz so wertvoll, aber sicher viel passender für dich ...«, er küsste sie sanft, »... und er kommt von Herzen.«

»Doch was ist, wenn ...«, betrübt schaute Elisabeth ihm in die Augen.

»Wenn, was?«

»Na, wenn der Wille mich nicht freigibt? Ich bin doch hier die einzige Schankmagd, und ich wohne hier und werde verköstigt. Er wird mich nicht so einfach gehen lassen. Du musst noch einmal mit ihm reden.«

»Du weißt doch, dass ich das Thema schon mehrfach angesprochen habe. Er weicht mir immer aus. Aber ich werde ihn schon noch überzeugen. Notfalls drohe ich ihm ein bisschen, und dann muss er dich freigeben.«

»Hauptsache, du bekommst das irgendwie hin. Ach, noch nie habe ich mich so auf Neujahr gefreut«, sagte sie und stellte sich auf die Zehenspitzen, um seinen Mund besser erreichen zu können. Ihren prachtvollen Busen drückte sie dabei ganz fest an seinen Leib. Florian strich sanft über die glatte Haut ihrer Wangen. Mit jeder Faser seines Körpers begehrte er diese Frau, die Fülle ihrer sinnlichen Formen, ihren vollen Mund mit den ebenmäßigen weißen Zähnen und die Tiefe ihrer blauen Augen.

»Mir geht es genauso«, erwiderte er. »Auch ich freue mich auf unseren Hochzeitstag und auf das neue Jahr und auf das Jahr danach und ... ach, es wird herrlich sein mit dir in unserer gemeinsamen Wohnung! Jede Nacht – nur wir beide!«

»Das hoffe ich doch nicht«, schmunzelte Elisabeth und ergänzte, als sie bemerkte, dass er die Andeutung nicht sogleich verstand: »Mindestens drei oder vier Kinder möchte ich von dir; alle mit deinen schönen, dunklen Locken.« Sie ringelte spielerisch eine Strähne seines dichten Haars um ihren Zeigefinger.

»Ach so«, freute sich Florian. »Auch zehn mache ich dir, wenn du möchtest.«

Die ersten Gäste ließen nicht länger auf sich warten. An Tisch X nahmen zwei Männer Platz, die das Haxenhaus schon seit vielen Monden nicht mehr gesehen hatte.

»Herr Winzen, guten Abend«, grüßte Elisabeth. »Herzlich willkommen! Wie war die Reise? Wie laufen die Geschäfte? Und der liebe Mauritz, unser Glücksjunge!« Rasch wischte sie noch einmal über die Tischplatte. »Das Bier ist heute ganz frisch. Ich bringe Euch gleich mal welches!«

Während sie den herben Hopfentrank zapfte, berichtete sie ihrem Zukünftigen: »Das ist Burkhard Winzen, ein vermögender Kaufmann. Er bewohnt das Haus Birnbaum im Severinsviertel. Fast das ganze Jahr über ist er unterwegs; er muss schon die halbe Welt bereist haben. Nur um diese Jahreszeit legt er einen längeren Aufenthalt in Cöln ein.« Sie wartete, bis die Schaumkronen kleiner wurden. »Und sein Begleiter, das ist der Mauritz Glückauf, der Jüngste des alten Waidfärbers Simon vom Duffesbach. Den Vater kennst du, er kommt öfters ins Haxenhaus.« Elisabeth füllte die Krüge ganz auf und brachte sie zu den beiden. Florian unterzog sie unauffällig einer genaueren Betrachtung.

Der Kaufmann war nicht mehr ganz jung, machte aber einen robusten Eindruck. Sein kunstvoll besticktes Garde Corps und den Hut aus gefilzter Wolle hatte er abgelegt. Den massigen Körper bedeckte ein tannengrünes Obergewand aus schwerem Taft, welches am Halsausschnitt von einem handtellergroßen, goldenen Fuerspan zusammengehalten wurde. Ein schönes Stück, stellte der Büttel fest, dieser Fuerspan mit den viereckig ausschwingenden Ecken, die in Form von Greifenköpfen endeten. Am Gürtel des Mannes hing ein

Brokatbeutel, in welchem sich wohl Stein und Stahl zum Feuerschlagen, ein Messer, eine Wachstafel und Ähnliches mehr befinden mochten. Auf dem Kopf trug Burkhard Winzen nach Ablegen seines Hutes noch eine weiche Bundhaube, die das Haar vollständig verbarg. Das Seltsamste jedoch war ein Drahtgestell, welches mittig auf dem Nasenrücken saß, die Augen umrundete und dann in Bügeln über die Ohren geführt wurde.

Mauritz, der junge Tischgenosse des Kaufmanns, mochte etwa zwanzig Jahre alt sein. Er war schmal gebaut, aber drahtig. Sein Körper strahlte Energie aus, jede Sehne schien gespannt. Sein Gesicht wies große, dunkle Augen und eine hohe Stirn unter gesundem, kräftigem Haar auf.

Auch der Wirt hatte die beiden inzwischen entdeckt. Eifrig auf sein Kerbholz kritzelnd, nahm er unter allerlei Empfehlungen die Bestellung auf. »Hat heute in der Früh noch den Kottenforst unsicher gemacht, der Eber! Frisch erlegt und knusprig gebraten!« Er malte weitere Zeichen. »Zum Nachtisch bietet mein Haus, was immer das Herz begehrt: süße Törtchen oder süße Mädchen, erquickende Früchte und ebensolche Spielchen!« Bartholomäus Wille dienerte und trat schwitzend den Rückzug an.

Mittlerweile war ein guter Teil der Tische im Haxenhaus besetzt. Dicht beim Kamin saß der streitsüchtige Ratsherr Kleingedank mit zwei weiteren stadtbekannten Amtsträgern. Florian Grimm hatte ihn dieses Mal schon beim Betreten der Schankstube wahrgenommen. Zu gegebener Zeit schritt er in die Mitte des Raumes und ließ sich laut und deutlich vernehmen: »Ich, Florian Grimm, Büttel zu Cöln, habe den Verdacht, dass hier im Haxenhaus dem verbotenen Glücksspiel gefrönt wird. Ich werde deshalb zu späterer Stunde Zeugen vernehmen. Habt also Acht! Wer ehrliches Zeugnis ablegt, hat nichts zu befürchten und erhält als Anerkennung seines Dienstes für die Obrigkeit den Freyzech. Wer jedoch Falsches aussagt, den erwartet keine Gnade, denn ihr wisst: Meineid und Falschaussage werden mit dem gleichen Strafmaß belegt wie das bezeugte Vergehen selbst. Ich werde jetzt gehen und zur Komplet zurückkehren. Dann werde ich mit dem Rad der Fortuna meine Zeugen bestimmen. Überlegt euch bis dahin gut, was ihr zu antworten gedenkt!« Im Hinausgehen registrierte der Büttel den zufriedenen Ausdruck im Gesicht des Ratsherrn. Einige der Gäste hatten seiner Ansprache mit Respekt gelauscht; diejenigen, die regelmäßig im Haxenhaus verkehrten, machten sich keine größeren Sorgen.

»Was hat denn nun Euer Freund, der Jude, wegen des Darlehens gesagt?«, fragte der Junge an Tisch X.

»Ein Prozent wöchentlich, aber nur für mich. Sonst nimmt Joselin von Rudinc zwei Prozent. Vom Erzbischof Engelbert, welchem er kürzlich dreihundert Mark geliehen hat, nimmt er gar drei Prozent!«

»Das ist Wucher! Warum ist der Zins eigentlich bei den Juden so gnadenlos hoch?«

»Zum einen, weil sie das Monopol haben. Sie wissen genau, dass kein anderer Geld verleihen darf und auch keine so großen Summen zur Verfügung stellen könnte. Zum anderen, weil sie von uns praktisch dazu gezwungen werden. Sie müssen eine unglaubliche Zahl von Abgaben leisten: Judensteuer, Kopfsteuer und Krönungssteuer, Kriegszins, Bestattungszins und Schutzzins. Dazu natürlich immer wieder hohe Bestechungsgelder, um nicht abermals gewalttätigen Ausschreitungen zum Opfer zu fallen.«

Cöln war das geistige Zentrum des deutschen Judentums. Das Judenviertel, laut Judenschreinsbuch bestehend aus knapp fünfzig Gebäuden, lag zwischen der Kleinen Budengasse, dem Alter Markt, der Marspforten und der Kirche St. Laurenz. Auf dem Cölner Stadtplan stellte es also rein topographisch betrachtet das Herz der Metropole dar. Als sich im Jahre 1096 anlässlich des ersten Kreuzzuges in Europa der allgemeine

Hass gegen die Juden richtete, blieb auch Cöln nicht verschont. Am 30. Mai wurde das ganze Viertel gebrandschatzt, die Synagoge fiel den Flammen zum Opfer, viele Juden fanden den Tod. Nur durch das Eingreifen des damaligen Cölner Erzbischofs Hermann III., der sich »seiner« – gut für den Schutz zahlenden – Juden annahm, wurde ein Auslöschen der jüdischen Gemeinde verhindert. Der Stadtteil wurde wieder aufgebaut mit allem, was dazugehört: Synagoge, Mikwa, Tanz- und Hochzeitshaus, Matzenbäckerei und Koscherschlachterei, Hospital und Talmudschule.

»Es ist üblich, dass die Juden sich zur Sicherheit ein Pfand im doppelten Wert der Leihsumme geben lassen«, fuhr Burkhard Winzen fort. »Ich habe Joselin ein paar der schönsten Steine dagelassen, und er hat mir sogleich das Geld gegeben, um das ich ihn bat. Ich bewundere die Juden bei aller Fremdheit.« Nachdenklich setzte der Kaufmann seinen Krug an. »Aufgrund ihrer abweichenden Religion bilden sie nicht nur eine geschlossene Gemeinschaft innerhalb einer Stadt, wie hier in der ›platea judeorum‹, sondern halten auch auf weite Distanzen alle zusammen. Der rege Austausch – wirtschaftlich wie geistig – reicht von Cöln bis Saragossa und von Civitas Parisiorum bis nach Prag.«

»Aber sie unterscheiden sich in so vielem von uns«, wandte Mauritz Glückauf ein. »Sie sprechen ihre eigene Sprache, sie kleiden sich anders, sie machen den Sabbat zum Sonntag, und sie haben ihren eigenen Judenrat mit einem Rabbiner als Vorsitzenden.«

»Da sagst du was! Sie haben ihren Rabbiner, ja, den sie hier in Cöln ›Judenbischof‹ nennen.« Begeisterung schwang in der Stimme des Judenfreundes mit. »Die Führer der jüdischen Gemeinde gehören wohl zu den klügsten Köpfen der ganzen Stadt. Große Namen sind darunter: Joel ben Isaak Halevi, Eliser ben Joel und auch der jetzige Rabbiner, ein noch blutjunger, aber hochintelligenter Mann: Ascher ben Jehiel. Ich habe ihn neulich bei meinem Freund Joselin kennengelernt. Ein sehr gebildeter und würdiger Vertreter seines Standes. Cöln gilt wahrlich zu Recht als Hochburg jüdischer Gelehrsamkeit.«

Elisabeth stellte weitere Platten und Schüsseln vor die beiden hin und wünschte guten Appetit. Gemächlich kauend erzählte Burkhard Winzen weiter: »Logischer Gerechtigkeitssinn und enorme Weisheit sind es, die die Rabbiner auszeichnen. In ihrem ›Pirke Avot‹ heißt es: ›Die Worte der Weisen sind glühende Kohlen. Wer glaubt, sich daran festhalten zu können, der verbrennt sich die Finger, während die, die eine kluge Distanz wahren, sich daran wärmen können.‹ Ich habe schon verblüffende Urteile und Lebensratschläge von Rabbinern zu hören bekommen. Pass auf: Kommt ein Spitzhut zum Rabbiner gelaufen: ›Rabbi, helft mir! Ich habe zwei schwere Fehler. Erstens spüre ich keinen Geschmack auf der Zunge, und zweitens kann ich keine Wahrheit sagen!‹ Der Rabbi geht hinaus, klaubt im Hof Ziegendreck auf, wälzt die Kugeln in gestoßenem Zucker und befiehlt dem Juden: ›Kostet! Die Pille wird Euch helfen.‹ Der Mann kostet und schreit: ›Rabbi! Das ist doch Tinnef!‹ – ›Siehst du‹, sagt der Rabbi zufrieden. ›Es hat schon geholfen: Du hast mit einem Male Geschmack auf der Zunge, und du hast die Wahrheit gesagt! Es ist tatsächlich Tinnef!‹«

»Das gefällt mir«, lachte Mauritz. »Kennt Ihr noch mehr solcher Beispiele jüdischer Weisheit?«

»Ja, höre zu: ›Rabbi, ich wohne mit meiner Familie so eng!‹, klagt ein Jude. Der Rabbi schaut ihn an und fragt: ›Hast du Hühner und eine Ziege?‹ Der Spitzhut hatte beides. ›Dann nimm die Hühner und die Ziege mit in die Stube hinein.‹ – ›Rabbi! Wir können uns doch so schon kaum im Raum umdrehen!‹ Der Rabbi aber lässt sich nicht erweichen. Nach ein paar Tagen kommt der Mann wieder zum Rabbiner und fleht: ›Rabbi, lass mich die Tiere wieder in den Stall setzen!‹ Der Rabbi erlaubt es. Kurze Zeit später fragt er den Juden: ›Nun, wie ist es jetzt mit dem Platz?‹ – ›Rabbi‹, sagt dieser glücklich, ›uns ist, als säßen wir in einem Palast!‹«

Mauritz lachte abermals herzlich und stellte dann fest: »Ja, Ihr habt recht. Die Weisheit der Juden ist tatsächlich humorvoll und logisch. Da könnte manch einer aus unserem Schöffenkollegium noch etwas lernen. Traurig, dass man ihnen dennoch immer wieder so zusetzt.«

»Das geschieht wohl kaum nur aus religiösen Gründen«, sinnierte der Kaufmann. »Meist sind Geldgier und purer Neid dafür verantwortlich. Wenn genügend Schuldner, die ihre Rückzahlungen nicht aufbringen können, sich die Köpfe heiß reden, ist es nur noch ein kleiner Schritt bis zur Gewalt. Dann werden die Juden massakriert, ihrer Häuser und Schätze beraubt … – alles im Namen des gerechten Gottes natürlich. Doch hier in Cöln ist es zum Glück seit fünf Jahren ruhig. Das Judenprivileg ist das sinnvollste Gesetz, das unser Engelbert von Falkenburg erlassen hat. Erinnerst du dich noch an die zahlreichen Behinderungen bei jüdischen Leichenbegräbnissen und die Störungen der Friedhofsruhe? Aber die Urkunde kam die Cölner Juden ja auch nicht ganz billig zu stehen. Doch immerhin sichert sie ihnen weitreichenden Schutz zu; nicht nur vor weiteren Gewalttaten, sondern auch vor wirtschaftlicher Konkurrenz. Das Judenprivileg enthält eine Klausel, welche für Cauvernici und Christen, die öffentlich auf Zinsen leihen, ein Niederlassungsverbot in der Stadt Cöln verfügt.« Burkhard Winzen schob sich einen weiteren Happen des zarten, dunkelroten Wildschweinbratens in den Mund.

Derweil war der Büttel wieder im Haxenhaus erschienen und hatte sich vom Wirt das Glücksrad öffnen lassen. Er gab dem hölzernen Rund einen Stoß, doch nichts geschah. Nur ein leises Knarren war zu hören. Das Rad bewegte sich nicht. »Lass mich mal ran«, forderte Bartholomäus Wille. Er rüttelte an der Konstruktion, wobei dicke Tropfen Schweiß den Büttel trafen, warf einen Blick auf die Rückwand des Gehäuses und fluchte dann: »Mist, das Rad ist kaputt!«

»Mir scheint«, erhob nun Florian Grimm seine volltönende Stimme in den Raum, »das Rad der Fortuna klemmt heute. Die

Zeugenbefragung findet dennoch statt. Jetzt gerade – so wie das Rad fest und unbeweglich steht – zeigt die Zahl X zum Herrgott. Die Gäste des Tisches mit dieser Nummer werden mir nun auf meine Fragen zu antworten haben.«

Er schlenderte zu Burkhard Winzen und seinem Gehilfen Mauritz hinüber. Demonstrativ breitete er sein Schreibzeug aus und führte die Befragung in offiziellem Ton durch. Bald war klar, dass es sich bei den Zeugen um Personen handelte, die fast das ganze Jahr über auf Reisen waren und das Haxenhaus nur einige wenige Male um die winterlichen Feiertage herum aufsuchten. Sie hatten ihre Mahlzeit noch nicht beendet und sich bisher ausschließlich dieser und ihrer Unterhaltung gewidmet. Der Büttel gewährte ihnen den Freyzech und bat die Herren, ihnen noch etwas Gesellschaft leisten zu dürfen. Sicherlich hätten sie viel Interessantes aus aller Welt zu berichten.

Als Erstes richtete sich Florians Wissbegier jedoch auf das kuriose Gestell im Gesicht des Älteren. »Das ist eine Sehhilfe«, wurde er belehrt. »Meine Augen haben an Sehkraft verloren, und ich musste sie ständig zusammenkneifen. Das beobachtete vor einiger Zeit ein Freund von mir in Konstantinopel. Er empfahl mich in die Hände eines Mannes am Hof des Palaiologen Michael VIII. Dieser fertigte eben jenes Ding für mich an, das Eure Neugierde erweckt. Es sind Gläser in das Gestell eingelassen, die auf eine bestimmte Weise geschliffen wurden und mir so mein volles Sehvermögen zurückgeben.«

»Phantastisch«, staunte der Büttel. »Die Welt ist ein einziges Wunder!«

»Vor allem ist die Welt ein einziger großer Marktplatz«, sagte Burkhard Winzen. »Wir Fernkaufleute glauben nicht an Wunder. Jeder Zipfel der Erde hat seine Besonderheiten, überall kommt es zu Neuschöpfungen, Erfindungen und Errungenschaften – und wir, wir tragen sie von einem Ende der Welt zum anderen.«

»Ihr seid viel herumgekommen, hörte ich. Wohin führte Euch denn Eure letzte Reise?«, fragte Florian Grimm.

»Tief im Osten waren wir in diesem Jahr. Zu Apollonia brachen wir in Cöln auf. Für den Jungen hier«, er versetzte Mauritz eine Kopfnuss, »war es das erste große Abenteuer. Ich lernte ihn zum Jahreswechsel kennen, und er brannte darauf, die Welt zu sehen. Auch schien er mir kräftig und schnell von Begriff zu sein. Ausschlaggebend war jedoch sein Name: Wer verzichtet schon auf einen Reisebegleiter namens Glückauf, wenn er einen solchen haben kann?« Er schmunzelte und fuhr fort: »Im Nachhinein muss ich sagen, dass ich keinen besseren Gehilfen hätte finden können. Nomen est omen. Wir zogen also Richtung Osten. Unsere Packpferde waren hochbeladen mit Tuchwaren, Brabanter Spitze und cölnischem Salz.«

»Cölnisches Salz? Gibt es das?«, hakte der Büttel nach.

»Fast alle Waren, denen Cöln als Umschlagplatz dient, bekommen hier eine neue Verpackung sowie einen Stempel oder ein Brandmal und werden so als Cölner Produkte deklariert, auch wenn sie es gar nicht sind. Das Salz zum Beispiel stammte aus Portugal, wurde in Seeland veredelt und kam über Antwerpen nach Cöln. Hier wurde es ›gecölscht‹; das ist gängige Praxis und steigert den Warenwert.«

»Man lernt doch nie aus«, warf der Büttel ein.

»Über die Via Regia zogen wir ins Land des Herzogs von Sandomir und Krakau. Boleslaw V., genannt ›der Keusche‹, regiert dort; er steht der deutschen Ostbewegung sehr aufgeschlossen gegenüber. In seinem Herrschaftsgebiet gibt es bereits eine ganze Reihe deutscher Städte, und es werden immer mehr. In Grünhain, Zinna und Blesen konnten wir den ersten Teil unseres Handelsgutes losschlagen.«

»Wie führt Ihr in diesen fernen Regionen Eure Verhandlungen, wenn ich fragen darf? Und wie einigt Ihr Euch über Maß und Preis?«

»Als Fernreisender beherrsche ich rund ein Dutzend Sprachen, zumindest auf der Basis der notwendigen Verständigung. Auch suche ich mich stets über Machtentwicklung und Kriege in den Gebieten, die ich durchquere, zu informieren.

Das Festlegen von Maßen und Preisen ist in der Tat bei dem Durcheinander der Währungen und den enormen Abweichungen in den Maßeinheiten nicht leicht. Am einfachsten ist der direkte Warenaustausch, in dem gar kein Geld im Spiel ist. Im Frühsommer erreichten wir Thorn. Aus der Handelsniederlassung, die der Deutsche Orden dort gründete, als ich etwa in Mauritz' Alter war, ist inzwischen eine veritable Stadt geworden, und sie wächst beständig weiter, denn der Strom der Siedler hält an. In Thorn hielten wir uns länger auf, bevor es weiter in Richtung Nordosten bis nach Nowgorod ging. Eine faszinierende Stadt, immens wichtig für jeglichen Handel und zugleich ein künstlerisches und kulturelles Zentrum. Die Kirchen in der Hauptstadt des Großfürsten Jaroslaw sehen aus wie Burgen mit zwiebelartigen Turmbekrönungen. Die Georgskathedrale zum Beispiel besteht aus einem monumentalen, quadratisch hochgezogenen Baukörper – gerade wie der Bergfried einer Burg, nur etwas breiter –, und darüber erheben sich drei Türme mit rundlichen Abschlüssen. Überdies ist Nowgorod eine lebhafte Stadt, die ihren Besuchern in jeder Hinsicht den größten Komfort bietet, einer der zentralen Treffpunkte für Händler aus der arabischen Welt und jenen aus Nordeuropa. Der Mauritz hier hat vor Staunen gar nicht gewusst, wo er zuerst hinschauen sollte. Eine solch bunte Ansammlung verschiedener Kleidungsstile, Waren, Ausrüstungen und menschlicher Physiognomien bietet kaum eine andere Metropole.«

Florian bedachte den Färbersohn Glückauf mit einem kurzen Seitenblick. So vieles hatte er erlebt und gesehen, und nun saß er da, stopfte sich Fleischstücke in den Mund und wirkte gerade so, als ob er die Stadt am Rhein noch nie verlassen hätte.

»Von Nowgorod aus sind wir nach Westen zurückgeritten, an die Bernsteinküste, das eigentliche Ziel unserer Reise«, nahm der Fernhändler die Berichterstattung wieder auf. »In Conigsberg quartierten wir uns ein und unternahmen von dort aus mehrere Touren ins Samland. Der Küstenstreifen ist weithin die bedeutendste Bernsteinregion. Ihr wisst, was Bernstein ist?«, fragte er seinen aufmerksamen Zuhörer.

»Ein gelblicher Schmuckstein?«, meinte Florian Grimm, leicht unsicher.

»Bernstein, gelbe Ambra oder auch Elektrum – die Römer nannten es ›glaesum‹*, die Germanen ›sucinum‹* – ist nicht wirklich ein Gestein. Es handelt sich vielmehr um uraltes versteinertes Baumharz, Harz von Nadelbäumen. Die Färbung reicht von hellem Gelb über Orange- und Rottöne bis zu fast braunen Exemplaren. Manche Steine sind nahezu durchsichtig klar, andere kompakt und opak. Ganz selten findet man Bernsteinklumpen, die seltsame unbekannte Insekten, Schnecken und Pflanzenteile umschließen; sie sehen besonders hübsch und dekorativ aus. In Conigsberg wird kaum eine andere Ware gehandelt; die Stadt lebt einzig und allein vom Bernstein. Ich habe jedoch nur wenig von den städtischen Händlern gekauft. Die schönsten Stücke fand ich bei unseren Kurzreisen über Land, bei den Bernsteinsammlern und -gräbern. Der Bernsteinwald ist ein mystischer Ort; ein riesiges Waldgebiet, in welchem die Pruzzen leben, die noch Heiden sind. Dennoch unterliegen sie der Kontrolle des Deutschen Ordens, und Verstöße gegen das Bernsteinregal können mit der Todesstrafe belegt werden. Auch als Käufer muss man sich in Acht nehmen, dass man nicht gegen dieses Gesetz handelt, und man muss sich ziemlich gut dort auskennen.«

»Aus Bernstein werden doch hauptsächlich Rosenkränze hergestellt, oder?«, fragte der Büttel.

»Rosenkränze, Schmuckstücke und andere Luxusgüter. Dem Bernstein wird aber auch Heilkraft zugesprochen. So sagt etwa schon Plinius in seiner ›Naturalis historia‹, dass Bernsteinamulette gegen Fieber gute Wirkung tun.«

»Und Zaubersteine sollen sie überdies sein«, ergänzte Mau-

*Glas
*Saft

ritz lebhaft. »Dort im Samland erzählte uns jemand, dass Bernstein jeden Lügner dazu bringt, die Wahrheit zu sagen, wenn man den Stein unter den Strahl des Vollmonds legt. Man muss nur dafür sorgen, dass der Befragte in unmittelbaren Blickkontakt mit dem leuchtenden Stein kommt.«

»Für die Heimreise wählten wir die Route über die Ostsee«, sagte Burkhard Winzen. »Vorbei an den Küsten von Erichs Reich ging es nach Lubeke. Dort wollte ich einen Teil des Bernsteins an einen mir bekannten Dänen verkaufen, doch ich erfuhr, dass er kürzlich dem Antoniusfeuer zum Opfer gefallen war. So nähten wir die kostbarsten Stücke in unsere Kleidung ein, denn der Ritt von Lubeke herunter gehörte – ob Ihr es glaubt oder nicht – zu den unsichersten Etappen der ganzen Reise. Vor allem die Gegend um Monasterium herum ist berüchtigt für die Vielzahl der Raubüberfälle. Gefährliche und rücksichtslose Räuberbanden treiben dort ihr Unwesen. Doch glücklicherweise ging bei uns alles gut, und vor wenigen Tagen konnten wir durch das Vrisintor nach Cöln einreiten. Nun gedenke ich, einige Wochen der Rast in meinem Haus nahe St. Severin zu verbringen.«

»Die Rast habt Ihr Euch wohl verdient. Und du beglückst sicherlich deine Familie über die Feiertage mit deiner Anwesenheit, nicht wahr?«, wandte der Büttel sich Mauritz Glückauf zu.

»Meinen Vater und meinen Bruder Johannes; sie sind beide in der Färberzunft.«

»Ich weiß. Deinen Vater kenne ich; er kommt ab und zu auf ein Gruit ins Haxenhaus. Deinen Bruder habe ich allerdings noch nicht kennengelernt.«

»Er hat sich vergangenes Jahr zu Weihnachten vermählt und geht seitdem kaum noch aus. Seine Frau ist etwas kränklich, und er lässt sie ungern am Abend allein. Er ist ... – Was war das?«

»Klang wie ein Hilferuf«, merkte Florian Grimm auf. »Es kam von dort.« Er deutete in Richtung der Brauerei.

Hastig verabschiedete er sich von den beiden und sah sich

suchend nach dem Wirt um. Als er ihn nirgendwo entdecken konnte, eilte er auf den Brauereieingang zu und stieß die Tür auf. Ein weiterer markerschütternder Schrei lenkte seine Aufmerksamkeit auf das Innere der Bierproduktionsstätte. Florian durchschritt die niedrige Pforte und erblickte sogleich ein flackerndes Talglicht auf dem Rand des Brunnens. Beim Nähertreten fiel ihm ein straffgespanntes Seil auf, das von einem der hölzernen Pfosten, die den Raum unterteilten, zum Rand des Brunnens führte.

»Hilfe«, erscholl es dumpf aus der Tiefe. »Hilfe! Rettet mich!«

Der Büttel stützte sich auf dem eiskalten Mauerwerk ab und beugte sich tief hinunter. Schwärze und Feuchtigkeit umfingen ihn.

»Ich … ertrinke«, meldete sich die hohl klingende Stimme.

Mit klammen Händen ergriff Florian das Seil und bot seine ganze Kraft auf. Als Gegengewicht stützte er sein rechtes Bein an der Brunnenwandung ab. Stück für Stück beförderte er so die Last nach oben.

»Et es esu kalt!«, schnatterte der tropfnasse Wirt am Seil.

»Bartholomäus? Du?« Florian hatte ihn so weit hochgezurrt, dass er nun die Gestalt am Seil deutlich erkennen konnte.

»Maach vörran! Me freert dr Aasch zo!«, maulte dieser und versuchte vergeblich, Halt an der glitschigen Innenwand des Brunnens zu finden.

»Nicht so schnell, mein Lieber!« Florian ließ das Seil ein winziges Stück zurückgleiten.

»He! Loss dä Dress!«, protestierte der Wirt.

»Moment! Wir beide haben noch etwas zu besprechen, und außerdem solltest du froh sein, einmal im Leben nicht zu schwitzen«, meinte der Büttel freundlich. »Ich finde, dass ist eine günstige Gelegenheit. Einmalig günstig!«

»Träck zoeesch!«

»Ach, ein Weilchen hältst du es schon noch so aus. Keine Angst, ich lasse dich nicht fallen.« Florian stemmte sich gut ab.

»Nur eine kurze Frage möchte ich dir stellen, dann ziehe ich dich hier heraus. Zu wem gehört Elisabeth?«

»Dat Lisbeth es ming … autsch!« Abermals war das Seil eine Spur tiefer gerutscht.

»Also: Wie war das mit Elisabeth?«

»Joot, joot! Se es ding Mädsche. No träck ävver!«

»So ist es brav. Das wollte ich hören. Du gibst deine Magd frei, und ich rette dich aus dieser peinlichen Situation. Ein faires Geschäft!«

Mit zwei weiteren kräftigen Zügen hievte er den nassen Packen auf den Brunnenrand und rollte ihn von dort auf den Boden der Brauerei. Klatschend schlug Bartholomäus Wille auf. Seine Lippen waren blaugefroren, die Kleidung schwer vor Nässe und an mehreren Stellen zerrissen. Vorsichtig bewegte er die steifen Glieder. Dann setzte er sich auf und schüttelte sich. Ein leises Klirren hallte durch die Braustube, als etwas aus seinem Gewand purzelte. Der Büttel nahm das Talglicht und beleuchtete den Boden. Gleichzeitig entdeckten die beiden Männer den kleinen, runden Gegenstand, der im Schein der Flamme aufblitzte, und hastig griff der Wirt zu.

»Der Ring«, schrie Wille auf. »Ich habe den Ring gefunden! Ich bin reich! Ich wusste, dass ich es schaffe!«

»So, so! Das wusstest du also? Und wie, bitte schön, ist es dir gelungen, den Ring dort unten, am Seil zappelnd und in Todesangst, zu finden?«

»Wie? Hm … Na, wie schon … hm …«

»Du hast das Schmuckstück zwar da unten im Brunnen gesucht, aber gefunden hast du es nicht«, stellte Florian fest. »Durch puren Zufall hat sich der Ring in deinem Ärmel verfangen. Wahrscheinlich hing er an einer Unebenheit in der Mauer. Du wirst ihn dem rechtmäßigen Besitzer zurückgeben.«

»Aber –« Der Blick der Amtsperson duldete keinen Widerspruch. »Ja, natürlich. Aber den Finderlohn bekomme ich. Oder soll ich den etwa auch noch mit dir teilen?«

»Nicht nötig«, lachte der Jüngere und half dem vor Kälte

und Aufregung gleichermaßen zitternden Wirt auf die Beine. »Für den Grafen: seinen Ring! Für dich: den Finderlohn! Und für mich: Elisabeth!« Er streifte die Weste ab, die er an diesem schneidend kalten Dezembertag über seinem rot-weißen Surkot trug, und legte sie Bartholomäus Wille um die Schultern. Arm in Arm kehrten der Büttel und der Wirt in die Schankstube zurück. Ein zufriedenes Lächeln lag auf beider Gesichter.

ENDE

ANHANG

Glossar

Abdecker: auch Abstreifer, Kaltschlächter oder Schinder genannt. Zu seinen Aufgaben gehörte es, totes Vieh wegzuschaffen, abzuhäuten und zu verscharren; als Lohnersatz erhielt er die Felle

Antoniusfeuer: Krankheit; durch schwarzes Mutterkorn im Getreide hervorgerufener Pilzbefall; geht einher mit brennenden Schmerzen, schwarzen Gliedern und geistiger Verwirrung

Apollonia: 9. Februar

Bernsteinregal: Gesetz, welches den Handel mit Bernstein reguliert

Bierpfennig: auf die Brauerei zu entrichtende Steuer

Brautschatz: Mitgift

Bundschuh: mit Riemen geschnürter, einfacher Lederschuh

Burggraf: zusammen mit dem Stadtvogt oberster Verwaltungsbeamter des Erzbischofs

Canonisatio: Heiligsprechung

Carmina Burana: Liedersammlung des 13. Jahrhunderts aus dem Kloster Benediktbeuern

Cauvernici: Wucherer

Cuculla: Kapuzenmantel

Dreikönigenkapelle: in der Mittelachse des Doms; vollendet 1260; umgeben von drei Fenstern (eingesetzt 1261): Bibelfenster, Dreikönigenfenster, Petrus- und Maternusfenster

Dreikönigsschrein: zwischen 1181 und 1230 von Nikolaus von Verdun und seinen Schülern sowie anderen Werkstätten geschaffen; Meisterwerk der rhein-maasländischen Goldschmiedekunst

Epiphanias: Erscheinung des Herrn; Fest der Heiligen Drei Könige am 6. Januar

Euler: Töpfer

Fortuna, Attribute: Füllhorn für Reichtum und Erntesegen; Steuerruder als Lenkerin des Schicksals; Rad für schützendes Geleit (Fortuna auch Göttin der Wege)

Freyzech: Erlass der Kosten für die Zeche, die sich bis zu dem Augenblick, an dem der Freyzech ausgesprochen wird, angesammelt hat

Fuerspan: Gewandspange

Gaffel: ursprünglich große Tranchiergabel einer Tischgemeinschaft

Garde Corps: weiter Mantel mit Schlitz vorne; bequeme Reise- und Reitkleidung

Gebräu: circa zehn Hektoliter

Goldgräber: Kloakenreiniger

Grapen: mittelalterliches Kochgefäß mit drei Beinen und Henkel

Grashaus: erstes Aachener Rathaus

Gruitbier: auch *Gruz/Grüssing*; leicht verderbliches Gerstenbier; zur Bereitung des Gruits benutzte man verschiedene Kräuter

Hafsiden: Herrscherdynastie im Gebiet des heutigen Tunesien von 1228 bis 1574

Heilige Drei Könige, Reliquien: im Juli 1164 von Erzbischof Rainald von Dassel im Triumph von Mailand nach Köln überführt; Geschenk Kaiser Friedrichs I. an die Stadt

Heiltumsschau: Heiltum = Reliquie, also Reliquienbesichtigung und -verehrung

Heliotrop: Mineral von hell- bis dunkelgrüner Färbung; begehrter Schmuckstein; im späten Mittelalter Rohstoff für Amulette und Reliquien

Hemina: römisches Hohlmaß; entspricht in etwa dem Inhalt einer Kölschstange

Hohleisen: Bügeleisen, welches mit glühenden Bolzen oder Kohle gefüllt wurde

Holzmesser: hatte die Aufgabe, eingeführtes Holz zu vermessen und zu erfassen

Hübschlerin/Hübscherin: Prostituierte, Dirne

Judenprivileg: steinerne Urkunde aus dem Jahr 1266, die im Kölner Dom aufbewahrt wird

Judenschreinsbuch: Schrift mit Beurkundungen über jüdischen Grundbesitz

Kalotte: Oberfläche eines Kugelschnitts; Schädeldach

Kappesbauer: einer der niedersten Stände; in Köln wurden die Kappesbauern aus dem Eigelsteinviertel wegen des unangenehmen Geruchs nach Mist, den sie verbreiteten, gemieden

Karbonaden: auf heißer Glut zubereitete dünne Schweinefleischscheiben

Kemenate: Frauengemach auf Burgen

Kerbholz: im Mittelalter das wichtigste Gerät zur Aufzeichnung von Lieferungen, Raten, Arbeitsleistungen und eben auch Gasthauskonsum

Kotzmenger: Hersteller und Verkäufer von Innereien und Wurstwaren

Kranenmeister: führte Aufsicht über das Be- und Entladen der Rheinschiffe mit Hilfe von Kränen

Kurfürsten, sieben: Erzbischöfe von Köln, Mainz und Trier, Pfalzgraf bei Rhein, König von Böhmen, Herzog von Sachsen und Markgraf von Brandenburg

Lorscher Arzneibuch: auch bekannt als Bamberger Codex; ältestes deutsches Arzneibuch, um 795 von Mönchen begonnen und über Jahrhunderte weitergeführt

Macer floridus: im Mittelalter das am weitesten verbreitete Kräuterbuch

Martini: Fest des heiligen Martin von Tours am 11. November

Melaten: das Wort basiert auf dem lateinischen Ausdruck »malus« = Fehler, Gebrechen (frz. malade = krank)

Metze: Prostituierte, Dirne

Michaelis: 29. September, seit dem 5. Jahrhundert Festtag des heiligen Erzengels Michael

Mikwa: Ritualbad der Juden, in dem sich zum Beispiel die Frauen nach der Menstruation oder die Männer nach dem Totendienst durch vollständiges Eintauchen rituell reinigten

Nadler: Hersteller von Nähnadeln

Orden der Minderen Brüder: Franziskaner; offizieller Name der von Franz von Assisi gegründeten Gemeinschaft

Palas: Hauptaufenthaltsraum einer Burg

Parochie: Pfarrbezirk

Peinliche Befragung: Folter, Tortur; dahinter stand die christliche Pseudomotivierung, den vermeintlichen Täter durch irdische Pein auf die Qualen im Jenseits vorzubereiten

Pentekoste: Pfingsten

Pirke Avot: eines der ältesten jüdischen Weisheitsbücher, Quellen reichen bis ins 3. Jahrhundert v. Chr. zurück

Platea judeorum: Judenviertel, als Begriff für Köln urkundlich belegt seit 1270

Pruzzen: baltischer Volksstamm

Pütz: Ziehbrunnen

Räderknecht: gehörte zum Personal des Kranenmeisters

Reimchronik: »Dyt is dat Boich van der stede Cölne« des Gottfried Hagen, 1270; in Reimen abgefasste, älteste Chronik der Stadt Köln mit Fokus auf deren Geschichte in den Jahrzehnten 1250 bis 1270

Sachsenspiegel: bedeutendstes Rechtsbuch des Mittelalters; verfasst zwischen 1220 und 1235 von dem sächsischen Ritter Eike von Repgow

Sackpfeife: Dudelsack

Salzmüdder: kontrolliert und misst das in Cöln eintreffende Salz

Sancta-Colonia-Pfennig: eine der wichtigsten Münzen der Stadt Cöln; im Umlauf hauptsächlich vom 10. bis 12. Jahrhundert; der Avers zeigt das jeweilige Herrscherporträt, also den regierenden Erzbischof; der Revers trägt den Schriftzug Sancta Colonia

Schinder: s. *Abdecker*

Schlupfhure: Frauen, die der heimlichen Prostitution nachgehen

Schopper: Schiffszimmermann

Schwarzkreuze: saloppe Bezeichnung für die Angehörigen des Deutschen Ordens, welche Kleidung mit einem schwarzen Kreuz auf weißem Grund trugen

Schwurhandheller: einseitig mit einer zum Schwur geöffneten Hand beprägte Münzen aus Schwäbisch Hall

Semmler: Bäcker

Skriptorium: Zur Anlage eines gut ausgestatteten Klosters gehörte eine Schreibstube zum Verfassen und Abschreiben gelehrter Texte und zur Anfertigung von Illustrationen

Speculum virginum: Jungfrauenspiegel; im 12./13. Jahrhundert beliebtes geistliches Werk, nach welchem die Jungfräulichkeit hundertfache Früchte erntet, das Ehedasein der Frau dreifache und der Witwenstand sechzigfache

Spitzhut: scherzhafte Bezeichnung für Juden aufgrund der damals für sie typischen Kopfbekleidung

Stadtluft macht frei: Mittelalterlicher Grundsatz, der auf der Stadtbauwelle des 12. Jahrhunderts beruhte, die nicht bloß viele Arbeitskräfte in die Städte zog, sondern auch landflüchtigen Bauern die Chance gab, nach Jahr und Tag frei zu werden; außerdem bot die Anonymität der Stadt allerhand Gesindel den gewünschten Unterschlupf

Stadtrat: Organ der Selbstverwaltung in deutschen Städten seit dem 12. Jahrhundert

Stadtsiegel von Köln: gotisches Stadtsiegel mit einem Durchmesser von 10,9 Zentimetern; es zeigt den heiligen Petrus vor der Kulisse der Stadtmauer thronend; in der Rechten hält er zwei riesige, übereinanderliegende Schlüssel, in der Linken ein Buch; Umschrift: SANCTA · COLONIA · DEI · GRATIA · ROMANAE · ECCLESIAE · FIDELIS · FILIA

Stadtvogt: Beamter, dem vom König beziehungsweise vom Erzbischof die obrigkeitliche Gewalt über die Stadt verliehen war

Surkot: Überkleid ohne Ärmel, welches über dem Leibrock getragen und von einem Gürtel gehalten wurde

Tinnef: jüdischer Ausdruck für Dreck, Scheiße

Tric-Trac: Spiel mit Würfeln und Spielsteinen, ähnlich dem bekannten Backgammon

Ulrepforte: Kölner Stadttor in der Nähe des Eulerviertels (Ulre kommt von Euler)

Vellum: Pergamentart; gebräuchliches Schreibmaterial

Vrisintor: Friesentor

Waid: blauer Farbstoff aus dem Jülicher Land

Namensregister

Adolf V. von Berg (1259–1296): Graf von Berg

Albertus Magnus (um 1200–1280): Cölner Persönlichkeit, Dominikaner, Universalgelehrter, Friedensstifter; Heiligsprechung 1931

Albrecht I. (1255–1308): Habsburger, Herzog von Österreich von 1282 bis 1308

Alfons X. (1221–1284): deutscher König von 1257 bis 1273; aus dem Hause Kastilien und Leon

Anno II. (um 1010–1075): Erzbischof von Köln von 1056 bis 1075

Aristoteles (384–322 v. Chr.): griechischer Philosoph und Naturwissenschaftler; Lehrer Alexanders des Großen

Arnold (?–1296): Dombaumeister zu Köln, spätestens ab 1271

Ascher ben Jehiel (1250–1327): Talmudist; eigentlich erst 1281 zum Rabbiner ernannt, verließ 1303 Deutschland, starb in Toledo

Boleslaw V., der Keusche (1226–1279): Herzog von Polen von 1243 bis 1279

Christina von Stommeln (1242–1312): Mystikerin, 1255 bis 1259 als Begine in Köln; berühmt für ihre Entrückungszustände

Clemens IV. (um 1200–1269): Papst von 1265 bis 1268

Dietrich V. von Kleve (um 1226–1275): in der älteren Forschung meist als Dietrich VII. erwähnt; verheiratet mit Aleidis von Heinsberg

Eliser ben Joel Halevi: ab 1201 Rabbiner in Köln

Engelbert II. von Falkenburg (1220–1274): Kurfürst und Erzbischof von Köln von 1261 bis 1274; weilte 1271 in Folge der Fehde mit den Kölner Patriziern auf der Godesburg in Bonn

Erich V. Klipping (1249–1286): König von Dänemark von 1259 bis 1286

Friedrich II. (1194–1250): deutscher König von 1212 bis 1215 und Kaiser von Sizilien von 1220 bis 1250

Galen(os) (129–199): griechischer Arzt, praktizierte unter anderem als Gladiatorenarzt in Pergamon und als Leibarzt am römischen Kaiserhof; verfasste zahlreiche medizinische Schriften, die zum großen Teil erhalten sind; im Mittelalter war seine Lehre bestimmend für die gesamte Medizin

Gerhardus (?–1260): Meister Gerhard bzw. Gerhard von Ryle; Dombaumeister zu Köln; Entwerfer der Pläne für den Kölner Dom; leitete den Bau der Kathedrale bis zu seinem Tod, welcher in den Zeitraum zwischen 1260 und 1271 fällt

Gottfried Hagen (1230–1299): Pfarrer und Stadtschreiber von Köln; Verfasser der sogenannten Reimchronik (1270)

Gregor IX. (um 1167–1241): Papst von 1227 bis 1241

Gregor X. (1210–1276): Papst von 1271 bis 1276

Hartmann von Aue (um 1170 bis um 1215): mittelhochdeutscher Dichter und Minnesänger

Henneberg, Graf von: 1096 erstmals urkundlich erwähntes gräfliches Geschlecht, das von 1157 bis Mitte des 13. Jahrhunderts die Burggrafenwürde in Würzburg innehatte; von 1262 bis 1284 war Berthold V. Graf von Henneberg

Hermann III. von Hochstaden (um 1055–1099): Erzbischof von Köln von 1089 bis 1099

Hildegard von Bingen (1098–1179): Benediktinerin, Äbtissin ab 1136, bedeutende Wegbereiterin der Klosterheilkunde; Schriften zu Religion, Ethik, Medizin, Musik und Kosmologie; eines ihrer Hauptwerke ist die umfassende naturwissenschaftliche Abhandlung »Physica«

Hippokrates von Kos (um 460–370 v. Chr.): griechischer Arzt; gilt als Begründer der wissenschaftlichen Medizin

Iring von Reinstein-Homburg: Bischof von Würzburg und Herzog von Franken von 1254 bis 1265

Jaroslaw III. (1230–1271/72): russischer Großfürst von 1264 bis 1271

Joel ben Isaak Halevi (?–1180): Rabbiner aus Würzburg; zuletzt Rabbiner in Köln

Johann II. von Brandenburg (1237–1281): Markgraf von 1266 bis 1281; gemeinsame Regentschaft mit seinem Bruder Otto IV. und Konrad von Brandenburg

Karl von Anjou (1226–1285): König von Sizilien von 1266 bis 1282 sowie von Sizilien und Neapel von 1268 bis 1282

Konrad von Hochstaden (1205–1261): Erzbischof von Köln von 1238 bis 1261

Konradin (1252–1268): König von Neapel und Sizilien von 1258 bis 1268, letzter Herrscher aus dem Geschlecht der Staufer

Ludwig IX., der Heilige (1215–1270): König von Frankreich von 1226 bis 1270

Magnus VI. (1238–1280): 1261 zum König von Norwegen gekrönt

Marcellus (um 400): römischer Arzt und/oder Hofbeamter aus Bordeaux; Werk: »De medicamentis«

Matthias Overstolz (?–1268): Oberhaupt der Kölner Patrizier- und Kaufmannsfamilie der Overstolzen

Michael VIII. Palaiologos (1224–1282): byzantinischer Herrscher

Odo Magdunensis: Mönch aus Meung an der Loire; schrieb in der zweiten Hälfte des 11. Jahrhunderts sein »Macer floridus« in Form eines Lehrgedichts voll heilkundigen Wissens

Otto II. (955–983): deutscher König seit 961 und Kaiser seit 967

Otto II., Graf von Gelren (1215–1271): genannt der Lahme

Pantaleon, hl. (Mitte des 3. Jahrhunderts bis 305): griechischer Arzt, starb den Märtyrertod in Nikomedien; das Siegel der Kölner Medizinischen Fakultät zeigt Pantaleon als Arzt mit Märtyrerpalme und Salbbüchse

Petrus von Dacien (um 1235–1289): schwedischer Dominikaner und Theologe; Studium in Köln von 1266 bis 1269 und Paris von 1269 bis 1270; Bekanntschaft und Korrespondenz mit Christina von Stommeln, deren Vita er verfasste

Petrus von Mailand (1205/06–1252): Patron der Kölner Bierbrauer; noch heute ehren die Kölschbrauer ihren Schutzheiligen einmal im Jahr mit einer Messfeier in der Kirche St. Andreas

Plinius der Ältere (23/24–79): römischer Staatsbeamter, Historiker und Schriftsteller; Naturalis historia: gewaltiges Sammelwerk in 37 Bänden zur Naturkunde

Poppo III. von Trimberg (?–1271): Bischof von Würzburg von 1267 bis 1271

Priapos: seit der Antike verehrte Gottheit; personifizierte Fruchtbarkeit und Geschlechtskraft

Rainald von Dassel (um 1120–1167): Erzbischof von Köln von 1159 bis 1167

Rainald I. Graf von Gelren (um 1255–1326): trat 1271 die Nachfolge seines Vaters Otto II. an

Richard von Cornwall (1209–1272): deutscher König von 1257 bis 1272; aus dem Hause Plantagenet

Sayn, Grafen von: Sayn-Wittgenstein, rheinisches Adelsgeschlecht mit Stammsitz auf Burg Sayn bei Bendorf am Rhein

Theophanu (um 955–991): Gemahlin Ottos II., gestorben in Nimwegen; auf eigenen Wunsch beigesetzt in St. Pantaleon neben dem heiligen Albinus, dessen Reliquien sie nach Köln brachte

Thomas von Aquin (um 1225–1274): Freund und Schüler des Albertus Magnus; bedeutender Kirchenlehrer; Heiligsprechung 1323

Ulrich von Straßburg (um 1220–1277): bedeutendster deutscher Schüler des Albertus Magnus

Vergil: P. Vergilius Maro *(70–19 v. Chr.):* bedeutender römischer Epiker und Lyriker

Walther von der Vogelweide (um 1170–1230): bedeutendster Lyriker und Minnesänger des Mittelalters; Grab im Würzburger Lusamgärtlein

Weisen: Kölner Patriziergeschlecht, hervorgegangen aus der Sippe derer von der Mühlengasse

Werner von Eppenstein (um 1225–1284): Erzbischof von Mainz ab 1259

Wilhelm von Holland (1227–1256): Gegenkönig Friedrichs II. von 1247 bis 1256

Wilhelm IV. von Jülich (1210–1278): Graf von Jülich seit 1225

Willigis (um 940–1011): Erzbischof von Mainz ab 975

Ortsregister

Antweiler: Dorf und Burg im Kreis Euskirchen

Aquisgranum: mittelalterlicher Name der Stadt Aachen: entstanden aus der römischen Bezeichnung Aquae Granni, Letzteres abgeleitet vom keltisch-römischen Heilgott Apollo Granus

Bamberga: Bamberg

Broich: Grevenbroich

Civitas Parisiorum: Paris

Civitas Sibergensis: Siegburg

Conigsberg: Königsberg, heute: Kaliningrad

Dusseldorp: Düsseldorf

Gelren: Geldern

Grünhain, Zinna, Blesen: mittelalterliche Klostergründungen im Umland von Magdeburg

Herbipolis: Würzburg

Katzvey: Burg im Kreis Euskirchen

Kuchenheim: Ort im Kreis Euskirchen, der im Mittelalter zwei Burgen besaß, die »Obere Burg« und die »Untere Burg«; die Bewohner der Letzteren hießen »Herren von Kuchenheim«

Londinium: London; Hauptstadt des Königreichs England seit 1066

Lubeke: Lübeck

Magenza: Mainz

Medamana: Mettmann

Monasterium: Münster

Nowgorod: russische Stadt an der Mündung der Oka in die Wolga; Gründungsdatum 859; im 13. Jahrhundert große Handelsstadt (Hansekontor) mit eigenem Territorium

Nuys: Neuss

Nydecken: Nideggen, Kreis Düren

Oppidum bonnense: Bonn

Pingsdorf: kleiner Ort bei Brühl, Eponym für die beschriebene hochmittelalterliche Keramikgattung

Reganesburg: Regensburg

Rudinc: Rödingen

Samland: preußische Küstenlandschaft zwischen dem Frischen und dem Kurischen Haff

Sandomir und Krakau: Städte im heutigen Polen; unter Boleslaw V. wurde die Stadt Sandomir mit dem Fürstentum Krakau vereint

Satzvey: Dorf und Burg im Kreis Euskirchen

Seeland: Zeeland, Provinz in den südwestlichen Niederlanden

Speir: Speyer

Thorn: Gründung des Deutschen Ordens aus dem Jahr 1231; heute polnische Stadt Torun

Tolbiacum: Zülpich

Treviris: Trier

Urbe Xanctensi: Xanten

Veynau: Burg im Kreis Euskirchen

Villa Duria: Düren

Viterbo: Stadt etwa hundert Kilometer nördlich von Rom; seit 852 Teil des Kirchenstaats; zeitweise auch päpstliche Residenz, so zum Beispiel von 1257 bis 1281

Wachendorf: Dorf und Burg im Kreis Euskirchen

Weilerswist: Ort im Kreis Euskirchen

Wormatia: Worms

Ich habe vielen Menschen Dank zu sagen, einige seien hier namentlich genannt:

Herr Wilhelm Wichert, der die Idee zu diesem Buch hatte und interessante Anregungen gab, und Frau Irene Kuron, die uns zusammengebracht hat. Des Weiteren danke ich meiner Schwester Marie-Sophie, die mich mit fachspezifischer Lektüre versorgt und mehrmals Korrektur gelesen hat. Zu Dank verpflichtet bin ich auch dem Historiker Dr. Ulrich Bock, der das Buch auf die Korrektheit der historischen Angaben zu Köln hin überprüft hat, und natürlich Frau Christina Kuhn, deren Sorgfalt beim Lektorat mich begeistert hat. Danken möchte ich auch allen Mitarbeitern des Emons Verlags, die zum Werden dieses Romans beigetragen haben, und auch all denen in meinem Umfeld, die in der Entstehungszeit des Buches manches Mal viel Geduld mit mir haben mussten.